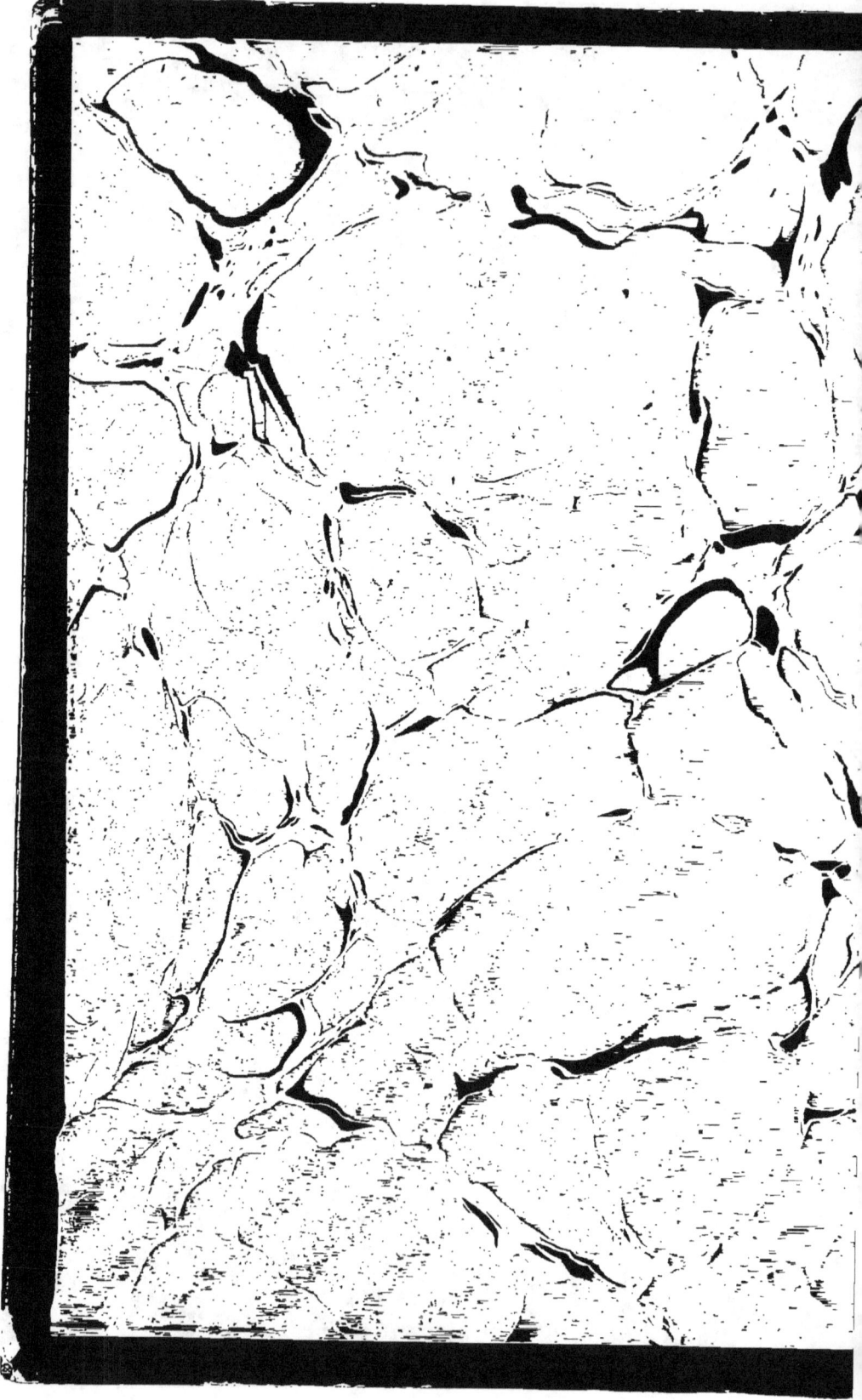

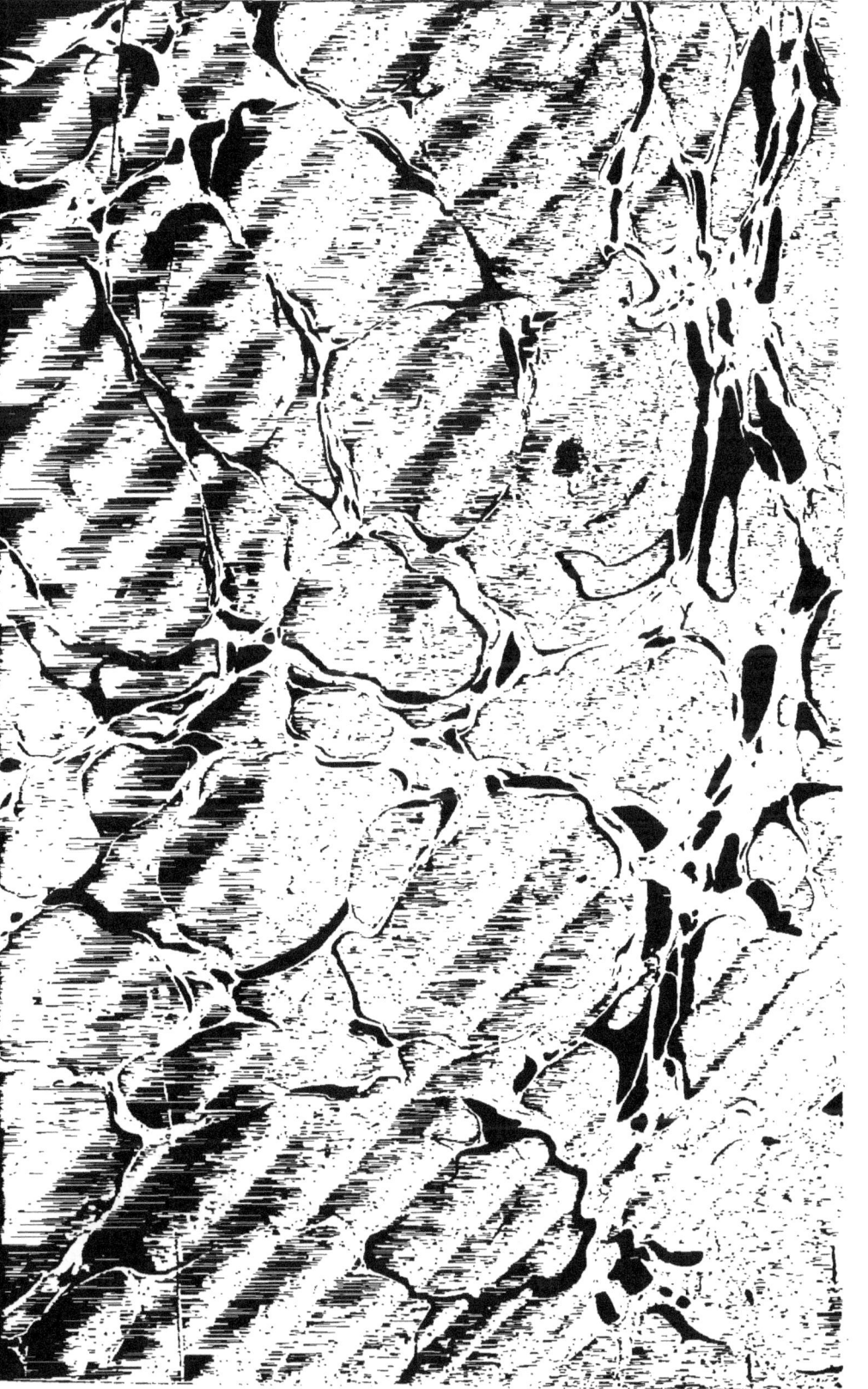

LES

COURS GALANTES

PARIS.—IMPRIMÉ CHEZ BONAVENTURE ET DUCESSOIS,
55, QUAI DES AUGUSTINS.

LES
COURS GALANTES

PAR

GUSTAVE DESNOIRESTERRES

TOME PREMIER

L'HOTEL DE BOUILLON

LA FOLIE-RAMBOUILLET

LE CHATEAU D'ANET

LE PALAIS DU TEMPLE

PRÉFACE

L'esprit moderne, en apportant un changement si radical aux institutions comme aux idées, devait essentiellement, pour ne pas dire absolument, modifier la tâche de l'historien. Tant que les peuples furent le propre d'un seul homme qui les régissait à sa guise et à son humeur, ils n'existèrent que d'une façon nominale : il n'y avait de réel que cette unique tête, dont les volontés et les actes devenaient l'intérêt exclusif de l'écrivain. Quant à l'individu, à ses mœurs, à sa vie privée et de famille, qui s'en inquiétait ? Était-il heureux? souffrait-il? c'est ce dont on se souciait peu. Le troupeau, en déchirant le berger, donnait parfois, avec la mesure de sa force, une leçon à ces pasteurs des peuples, comme les appelle Homère; mais le sceptre était vite ramassé, et la multitude, de nouveau muselée, retombait dans son même anéantissement, ne figurant que comme instrument dans les mains du chef qui la traînait à des triomphes ou à des défaites selon qu'il avait nom Alexandre ou Darius. Et ce mot de Louis XIV: « L'État, c'est moi », pourrait être mis en tête de toutes les histoires, depuis Quinte-Curce jusqu'à Velly.

Mais avec l'émancipation de 89 devait naître une école historique au niveau de cette rénovation sociale. La tâche allait s'accroître et l'horizon s'élargir ; de nouvelles perspectives, de nouveaux points de vue se présenter aux regards de l'écrivain, auquel on demanderait autre chose qu'un simple talent descriptif. On avait compté les peuples pour rien, l'on n'avait pas même voulu voir le travail souterrain, les efforts insuffisants mais réels des asservis ; ce long labeur, cet enfantement douloureux allait désormais absorber presque exclusivement l'investigation critique et philosophique, et reléguer à l'arrière-plan la fastidieuse et éternelle énumération de conquêtes et de revers, de batailles perdues ou gagnées qui, jusque-là, avait été le grand élément d'intérêt historique.

L'histoire, pédante et guindée comme
notre tragédie, par horreur du fait tri-
vial, s'était créé une optique en dehors
de laquelle elle ne voulait rien voir. C'est
ainsi que l'histoire de nos deux premières
races est si singulièrement travestie et
dénaturée par Mézeray, Anquetil et les
autres. On fut logiquement amené à
comprendre que le renseignement était
partout, aussitôt qu'il s'agissait d'initier
autant à la vie privée qu'à la vie publique
d'une nation et de la surpendre dans le
nu de son génie. Le fait décisif peut tout
aussi bien se trouver dans un couplet de
chanson que dans tout un amas de pièces
officielles. Nous irons plus loin, c'est là
particulièrement qu'il le faut chercher.
Les gens graves traitent d'ordinaire assez

dédaigneusement la poésie ; Malebranche demandait à quoi elle servait et ce qu'elle prouvait ? A part le charme, elle peut avoir son utilité, même historique ; et, lorsqu'il est question de restituer toute une société disparue, c'est dans les poëtes bien plus que dans les historiens proprement dits, que se rencontreront les éléments épars de cette réédification. Tacite, à cet égard, nous en apprendra moins qu'une épître d'Horace, une satire de Juvénal ou de Perse, une épigramme de Martial. Et, sans remonter si haut, la Ligue et la Fronde ne sont-elles pas en entier dans les poésies satiriques du temps ?

L'esprit libéral appliqué à l'histoire, au lieu de généraliser, aura eu pour effet

a.

d'isoler l'homme afin de le mieux étudier.
Mais cela ne se sera pas accompli d'un seul
coup. Ceux qui eussent souhaité le plus
que l'histoire en arrivât là crurent la
tâche impossible, sinon indigne d'elle.
Walter Scott, pour ne parler que de lui,
n'emprunta la forme du roman que pour
préciser, à la faveur d'une fable plus ou
moins habile, les détails de mœurs intimes, l'intérieur et le particulier des peuples, dont, à ses yeux, la vie publique et
militaire était le côté le moins important
et le moins curieux pour le penseur. Il
n'en eût pas fait l'aveu qu'on l'eût de-
viné, tant l'unité n'est qu'apparente, tant
il est aisé de séparer le roman de l'histoire, l'accessoire du principal ; car, malgré le mérite et l'originalité de certaines

créations qui sont des chefs-d'œuvre, c'est toujours le peintre, l'archéologue, le chroniqueur qui sont les plus forts et les maîtres : le poëte, le romancier ne viennent qu'à la remorque, compagnons obligés, qu'il serait, on le craint, dangereux de congédier, bien que l'on eût à tout instant la tentation de le faire. A l'heure qu'il est, on sait à quoi s'en tenir sur ce compromis malheureux, ce genre équivoque qui a le défaut de tous les moyens termes ; et si *les Puritains* et *Quentin Durward* demeurent des modèles de récit, les romanciers de quelque portée n'en suivront pas moins l'exemple de Balzac : ils s'empareront des mœurs de leur temps, qui leur appartiennent, et renonceront à un domaine interdit à la fiction et qu'ils ne pourraient exploiter qu'à la condition de torturer le fait et d'égarer à chaque pas. En somme, ce que nous avons dit plus haut des poëtes peut s'appliquer plus directement au romancier, s'il sait comprendre sa mission ; pour le philosophe qui met les mœurs au-dessus des événements, ces portraits, ces intérieurs peints *de visu* et d'après nature, auront l'autorité et l'importance de l'histoire comtemporaine, avec l'avantage, en plus, d'initier à mille détails précieux sur les goûts, les penchants, les arts, l'ameublement, le costume, les infiniment petits de la vie commune. Qui nous contesterait que, dans six ou sept cents ans, si quelque historien s'avise de déterrer de sa cendre notre vieux monde et particulièrement ce laps de temps rempli par le règne du roi Louis-Philippe, qu'il n'aille, avant tout, en chercher les éléments dans la *Comédie humaine* de Balzac? Où pourrait-on rencontrer, en effet, une physionomie plus complète, plus vraie, plus exacte d'une société d'ailleurs moins intéressante par les événements politiques que par la marche des idées et le travail moral?

Cette tentative de Walter Scott ne fut pas stérile, toutefois : elle entraîna les esprits curieux dans des sentiers où l'on ne s'engageait guère. Cette peinture toujours si remarquable, si fidèle, si fouillée, si saisissante des mœurs, des façons d'être les moins épiques (bien qu'on les retrouve avec la même sincérité, le même amour du détail dans l'*Iliade*), exerça une influence considérable sur la manière d'envisager les études historiques. Maintenant que peuples et gouvernants comptent ensemble, l'intérêt a changé d'objet; c'est la vie sociale sous tous ses aspects qui a pris le premier rang dans les préoccupations de l'observateur et de l'érudit. L'homme, ayant désormais sa liberté d'action, mérite qu'on l'étudie dans la marche et le progrès de ses idées, dans ses usages les plus particuliers, dans tout ce qui distingue telle race de telle autre famille humaine, le siècle dans lequel il gravite des siècles qui l'ont précédé. Rien enfin de trop infime dans cette enquête, dont le but relèverait les moyens, si tout ce qui est vrai n'était pas du domaine historique. Et l'un des premiers et des plus saillants résultats de cette façon toute moderne d'écrire l'histoire fut le beau livre d'Augustin Thierry, un véritable monument, sous le titre le plus modeste. Les *Lettres sur l'histoire de France* nous en ont plus appris sur ces temps obscurs que tous les ouvrages publiés jusque-là. Elles animaient, vivifiaient, rendaient palpitantes ces époques si dignes de captiver tout esprit philosophique. Ce n'était qu'un tableau rapide, mais achevé et qui devait porter ses fruits.

Mais nous sommes bien loin de ces sanglantes et barbares périodes ressuscitées par le génie investigateur d'Augustin Thierry. C'est du siècle qui enfanta Montesquieu, Voltaire, Rousseau et Buffon, qu'il est question ici, le précurseur et le préparateur de la société moderne. L'étudier, c'est donc remonter à la cause, quand nous vivons sous l'influence et sous le bénéfice des effets. Si l'histoire de notre pays doit primer toutes les histoires, l'histoire de ce siècle devra l'emporter en intérêt sur ceux qui l'ont précédé, fût-elle moins brillante, moins mouvementée, moins fertile en événements, en transformations, en péripéties, en convulsions de toute nature. Nombre de travaux ont été faits déjà, et d'éminents, mais nullement, que nous sachions, dans le cadre où nous l'essayons. Rœderer a écrit l'*Histoire de la société polie*, une ébauche plus qu'un livre achevé peut-être, mais pleine de qualités, d'observations et d'aperçus judicieux.

C'est bien quelque chose d'analogue que
nous voulons tenter : seulement, notre
horizon sera moins circonscrit, nous
nous efforcerons d'embrasser la généralité
de la haute société française, dans les cen-
tres qui la représenteront le mieux et le
plus nettement. Ce sera d'abord ce petit noyau de libres penseurs, comme on
dirait de nos jours, qui affichèrent, au
déclin du règne de Louis XIV, des idées
d'une indépendance effrénée (dignes sans
doute d'un autre nom) à l'égard de la religion et de la morale, et dont le grand
prieur de Vendôme s'était constitué le
patron. Nous devions commencer par le
Temple : toute la Régence est là en
germe, avec son impiété, ses orgies, ses
excès de toute espèce. Puis, viendra cette

société d'une physionomie si différente,
où la génération polie se coudoiera, un
demi-siècle durant : la cour de Clagny et
de Sceaux, le salon et le monde de la duchesse du Maine.

Mais Voltaire vient de naître. Il est
poëte, il est écouté, il est caressé, admiré,
adulé, gâté par les applaudissements et
les ovations, qu'il n'est encore qu'un enfant. A dater de ce moment, l'amour de
la gloire, du renom, du bruit, de la fu-
mée, le besoin d'occuper et de plaire, se-
condés par une activité dévorante et une
vanité toute féminine, le feront heurter à
toutes les portes qui s'ouvriront comme
au fameux « Sésame. » Et tant pis pour
ceux qu'il ombrage ou qu'il choque ! Ils
le trouveront à Anet, et au Temple, et à

Sceaux; ils le trouveront à Maisons, à Sully, à Saint-Ange, à Vaux, et bientôt après à Cirey, à Lunéville, à Postdam (encore une colonie de beaux esprits français), partout enfin ! Faire l'histoire de Voltaire, ne serait-ce pas faire, du même coup, l'histoire de la société du XVIIIe siècle ? Ce ne serait, en réalité, que tenir compte de cette action souveraine, incontestable, absolue d'un individu sur tout un monde, et aucunement exagérer cette personnalité monstrueuse que ses ennemis n'ont fait que grandir, tout en l'irritant et l'exaltant jusqu'à la frénésie.

Ce n'est pas, pourtant, hâtons-nous de le dire, une histoire de Voltaire que nous allons entreprendre. Voltaire n'existera pour nous qu'à la condition de faire sa partie dans ce concert où tant de voix dissonantes se feront entendre. Il est vrai que ce ne sera pas le symphoniste le moins important de l'orchestre. Mais cette place ardue d'un virtuose toujours dispos, toujours en haleine, toujours prêt à couvrir les mille voix de l'orchestre lui-même, qui oserait la lui disputer ? Il a des ennemis, des envieux : où sont ses rivaux ? ici, Voltaire jouera le rôle d'Anacharsis dans l'ingénieux travail sur la Grèce de l'abbé Barthélemy ; il sera le lien qui établira une unité dans cette longue étude. Seulement, pour nous le lien sera tout naturel et tout trouvé, nous n'aurons pas à l'introduire de force et pour les besoins de la cause, dans tel ou tel salon, et l'on ne pourra pas nous faire le reproche adressé au savant abbé de mêler la fable à la vérité, la fiction à l'histoire. Voltaire est et va partout, et partout où il est, son influence est sans seconde.

Tel est notre but, tel est le cadre que nous nous sommes imposé : le tableau de la haute société française au XVIIIᵉ siècle, de cette société polie, élégante, parfaite par le ton et la forme, frivole sans conteste jusqu'à la déraison et la folie même, mais rachetant ses défauts et ses vices (et elle n'était que trop nantie des uns et des autres), par un esprit et un savoir-vivre qui ont péri, hélas! avec elle. Si le XIXᵉ siècle a recueilli ce qu'a semé son aîné, il n'aura pas, il faut bien en convenir, hérité de sa politesse et de son urbanité exquise. Tout se paye, et la société pré-

b.

sente, en se restreignant à un niveau unique, a dû se résigner à l'abaisser quelque peu, quant à ces qualités secondaires, sans doute, mais si essentiellement françaises. Ce résultat était inévitable ; nous en prenons résolûment notre parti en considération des avantages autrement grands de la rénovation de 89. Personne de sérieux, à l'heure actuelle, ne rêverait le retour, fût-il réalisable, à une civilisation qui a fait son temps et dont un abîme nous sépare, et nous moins que qui que ce soit. Nous avons, toutefois, trouvé des jouissances infinies à exhumer ce monde trépassé, sans songer à dissimuler ses taches et ses erreurs, ce qui n'est que trop le fait des résurrectionnistes.

En matière historique, la vérité est

toujours bonne à dire, vérité flatteuse, vérité rigide : c'est elle que nous aurons constamment en vue. La nature de notre travail nous conduira à l'aller chercher jusque dans les pièces les plus infimes : libelles, ponts-neufs, chansons, noëls, nouvelles à la main, correspondances, papiers de famille, archives de tous genres et de tous grades, sauf ensuite à débarrasser le fait des draperies ou des oripeaux sous lesquels il s'enveloppe, ce qui souvent n'est pas, il est vrai, sans difficulté. C'est là, à coup sûr, le côté le plus délicat de la tâche, car il engage l'honneur de l'écrivain qui ne doit se faire le complice d'aucunes noirceurs ni d'aucunes vengeances même avec cette excuse que, fauteurs et victimes, depuis longtemps, dorment confondus dans la même poussière. Un travail du genre de celui-ci ne s'improvise guère, et le reproche qu'adressait à Duclos le chancelier d'Aguesseau est le pire que puisse s'attirer un écrivain. Au moins, faute d'autre mérite, aurons-nous celui d'une fouille lente, consciencieuse, persévérante, passionnée, de vingt années. Dans un tel laps de temps, il est impossible qu'on ne groupe pas autour de soi un ensemble de faits, de pièces, de matériaux, d'éléments curieux, dont il reste encore, sans doute, à tirer un parti plus ou moins heureux. Pour les œuvres d'imagination, un livre manqué est un livre mort; dans les travaux d'érudition, il surnage toujours quelque chose, malgré l'auteur. En réalité, c'est ce

qui nous a enhardi dans notre tâche.
Il se peut que nous ne demeurions que
trop loin du but : nous osons espérer, en
tous cas, que nos travaux ne seront pas
complétement perdus.

Était-il bien besoin d'expliquer le titre
de ce livre ? *Galant,* cela va sans dire, est
pris ici comme synonyme d'honnête, de
poli, de civilisé dans l'acception la plus
élevée. Galant, qu'on y fasse attention,
ne signifie pas forcément amoureux, il
s'en faut de beaucoup, dans la langue
des xviiᵉ et xviiiᵉ siècles. « Il y a bien
de la différence, remarque un écrivain
du temps, entre avoir de belles manières, être civil, honnête et obligeant
envers les dames, et entre en être amoureux et être galant banal. L'un est le ca-

ractère d'un homme bien né, poli, et d'un bon naturel ; l'autre est le caractère d'un débauché..... Être galant ne messied à personne. L'homme du monde le plus sérieux, dans quelque âge et dans quelque état qu'il soit, peut être galant; cela lui fait honneur [1].» Nous nous sommes efforcé de faire un livre sérieux, un livre utile sous la forme la moins sèche et la moins aride qu'il nous a été possible. Il était difficile d'écrire l'histoire d'une société comme celle du XVIIIᵉ siècle, sans qu'il s'y mêlât bien des aventures, bien des intrigues frivoles la plus part du temps, trop souvent scandaleuses, mais caractéristiques cependant et qu'on n'eût omises

[1] Ancillon, *Mémoires concernant la vie et les ouvrages de plusieurs modernes célèbres dans la République des lettres.* (Amsterdam, 1709, p. 99.)

qu'à la condition de n'être plus vrai ; car cacher un coin d'un portrait, c'est ne pas vouloir que le portrait ressemble. Il fallait donc tout raconter, non pour flatter certains instincts, mais pour obéir au premier devoir de l'historien ; et nous l'avons fait, c'est notre conviction, avec toute la réserve, la décence, la discrétion que comportait un pareil sujet. On nous pardonnera l'ennui de ce trop long préambule ; nous devions ces explications à ceux qui voudront bien nous lire.

Arromanches, Novembre 1859.

I

Bien que MM. de Vendôme fussent sur le
déclin de l'âge à la naissance du xviiie siècle,

1

ils lui appartiennent infiniment plus qu'à ce
xviie siècle si rigide d'apparence, dont les
faiblesses eurent une grandeur, nous allions
dire une austérité, qui les rendit presque
vénérables. Entendons-nous pourtant. Derrière ou dessous ce monde officiel, occultement, mais pas, toutefois, si occultement
qu'un scandale ne vînt par intervalles révéler son existence, se remuait et grouillait un
bien autre monde, aussi impatient du joug,
celui-là, aussi audacieux dans ses façons de
penser et d'agir, aussi cynique dans ses propos et dans ses mœurs, que la société qui
finissait était extérieurement disciplinée, religieuse, orthodoxe. Malgré une longue pra-
tique d'obéissance, le vieux levain libertin
n'avait pu être étouffé ; la crainte avait com-
primé, elle n'avait ni déraciné ni détruit. On
parle de la Régence parce qu'elle est près de
nous ; en réalité, on rencontre ses mœurs à
toutes les époques ; et, pour peu qu'on aille
chercher dans les chroniques et les histoires
particulières, on trouvera que le xvie siècle,
entre autres, fut d'une immoralité aussi
éhontée, aussi paradoxale que le xviiie. Quelque énergique que fût sa volonté de punir,
Louis XIV ne put rien contre certaines na-

tures et certains excès, sur lesquels il dut fermer les yeux. La religion, cette arche sainte, ne fut point, elle-même, à l'abri d'impiétés et de profanations qui n'attirèrent pas à beaucoup près sur leurs fauteurs les sévérités dont on poursuivit, sans les lasser, les héroïques entêtés de Port-Royal; car, en un temps de croyance, mieux vaut être païen ou juif que dissident.

On a fait trop d'honneur au duc d'Orléans en assumant sur sa tête la responsabilité d'une réaction inévitable, d'un éclat qui n'attendait que le dernier soupir du vieux monarque. M. Sainte-Beuve l'a déjà dit à propos même de Chaulieu, le commensal et l'ami des Vendôme : « Il y a deux siècles de Louis XIV, l'un noble, majestueux, magnifique, sage et réglé jusqu'à la rigueur, décent jusqu'à la solennité, représenté par le roi en personne, par ses orateurs et ses poëtes en titre, par Bossuet, Racine, Despréaux ; il y a un autre siècle qui coule dessous, pour ainsi dire, comme un fleuve coulerait sous un large pont, et qui va de l'une à l'autre Régence, de celle de la Reine-mère à celle de Philippe d'Orléans[1]. » Ce prince n'a été, à proprement

[1] Sainte-Beuve, *Causeries du lundi*, t. I, p. 432.

parler, qu'un enthousiaste et un vulgarisateur. Enthousiaste est le mot. « Plus on étoit .suivi, ancien, outré en impiété et en débauche, écrit Saint-Simon, plus il considéroit cette sorte de débauchés, et je l'ai vu sans cesse dans l'admiration poussée jusqu'à la vénération pour le grand prieur, parce qu'il y avoit quarante ans qu'il ne s'étoit couché qu'ivre, et qu'il n'avoit cessé d'entretenir publiquement des maîtresses et de tenir des propos continuels d'impiété et d'irréligion[1]. »

Le petit monde du Temple aura été le précurseur et comme le prototype de cette société parmi laquelle plus d'un de ses membres vécut et donna le ton, pour se voir à la fin dépasser par des débauches où cessèrent de présider cet épicurisme aimable, s'il était excessif, des Chaulieu, des Lafare, des Nevers, et de tant de charmants esprits qu'il fut plus aisé d'exagérer que d'égaler. Il était bon d'insister là-dessus. C'est au monde du XVIIIe et non à celui du XVIIe que nous nous attaquons ici. Sans doute Louis XIV n'appartient pas au XVIIIe siècle pour y avoir vécu ses quinze dernières années; mais il avait sur-

[1] Saint-Simon, *Mémoires* (Chéruel), t. XII, p. 17.

vécu à son temps, et il restait sans en avoir
conscience le seul de cette société galante,
solennelle, attristée et morose vers sa fin,
à laquelle il avait imposé si despotiquement
son empreinte.

Arrière-petits-fils de Henri IV et de la belle
Gabrielle, MM. de Vendôme tenaient du
Béarnais par plus d'un côté et réunissaient à
des degrés divers ses qualités comme ses
défauts. Le duc de Vendôme le savait bien,
lorsqu'il répondait un jour à Philippe V,
émerveillé de trouver tant de ressources, une
trempe si vigoureuse chez un homme issu
d'un personnage aussi mince que l'était M. de
Mercœur : « C'est que mon esprit vient de
plus loin. » MM. de Vendôme ne ressem-
blaient pas plus l'un que l'autre à leur mère,
cette douce et réservée Laure Mancini, la
seule des nièces du cardinal qui ne fût ni
galante ni légère, et mourut, au dire même
de Saint-Simon, dans la première innocence
des mœurs[1]. Le trop fameux chevalier de
Gramont avait essayé de se faire aimer d'elle,

[1] Saint-Simon, *Mémoires* (Chéruel), t. V, p. 45. —
Laure mourut le 8 février 1657, à l'âge de vingt et
un ans. Son mari fut revêtu de la pourpre romaine
le 7 mars 1667.

1.

et nous voyons la reine Christine le railler sur tant de passion dépensée en pure perte et sans le moindre espoir de retour [1]. La mort de la jeune femme vint interrompre inopinément ces tentatives de séduction. Le chevalier en fut quitte, trois jours après, pour se déclarer l'amant de madame de Villars. Benserade, qui était amoureux de la marquise, lui adressait à ce propos ce pathétique sonnet :

> Quoi ! vous vous consolez après ce coup de foudre,
> Tombé sur un objet qui vous parut si beau !
> Un véritable amant, bien loin de se résoudre,
> Se seroit enfermé dans le même tombeau.
>
> Quoi ! ce cœur si touché brûle d'un feu nouveau !
> Quelle infidélité ! qui peut vous en absoudre ?
> Venir tout fraîchement de pleurer comme un veau,
> Pour faire le galant et mettre de la poudre !
>
> O l'indigne foiblesse, et qu'il vous en cuira !
> Vous manquez à l'amour, l'amour vous manquera ;
> Et déjà vous donnez où tout le monde échoue.
> Je connois la beauté pour qui vous soupirez ;
> Je l'aime ; et puisqu'il faut enfin que je l'avoue,
> C'est qu'en vous consolant vous me désespérez [2].

M. de Mercœur ne prit pas si aisément son parti sur un pareil malheur. Il se jeta dans

---

[1] Madame de Motteville, *Mémoires*, 1656 (Michaud et Poujoulat), t. XXIV. p. 452.

[2] Bussy-Rabutin, *Histoire amoureuse des Gaules* (Janet), t. I, p. 54, 55, 56.

un couvent de capucins où il demeura quelques jours comme abîmé. Si, avec le temps, la douleur devint moins aiguë, elle fut toujours aussi profonde. La religion était alors le refuge des afflictions sans remède; il se fit prêtre, et, dix ans après la mort de la duchesse, Rome l'honorait du chapeau qu'il porta sous le nom de cardinal de Vendôme. Une de ses belles-sœurs prit soin plus particulièrement de ses enfants. C'était la dernière des nièces de Mazarin, cette duchesse de Bouillon si frivole et si charmante : elle n'avait que sept ans de plus que l'aîné de ses neveux.

Il y a eu deux hôtels de Bouillon, qu'il ne faut pas confondre, et où se réunit, selon le temps, cette succession de poëtes et de grands seigneurs, mélange assez fantasque auquel l'humeur de la maîtresse de maison imprimait déjà une physionomie qui n'était pas celle de tous les salons à beaucoup près. Le premier hôtel était situé rue des Petits-Champs, à quelques pas des hôtels de ses deux sœurs, mesdames de Soissons et de Mazarin, en face de la rue Neuve-des-Bons-Enfants. Des vers de Chaulieu adressés à la princesse indiquent l'époque approximative où elle quitta le voisinage du Palais-Royal pour aller demeurer sur le quai Malaquais. L'abbé, en passant à Vernon, demande à la Seine si elle n'avait pas eu l'honneur de la voir à Fontainebleau :

Malgré le penchant qui l'emporte ,
Pour s'attirer de vous un regard en passant,
Elle coule depuis un an,
Et nuit et jour, à votre porte ;
Et l'été même, ce dit-on ,
Elle prend bien souvent la peine
De monter au plus haut de la Samaritaine
Pour vous voir un moment dessus votre balcon.

Ce madrigal, enchâssé dans une lettre datée du 1er octobre 1677 [1], semblerait fixer à la fin de l'année précédente l'acquisition de ce second hôtel de Bouillon que Macé Bertrand de la Bazinière, trésorier de l'épargne, avait fait construire sur les plans de Mansart, résidence princière où son propriétaire recevait en 1658, la reine Christine avec toute la cour [2], et où, quatre ans plus tard, la reine

---

[1] Chaulieu, *Œuvres* (Lahaye, 1777), t. II, p. 157. Lettre à madame de Bouillon.

[2] Loret, *La Muze historique*, 1658, liv. IX, lettre ix

d'Angleterre venait installer ses pénates [1]. Il
était entre cour et jardin. Ses deux ailes, en
retour sur le quai, aboutissaient à deux
pavillons ayant deux arcades séparées par
deux pilastres doriques, avec des balustrades
à hauteur d'appui. Un mur, orné de refends
en bossages, au milieu duquel s'ouvrait la
porte principale, établissait, par une terrasse,
une communication de l'un à l'autre pavil-
lon [2]. Le jardin, tracé par Le Nôtre, avait la
physionomie tourmentée des parterres de ce
maître du XVIIe siècle [3]. Si Mansart et Le Nôtre
étaient, celui-ci le constructeur obligé des
grandes bâtisses de ce règne, celui-là l'ordonnateur de ses jardins, Le Brun était le décora-
teur non moins couru et non moins indispensable de ses appartements : il n'est guère de
palais et de châteaux considérables où il n'y
ait des plafonds de Le Brun. Dans un cabinet,
du côté du jardin, il avait peint un Apollon au

[1] Mademoiselle de Montpensier, *Mémoires* (Michaud et Poujoulat), t. XXVIII, p. 372.

[2] Cabinet des estampes de la Bibliothèque impériale. *Vue de la maison de La Bazinière sur le quai du
Pont-Rouge*, dessin de J. Marot.

[3] Ibid. *Parterre de l'hôtel de Bouillon, du dessin de
monsieur Le Nautre.* Paris, chez Mariette, rue Saint-
Jacques, aux Colonnes d'Hercule.

Parnasse au milieu des Sciences et des Arts, qui n'était pas l'œuvre la moins précieuse de cet hôtel que madame de Bouillon avait métamorphosé en un véritable musée[1]. Son appartement particulier donnait sur la rivière; cela explique que Chaulieu ne pouvant, dit-il, s'adresser à personne qui la connût mieux, demande à la nymphe de la Seine des nouvelles de la princesse, qui devait se montrer souvent sans doute à son balcon.

La société de madame de Bouillon se composait, d'abord de son frère, ce duc de Nevers si charmant, si fou, si peu stable, qui passa sa vie à courir les grand'routes, à aimer et à chânter ses sœurs jusqu'à les compromettre ; puis de ses beaux-frères, du cardinal de Bouillon surtout, si aimable, lui aussi, si lettré, et qui obtint si jeune la nomination au chapeau, qu'il en fut appelé «l'enfant rouge[2].» Nous allions oublier le héros dont les services

[1] Germain Brice, *Nouvelle Description de la ville de Paris*. 1725, t. IV, p. 136, 137. — Hurtaut et Magny, *Description historique de la ville de Paris et de ses environs*. 1779, t. III, p. 256. — *Curiosités de Paris*, par L. R. (Saugrain). 1723, t. II, p. 488. — Le Maire, *Paris ancien et moderne*. 1685, t. III, p. 243.

[2] Dangeau, *Journal*, t. VI, p. 364 (addition de Saint-Simon).

et la gloire militaire maintinrent, tant qu'il
vécut, le prestige de cette maison souveraine
dépouillée, qui en était encore à prendre son
parti sur la confiscation de Sedan ; nous
allions oublier Turenne, qu'un boulet devait
emporter de trop bonne heure pour la France
et pour les siens. La princesse s'était plu
aussi à grouper autour d'elle toutes les célé-
brités de son temps. Enfant, elle faisait des
vers ; elle aimait la poésie et les poëtes autant
et plus que madame de Mazarin ; elle s'entourait de ces derniers, les choyait, leur faisait mille caresses, correspondait avec eux
avec cette familiarité charmante qui était
d'ailleurs le secret de cette époque aristocratique. Elle y avait du bonheur, et le hasard
la servait à souhait. Son mari, pris d'une
belle velléité guerrière, s'avise d'aller en
Hongrie combattre le Turc[1] ; c'était livrer à
elle-même sa jeune femme, à laquelle on fit
comprendre qu'il était plus décent de passer
ce veuvage loin du monde. Elle se décida à
habiter Château-Thierry, où elle devait rencontrer l'immortel fabuliste revenu dans ses
foyers sous le coup encore récent de la ruine

[1] 1664.

d'un bienfaiteur et d'un ami. C'était une fortune pour cette grande dame un peu dépaysée
et qui n'avait pu se faire suivre de sa pléiade
galante. Outre sa valeur propre, La Fontaine
avait donc le mérite d'être la seule ressource
contre l'ennui, la seule distraction et l'unique
charme d'une solitude à laquelle la belle
Marianne n'avait pas été habituée jusque-là
et qui devait lui paraître rude. Le bonhomme
ne fut ni gauche ni farouche ; il aimait le
commerce des femmes et savait leur parler.
Il se laissa prendre aux façons séduisantes,
aux douces paroles de cette créature originale, qui eut sur son génie une influence
qu'on ne saurait nier. Et, lorsqu'elle quitta
Château-Thierry, il ne fit aucune difficulté de
la suivre à Paris.

Si l'intimité du fabuliste et de madame de
Bouillon date de cette époque, déjà, deux
ans auparavant, La Fontaine, dans un moment critique, tendait des mains suppliantes
vers l'illustre couple, implorant son commun appui, en une belle épître, pleine de
grâce, d'esprit et de candeur. Le bonhomme,
dans des actes publics, avait pris la qualification d'écuyer, par mégarde, à l'entendre,
et sans y penser. Une commission établie en

1657, avait mission spéciale de rechercher les usurpations de ce genre et de les frapper en toute rigueur : le fisc, toujours à l'affût de contraventions dont il s'arrondissait d'ailleurs, n'épargna pas plus en cette circonstance le poëte que le commun des coupables, et profita même de son absence pour le condamner par défaut à deux mille francs d'amende, ce qui était une fort grosse somme pour le temps et pour la bourse de La Fontaine.

> Je ne dis pas qu'il soit juste qu'on voie
> Le nom de noble à toutes gens en proie ;
> C'est un abus, il faut le prévenir,
> Et sans pitié les coupables punir ;
> Il le faut, dis-je, et c'est où nous en sommes,
> Mais le moins fier, mais le moins vain des hommes,
> Qui n'a jamais prétendu s'appuyer
> Des vains honneurs de ce mot d'écuyer,
> Qui rit de ceux qui veulent le paroître,
> Qui ne l'est point, qui n'a point voulu l'être ;
> C'est ce qui rend mon esprit étonné.

La Fontaine se fût accommodé tout comme un autre de ce titre d'écuyer à la suite de son nom. Une erreur de ce genre ne s'explique guère, et elle est tout à fait inacceptable, aussitôt qu'il y a récidive. Dans un acte passé devant un notaire du Châtelet de Paris, le 15 août 1661, La Fontaine se qualifie

2

d'écuyer. Même titre, endossé une autre fois,
dans un extrait des registres de la prévôté
de Château-Thierry, constatant le renoncement de mademoiselle La Fontaine aux biens
de la communauté[1]. Sans ces poursuites du
fisc, le poëte, c'est probable, éternisait cette
inadvertance qu'il était menacé, pour l'heure,
de payer assez cher. Que faire? les voilà réduits à l'hôpital, lui, sa femme, son fils, et
la nourrice avec eux, si M. de Bouillon,
dont un mot peut les sauver, ne vient s'in-
terposer entre ses persécuteurs et lui. La
Fontaine, tout bonhomme qu'on se le figure
et qu'il est, ne manque ni de finesse, ni d'ha-
bileté ; il n'ignore pas que l'intervention des
femmes ne saurait être inutile, et qu'il est
toujours bon de les intéresser à sa cause.
Aussi, n'oublie-t-il pas dans sa péroraison,
par d'adroites flatteries, d'invoquer également la protection de la princesse :

> Si votre épouse étoit même d'humeur
> A dire encore un mot sur cette affaire,
> Comme elle sait persuader et plaire,

[1] Ces renseignements proviennent d'une note
communiquée par M. de Monmerqué à M. Walkenaër, et qui se trouve dans la *Vie de La Fontaine*
de ce dernier, p. 341, 342 (1re édition).

Inspire un charme à tout ce qu'elle dit,
Touche toujours le cœur quant à l'esprit,
Je suis certain qu'une double entremise
De cette amende obtiendroit la remise [1].

Rien n'indique comment La Fontaine sortit de ces tracasseries et s'il parvint à se tirer d'affaire sans bourse délier. M. de Bouillon était seigneur de Château-Thierry, et c'est ce qui avait, tout naturellement, donné l'idée au fabuliste de s'abriter sous sa protection. En tout cas, cette charmante supplique n'avait établi aucuns rapports directs entre le prince et lui ; et, bien qu'il eût également imploré l'appui de sa jeune épouse, lorsque celle-ci vint dans la patrie de La Fontaine, il lui était, c'est à croire, parfaitement inconnu.

Cette conquête, pour être la plus grande, ne fut pas l'unique. Le duc et la duchesse faisaient travailler aux jardins et au parc de ce beau château de Navarre, construit par M. de Bouillon sur le terrain même de celui de la reine Jeanne. Certain fief et certaine maison, toutefois, contrariaient les plans nouveaux, et l'on songea à s'accommoder avec les proprié-

[1] La Fontaine, *Épîtres* (3e édition). T. VI, p. 78 à 86.

taires. En pareille matière, il n'est pas sans exemple de rencontrer un voisin de l'humeur du meunier de Sans-Souci. M. et madame de Bouillon eurent le bonheur d'avoir affaire à des gens fort civils, très-coulants et très-enchantés de les avoir pour obligés. La maison et le fief appartenaient à MM. de Chaulieu. Ce fut avec l'abbé qu'on traita. Tout se conclut le mieux et le plus aisément du monde. Le poëte, aussi courtisan que poëte, fit preuve d'un désintéressement avec lequel le duc et la duchesse ne demeurèrent point en reste. Ce n'était pas la première fois, après tout, que les Chaulieu se trouvaient à même d'être agréables à la maison de Bouillon. Leur père avait été employé par la Reine-mère et le cardinal à l'échange de la principauté de Sedan, et il avait agi d'une façon dont les princes n'avaient eu qu'à se louer [1]. Les qualités aimables de l'abbé, ses petits vers, son esprit caressant l'établirent aussitôt dans la familiarité de la duchesse,

[1] *Œuvres de Chaulieu* (édit. de 1732). — Le duché de Château-Thierry, celui d'Albret et les comtés d'Auvergne et d'Évreux étaient entrés dans l'échange du duché de Bouillon.

qui d'ailleurs ne se livrait que trop ; il devint, avec sa belle-sœur madame de Chaulieu, son confident, son complaisant, faute de mieux, et l'escorta dans plus d'une équipée.

Benserade, Segrais, Ménage, le vieux Corneille, Molière, madame Deshoulières, fréquentaient l'hôtel de Bouillon, où on leur faisait fête. Pradon, en revanche, y remplaçait Racine et y préparait le triomphe de sa *Phèdre*. La passion, l'esprit de coterie sont aveugles, et c'est ce qu'il faut se dire pour comprendre le rôle déplorable que jouèrent dans un conflit trop fameux la pauvre duchesse et le frivole mais délicat Mancini. Entre ces grands seigneurs et ces hommes de lettres, on s'en doute, bien des jeunes têtes glissaient leur menton imberbe et l'éclat de leur vingt ans, à commencer par MM. de Vendôme, qui étaient là à bonne école. La divinité du lieu était galante, un peu plus qu'il n'eût convenu à un mari moins tranquille ; mais M. de Bouillon ne ressemblait nullement à M. de Mazarin, son beau-frère, et il ne vit que ce qu'on le força absolument de voir. Encore se montra-t-il assez débonnaire quand il dut voir et se fâcher.

Les armes étaient la seule carrière que

pussent courir des gens de la naissance de
MM. de Vendôme; leur vocation, comme leur
origine, était toute militaire : on peut dire
qu'ils n'étaient pas hommes encore qu'ils faisaient déjà l'apprentissage de ce rude métier.
Le duc de Beaufort, leur oncle, cet étrange
agitateur dont la mort devait couronner la
vie, emmenait, en 1669, au siége de Candie,
le plus jeune, le chevalier de Vendôme, qui
avait à peine quatorze ans[1]. Ils mirent à la
voile le 6 juin, après avoir embrassé le cardinal de Vendôme qui les avait suivis à Toulon.
On sait l'histoire et l'issue de cette sortie trop
célèbre, dont M. de Beaufort ne revint pas.
Les Français, impatients de faire leurs preuves,
cinq jours à peine après leur arrivée dans la
place, s'élançaient au nombre de cinq mille
hommes et de quatre cents chevaux, par la
porte de Sabionera, dans les retranchements
et les travaux des ennemis qu'ils réussirent à
en déloger. Ce succès pouvait avoir les plus
grands résultats pour l'avenir des assiégés,
quand un de ces hasards funestes qui déjouent

[1] La Fare, *Mémoires* (Michaud et Poujoulat),
t. XXXII, p. 273. — Marquis d'Argenson, *Mémoires*
(éd. Janet), t. I, p. 133.

toute prudence comme toute prévision vint
ramener la fortune du côté des vaincus, et
changer cet avantage en un affreux revers.
Le feu avait pris à un magasin ennemi rempli
de bombes et de grenades ; cette détonation
effroyable, à laquelle se mêlaient les cris des
malheureux atteints par les projectiles, frappa
nos soldats d'une terreur que leurs chefs
furent impuissants à dominer. On crut que le
terrain était miné et qu'il n'y avait de salut
que dans une prompte fuite. Ce fut un sauve-
qui-peut.général, dont les ennemis ne surent
que trop profiter. Ils se précipitèrent à leur
tour sur les vainqueurs, qu'ils n'eurent pas
de peine à tailler en pièces. « Jamais nation,
écrit l'historien auquel nous empruntons ces
détails, ne fit mieux que ces braves avant ce
désordre, et jamais chef ne s'acquitta mieux
de son devoir pour rallier son monde et pour
combattre que M. le duc de Beaufort ; c'estoit
un homme qui estoit, si semble, en cent endroits en mesme temps, et qui paroissoit un
foudre de guerre mesme aux ennemis; il n'y
avoit rien de dangereux pour luy, pourveu
qu'il y eut de la gloire à gaigner, aussi avoit-
il déjà acquis mille lauriers; lors qu'une
main barbare luy tira un coup de mousquet,

qui le perça à jour, à ce qu'on dit, car on n'en
sçait rien d'assuré, et qui le mettant hors de
combat, l'exposa à la fureur de ces barbares,
lesquels ne pouvant pas l'amener avec eux
à cause de sa grande foiblesse, furent assez
inhumains de tremper leurs mains dans le
sang de ce bon prince, dont la naissance et la
vertu méritent des couronnes et des autels,
et de luy couper la teste, qu'on porta quelque
temps ensuite en triomphe à Constanti-
nople [1]. »

Quoique ce récit soit d'un contemporain
des mieux placés pour être renseigné, l'in-
certitude la plus complète, même pour la
famille de M. de Beaufort, a si bien enveloppé
les derniers moments de ce grand homme de
la Fronde, que nous verrons plus tard madame de Bouillon et le duc de Vendôme demander à Le Sage, le digne compère de la
Voisin, le vrai de sa destinée. N'a-t-on pas
voulu même que l'homme au masque de fer
ne fût autre que ce révolté, gracié et pardonné, que Louis XIV n'avait pas le moindre

---

[1] Savinien d'Alquié, *Histoire curieuse du siége de
Candie*, le tout tiré des *Mémoires* de J.-B. Rostan,
secrétaire d'estat et des finances de S. A. R. (Amsterdam, 1671), p. 127, 135, 136, 140.

intérêt à faire disparaître[1]? Nous ne saurions
dire si le chevalier de Vendôme fut de cette
sortie. Nous ne le pensons pas. M. de Beaufort ne put songer, en effet, à mêler cet enfant aux hasards d'une attaque de nuit, car
il n'était pas jour quand ils marchèrent à
l'ennemi ; il le laissa sans doute dans la ville
ou sur ses vaisseaux. Mais l'impression n'en
dut pas être moins profonde sur cette jeune
âme, à laquelle la guerre se révélait par ce
qu'elle avait de plus terrible. Nous n'avons
pas à entrer ici dans les détails et les phases
de ce siége dont la défection de M. de Navailles, justifiable ou non, hâta le terme.
Quoi qu'il en soit, le 16 août, notre petite
armée, réduite des deux tiers, se rembar-
quait et abordait à Toulon le 2 octobre suivant[2].

En 1672, le chevalier assistait au passage
du Rhin, et y eût peut-être compté parmi les
victimes si M. de Vivonne n'eût volé à son
aide. Voilà un de ces services qu'on n'oublie

[1] La Grange-Chancel, *Œuvres* (1758), t. V, p, 207
à 214. — Lettre à M. Fréron, auteur des *Lettres pério-
diques.*
[2] Daru, *Histoire de Venise* (1821), t. V, p. 117, 118,
119.

pas et qui cimentent des amitiés pour la vie.
Mais encore faut-il que l'amour ne vienne
pas se jeter à la traverse. Nous parlions batailles, et nous nous trouvons ramené brusquement sur le terrain de la galanterie. Le
chevalier avait dix-huit ans, il avait l'âge où
le cœur commence à battre et veut faire ses
preuves là comme ailleurs. Bref, il s'était
brûlé aux beaux yeux d'une créature ravissante qui n'en était pas à sa première conquête, et dont M. de Vendôme ne devait pas
être la dernière. Il s'agit ici de Marie-Élisa-
beth de Ludres, chanoinesse de Poussay. Les
mémoires et les écrits contemporains s'accordent sur la rare beauté de son visage[1]. A
l'âge de douze ou treize ans, s'il faut en croire
Madame, mère du Régent[2], ses charmes nais-
sants avaient fait une telle impression sur le
vieux duc de Lorraine, qui en avait plus de

[1] Elle fut une de celles dont Mignard se plut à reproduire les traits dans les peintures qu'il exécuta
à Saint-Cloud. L'abbé de Monville, *Vie de Mignard*
(1730), p. 136.—Il existe un portrait d'elle en sten-
kercke et en falbala, publié chez Touvain, rue Saint-
Jacques, au Grand Monarque.—Bibliothèque impériale, cabinet des estampes.

[2] Duchesse d'Orléans, *Correspondance complète*
(Charpentier, 1855), t. I, p. 457.

soixante, qu'il songea à l'épouser. Il habitait
alors Mirecourt et passait une partie de ses
journées à chasser. Il s'arrêtait souvent à
l'abbaye de Poussay, assez rapprochée de la
ville, et ce fut là qu'il eut occasion de voir
mademoiselle de Ludres. Charles IV n'était
pas, il s'en fallait de beaucoup, un modèle de
fidélité et de constance; à l'atrocité près, il
ressemblait fort à Henri VIII d'Angleterre. La
possession amenait vite la satiété, ou du moins
ne le prémunissait que très-insuffisamment
contre des séductions nouvelles. Soit horreur
de toute contrainte, soit qu'il n'imaginât
point de moyen plus propre à lever les scrupules, l'offre de la main marchait audacieusement de front avec l'offre du cœur, sans
que certains obstacles, d'ordinaire insurmon-
tables, parussent un instant l'arrêter. Après
avoir répudié la duchesse Nicole en alléguant
des causes de nullité plus spécieuses que plau-
sibles, du moins aux yeux de la cour de Rome,
qui déclara le second mariage illégitime[1], il

[1]   Le saint-père, pape de Rome,
    A fait action d'honnête homme
    En conférant le sacrement
    Qui joint irrévocablement
    A monsieur le duc de Lorraine
    Sa vraie épouze et souveraine...
Loret, *La Muze historique* (1653), liv. IV, lettre VII.

avait épousé Béatrix de Casane, princesse de Cantecroix, dont la beauté et l'esprit ne surent triompher de l'humeur changeante de son amant. Bien que mère de deux enfants, elle trouvait peu d'appui dans une position étrangement fausse : le duc, aussitôt qu'aucun lien de tendresse ne le retenait plus, avait en effet moins d'efforts à faire pour briser cette chaîne volontaire et coupable qu'il n'avait dû en rencontrer à rompre une union consacrée au pied des autels et à la face des peuples. A la mort de la princesse Nicole, madame de Cantecroix avait vainement essayé de faire régulariser son mariage et de se faire proclamer duchesse de Lorraine. Non-seulement elle avait été rebutée, mais encore se voyait-elle donner à tout instant une rivale qu'un caprice du duc pouvait changer en souveraine.

La petite de Ludres ne quittant pas Poussay, appartenant d'ailleurs à une famille des meilleures de Lorraine, une famille qui prétendait tirer son origine de la première race des ducs de Bourgogne[1], était trop bien gardée

[1] La Chesnaye-des-Bois, *Dictionnaire de la Noblesse* (1771), t. IV, p. 198.

contre ses tentatives pour qu'il ne désespérât point de l'obtenir autrement que par ce très-grave engagement qui lui coûtait si peu. Il parla mariage comme toujours, et les fiançailles se firent au château de Richarménil en présence de la grand'mère et de la mère de la jeune fille[1]. Madame de Cantecroix n'en fut pas plus tôt instruite, qu'elle vint trouver son amant, se jeta à ses pieds, lui rappela ses serments, l'adjura, au nom de ses enfants qu'il aimait passionnément, de renouveler leur mariage de bonne foi, si les casuistes le croyaient nécessaire pour sa validité et leur légitimation. Mais il fut inexorable et l'obligea de s'éloigner, prétextant les défenses de l'Église qui ne leur permettaient pas de vivre ensemble sous un même toit. La pauvre femme dut partir, la mort dans le cœur. En effet, elle ne fit que languir depuis lors, et, bientôt après, elle prenait le lit pour ne plus le quitter. Charles IV, on en a pu juger, n'était ni la délicatesse, ni la franchise, ni la droiture même; il ne recula pas devant une comédie qui, du reste, en faisant ses affaires, eut pour résultat d'adoucir

[1] Marquis de Beauvau, *Mémoires pour servir à l'histoire de Charles IV, duc de Lorraine et de Bar,* Cologne (1689), p. 236.

les derniers moments de la princesse. « Le
duc la sçachant en cet état, raconte son historien, et appréhendant que son désespoir
ne lui fist disposer de son bien en faveur de
quelque autre que de ses propres enfants,
l'envoya visiter par les princes de Vaudemont
et de Lillebonne, afin de lui mettre l'esprit
en repos, et donna même une procuration à
ce dernier pour renouveler en son nom leur
mariage, en cas qu'il en fust besoin et *qu'il
n'y eust plus d'espérance de sa vie*[1]... » M. de
Lillebonne le pouvait en toute sûreté, car la
princesse de Cantecroix expirait quelques
heures après une apparente consécration de
ses droits et de son mariage, qu'elle n'obtenait que parce qu'elle ne devait pas en jouir[2].

Bien que ce ne fût qu'un jeu de la part du
duc, il ne laissa pas que de porter le deuil de
la défunte et de permettre qu'on le compli-
mentât sur sa perte. Toutefois, incapable de
se contraindre, il était constamment à Mirecourt avec sa jeune maîtresse et lui donnait
le bal pour la divertir. La mort de madame
de Cantecroix semblait écarter le seul obstacle, et celle-ci se croyait déjà duchesse de Lor-

[1] Marquis de Beauvau, *Mémoires*, p. 237, 238.
[2] 1663.

raine. Par malheur, Charles IV avait plus
d'une affaire : le roi de France, usant du droit
du plus fort, exigeait la reddition de Marsal
et menaçait. Quelque épris que fût le duc, il
fallut bien aviser, et l'amour se vit contraint
de céder devant d'aussi puissants intérêts. Le
pire, avec le caractère mobile de cet amant
sexagénaire, c'est qu'il dut quitter Mirecourt
et s'éloigner. Il ne tardait pas, en effet, à
s'enflammer pour une bourgeoise de Nancy
nommée La Croisette, nièce du banquier
Dentrée. « Il trouva assez de charmes dans
cette nouvelle maîtresse, rapporte M. de
Beauvau, pour étouffer la passion qu'il avoit
conçue pour l'autre. Celle-ci, s'apercevant de
ce changement, se retira dans son abbaye de
Poussay, et ne vint plus que rarement à la
cour, comme pour considérer de temps en
temps si ce nouveau feu duroit toujours et ne
s'éteindroit pas bientôt. Le duc ne laissoit
pas de lui donner encore quelque marque de
son affection; mais toute sa galanterie ne fut
occupée pendant le carnaval qu'en faveur de
l'autre[1]. » L'obscurité de la rivale pouvait
rassurer, bien que M. de Lorraine, il l'avait

[1] Marquis de Beauvau, *Mémoires*, p. 249.

prouvé déjà, ne se laissât pas arrêter par les
chimères de la naissance. Mais il n'aimait
plus assez pour n'être point infidèle; il ne
fallait que la rencontre d'un objet plus digne
pour achever ce qu'avait commencé le minois
de La Croisette. Une enfant de treize ans, la
fille d'un disgracié qui avait mérité sa disgrâce, était destinee à faire sombrer le frêle
esquif de la pauvre de Ludres.

Le comte d'Aspremont, profitant des embarras du duc, s'était révolté et avait réussi à
se maintenir, à faire même de petites conquêtes tant que la guerre avec la France dura.
Lorsqu'on vint à signer la paix, l'on songea
peu à arranger d'aussi minces intérêts, et il
ne lui resta d'autre espoir qu'en la générosité du prince. Charles IV se laissait solliciter,
donnait de belles promesses, mais n'accordait rien, remettant au lendemain, traînant
en longueur avec un homme qui était sans
argent, sans crédit et se mourait de faim. A
bout de patience et de ressources, M. d'Aspremont était décidé à tout abandonner et
à se résigner à son sort. Heureusement pour
tous, la comtesse, plus tenace que son mari,
peut-être avec une arrière-pensée que l'événement donna lieu de supposer, forma le

projet d'aller solliciter avec sa fille. Le joli visage de l'enfant produisit l'impression ordinaire sur le duc qui, en peu de temps, se sentit tellement subjugué, qu'il parla, cette fois encore, de mariage, comme s'il n'eût pas engagé sa parole ailleurs. M. et madame d'Aspremont, devant ce retour inespéré, n'eurent garde de s'endormir, l'expérience du passé leur démontrait assez la nécessité de brusquer une affaire qu'il fallait emporter d'assaut. On ne laissa pas respirer le malheureux duc, qui, harcelé, supplié, pris au piège, s'exécuta et épousa, non sans quelque honte de son personnage [1].

Madame de Ludres [2], sa famille sans doute plutôt qu'elle, tenta un effort suprême pour empêcher cette félonie. Les curés de Nancy reçurent une protestation signée de sa main, où elle soutenait avec beaucoup d'énergie et de force qu'elle était fiancée avec le duc. Cette démarche n'eut d'autre résultat que de faire enfermer la mère et la fille. Mais son opposition subsistait, et il était nécessaire qu'elle se désistât. « On eut assez de difficulté

[1] 1665.
[2] On sait que les chanoinesses portaient le titre de *Madame.*

3.

de la faire résoudre à cela, soutenant que le duc l'avoit fiancée par le ministère du curé de Richarménil, comme j'ai déjà dit, en présence de sa mère et de sa grand'mère. Néanmoins le sieur Canon, procureur général de Lorraine, qui eut charge de l'interroger, l'ayant menacée de lui faire mettre la tête à ses pieds, comme à une faussaire et criminelle de lèse-majesté, elle se rendit plutôt aux larmes et à la frayeur de sa mère qu'à la sienne propre, et fit tout ce qu'on voulut[1]. » Mieux conseillée, la jeune chanoinesse jetait M. de Lorraine dans de grands embarras. Le maréchal du Plessis, dont elle était la parente, venait d'obtenir pour elle la place de fille d'honneur de la duchesse d'Orléans, madame Henriette d'Angleterre ; elle n'eût dû éclater que hors des atteintes du duc. Elle eût formé opposition entre les mains de l'évêque de Toul, dont la juridiction s'étendait sur tous les curés du duché, et qui eût fait défense d'aller plus loin jusqu'à plus ample informé. Une fois en France, sous la protection immédiate du duc d'Orléans, elle n'avait plus rien à craindre et pouvait éterniser les obstacles. Mais la faute était irréparable, et il n'y eut

[1] Marquis de Beauvau, *Mémoires*, p. 278.

plus qu'à se résigner et quitter ce pays trou-
blé, mal gouverné, pour la cour de France
où, là aussi, elle devait acheter chèrement
ses succès.

Elle y fit sensation. Sans qu'elle fût très-
spirituelle, il lui partait des saillies auxquelles
un vice de prononciation donnait un tour
piquant et original. « Elle grasseyoit horriblement, » dit Madame [1]; horriblement, quoique ce ne soit pas ce qu'elle entende, doit se
prendre pour infiniment : infiniment est le
mot, et nous ne tarderons pas à en avoir des
exemples. Elle avait aussi quelque chose de
naïf dans l'esprit, qui, joint à une grande distraction, jetait parfois ses interlocuteurs dans
des surprises dont elle ne s'apercevait guère.
Elle s'informait de votre santé avec des ten-
dresses à toucher l'âme, et vous n'aviez pas
encore ouvert la bouche pour lui répondre,
que vous trouviez qu'elle n'écoutait plus, « et
que ses beaux yeux trottoient par la chambre [2]. » Après la mort d'Henriette d'Angle-

---

[1] Duchesse d'Orléans , *Correspondance complète*
(Charpentier, 1855), t. I, p. 457.
[2] Madame de Sévigné, *Lettres* (édit. Monmerqué),
t. I, p. 312. Lettre de madame de Sévigné à madame
de Grignan, 1er avril 1671.

terre ¹, elle obtint le même rang près de la
reine jusqu'au moment où une mesure de rigueur dissipa cet escadron d'amazones pour
des causes que l'on tut, si on ne les ignora
point.

Les distractions, même les aventures, ne
manquaient pas à celles-ci, et de plus d'une
sorte. Cela variait la monotonie des heures,
et personne ne songeait à s'en plaindre. Mais
voilà qu'un beau jour une panique, une
crainte effroyable vient jeter le trouble et
l'épouvante parmi elles. Il ne s'agissait de
rien moins que de savoir si elles étaient ou
non enragées. « Si vous croyez les filles de
la reine enragées, écrit madame de Sévigné
à sa fille, vous croyez bien. Il y a huit jours
que madame de Ludres, Coëtlogon et la petite
de Rouvroi furent mordues d'une petite
chienne qui étoit à Théobon; cette petite
chienne est morte enragée; de sorte que Ludres, Coëtlogon et Rouvroi sont parties ce
matin pour aller à Dieppe et se faire jeter
trois fois dans la mer. Ce voyage est triste,
Benserade en étoit au désespoir; Théobon
n'a pas voulu y aller, quoiqu'elle ait été mor-

¹ Henriette d'Angleterre mourut le 29 juin 1670.

dillée. La reine ne veut pas qu'elle la serve, qu'on ne sache ce qui arrivera de toute cette aventure. Ne trouvez-vous point que Ludres ressemble à Andromède? Pour moi, je la vois attachée sur un rocher, et Tréville [1] sur un cheval ailé qui tue le monstre. *Ah! Zésu, matame te Grignan, l'étranze sose t'être zettée toute nue tans la mer* [2]. »

Madame de Ludres n'articulait pas autrement. On en plaisantait, on l'imitait par badinage, et cette légère imperfection n'empêchait pas qu'on ne la trouvât ce qu'elle était, la plus belle des filles de la reine, et qu'elle n'eût force galants, à commencer par le fils de notre railleuse. Nous avons vu les pauvres mordues se diriger vers Dieppe pour subir un baptême qui les effrayait fort. La cérémonie faite, elles revinrent sans se ressentir autrement de leur mésaventure. « Elle a été

[1] Henri-Joseph de Peyre, comte de Tréville, capitaine-lieutenant des mousquetaires.

[2] Madame de Sévigné, *Lettres* (édit. Monmerqué), t. I, p. 287, 288. Lettre de madame de Sévigné à madame de Grignan, 13 mars 1671. — Ces immersions dans la mer étaient alors le grand remède contre la rage. On lit dans le *Journal* de Dangeau, t. VIII, p. 286, à la date du 6 janvier 1702 : « M. le duc de Vendôme prit congé du roi pour s'en aller à la mer, ayant été léché d'un chien enragé. »

plongée dans la mer, écrit encore madame
de Sévigné, la mer l'a vue toute nue, et sa
fierté en est augmentée : j'entends la fierté
de la mer; car pour la belle elle en est fort
humiliée[1]. » Ce petit incident, qui avait son
côté bouffon, défraya quelque temps les conversations, puis on laissa les filles d'honneur
pour s'occuper d'autre chose.

Il eût été à souhaiter qu'elles n'eussent
jamais été plus gravement l'objet des propos
et des commérages de cour. Un beau matin,
elles se réveillèrent sans état. Un arrêt, qui
les frappait indistinctement pour n'en pas
frapper une séparément, les chassait toutes
d'auprès de la reine : la reine n'aurait plus
de filles d'honneur[2]. On chercha le pourquoi
d'une telle mesure, et on le crut trouver dans
un malheur survenu à mademoiselle de
Guerchi, dont on devine la nature. Madame
de Ludres reprit alors sa première situation

---

[1] Madame de Sévigné, *Lettres*, t. I, p. 312. Lettre de madame de Sévigné à madame de Grignan,
1er avril 1671.

[2] Ce coup d'État eut lieu le 26 novembre 1673. —
Madame de Sévigné, *Lettres*, t. III, p. 153. Lettre de
madame de Sévigné à madame de Grignan. — Voltaire, *Siècle de Louis XIV* (édit. Beuchot), t. XX,
p. 183.

près de l'épouse de Monsieur, cette seconde
duchesse d'Orléans qui a laissé une si volu-
mineuse et si étrange correspondance. Les
filles sont toujours difficiles à garder, et à la
cour plus qu'en aucun lieu du monde, même
en faisant griller les fenêtres de leur appartement, ce qui avait réussi médiocrement à
madame de Navailles. Celles de la reine
n'étaient pas exemptes d'assauts lorsqu'elles
étaient jolies. Et comme elles n'étaient pas
toutes de grands partis, on songeait bien plus
à les rendre tendres qu'à les épouser, et les
mœurs étaient telles que le succès couronnait
trop souvent l'audace de l'assaillant : en tout
cas, on ne se cachait pas trop d'écouter un
galant.

Pour sa part, madame de Ludres avait à répondre à trois à la fois, même avant de quitter
la reine. Le moins sérieux des trois était le
marquis de Sévigné, bien que madame de
La Fayette écrivît à sa mère : « Votre fils est
amoureux comme un perdu de mademoiselle
de Poussay[1]. » Les deux autres étaient le
chevalier de Vendôme et Vivonne, « ce gros
crevé, » qui avait autant d'esprit qu'il était

[1] Madame de Sévigné, *Lettres* (édit. Monmerqué),
t. III, p. 81, 19 mai 1673.

ample, et de cet esprit particulier aux Mortemart. « Voici une querelle qui faisoit la nouvelle de Saint-Germain. M. le chevalier de
Vendôme et M. de Vivonne sont les amoureux de madame de Ludres : M. le chevalier
de Vendôme veut chasser M. de Vivonne ; on
s'écrie : Et de quel droit ? Sur cela, il dit qu'il
veut se battre contre M. de Vivonne : on se
moque de lui ; non, il n'y a point de raillerie :
il veut se battre, et monte à cheval, et prend
la campagne. Voici ce qui ne peut se payer,
c'est d'entendre Vivonne : il étoit dans sa
chambre, très-mal de son bras[1], recevant les
compliments de toute la cour, car il n'y a
point eu de partage. « Moi, messieurs, *dit-il*,
« moi me battre ; il peut fort bien me battre
« s'il veut, mais je le défie de faire que je
« veuille me battre : qu'il se fasse casser
« l'épaule, qu'on lui fasse dix-huit incisions ;
« et puis (on croit qu'il va dire *et puis nous nous*
« *battrons*), et puis, *dit-il*, nous nous accom-
« moderons ; mais se moque-t-il de vouloir
« tirer sur moi ? Voilà un beau dessein, c'est
« comme qui voudroit tirer dans une porte
« cochère. Je me repens bien de lui avoir

---

[1] Il avait été blessé au passage du Rhin. Voir la
lettre du 19 juin 1672, t. II (édit. Monmerqué).

« sauvé la vie au passage du Rhin : je ne
« veux plus faire de ces actions, sans faire
« tirer l'horoscope de ceux pour qui je les
« fais; eussiez-vous jamais cru que c'eût été
« pour me percer le sein que je l'eusse remis
« sur la selle ? » Mais tout cela d'un ton et
d'une manière si folle, qu'on ne parloit d'autre
chose à Saint-Germain[1]. »

Cela est plaisant et plaisamment raconté.
Madame de Sévigné aimait fort M. de Vivonne,
comme sa sœur, madame de Thianges; elle
ne semble pas avoir une tendresse infinie
pour les Vendôme, par une raison relative à
son gendre et que nous dirons. Le chevalier
de Vendôme s'était conduit en cette circonstance avec toute la sagesse et toute la mesure
dont on est capable à cet âge; il ne faut pas
perdre de vue qu'il n'avait que dix-neuf ans.
Il était très-épris. M. de Vivonne, accueilli avec
distinction, devait l'inquiéter, et il crut se débarrasser de lui par un coup d'épée, ce à quoi
celui-ci ne voulut point entendre. Lequel des
deux madame de Ludres favorisait-elle ? C'est
assez malaisé à décider en dernier ressort.
M. de Vivonne parait tenace et nullement

---

[1] Madame de Sevigné, *Lettres* (édit. Monmerqué),
t. III, p. 168. 11 décembre 1675.

d'humeur à céder la place. Son amour trouvait un auxiliaire très-disposé à mettre tout
en œuvre pour faire pencher la balance de
son côté. Madame de Scudéry écrivait alors à
Bussy : « Vivonne aime avec passion madame
de Ludres ; madame de Montespan, qui veut
gagner par tout moyen l'amitié de son frère,
fait tout le mieux qu'elle peut à madame de
Ludres, et même lui fait faire des présents
par le roi, ce qui fait que beaucoup de gens
s'y méprennent, et croient que le roi a des
intentions pour elle[1]. » Remarquez que c'est
madame de Montespan qui attire sur madame
de Ludres les bienfaits et les regards de
Louis XIV, qui jusque-là n'avait pas pris
garde à elle. Toutefois, il ne semble point
que le frère ait tiré grand parti et grand profit
de ce périlleux manége.

Ce qui nous le fait croire, et ce qui nous fait
croire aussi que le chevalier de Vendôme avait
fini par vaincre son rival, c'est que, deux ans
après, il était question encore de sa passion
pour madame de Ludres, et ce n'est pas à cet
âge qu'on demeure deux ans à se morfondre,

---

[1] Bussy-Rabutin, *Lettres*. Supplément, IIe partie,
p. 2. 6 mai 1673.

si l'on n'est pas payé de retour. M. de Turenne venait d'être frappé, emportant avec
lui, sinon la fortune de la France, du moins
les espérances de toute une campagne. On
sait, on le sait avant tout par madame de
Sévigné, quel deuil fut cette mort dans les
villes et les villages où passa son cercueil.
Ce n'est pas le lieu de répéter ici une lettre
fameuse ; mais nous citerons ce petit fragment
d'une autre lettre, relatif encore à M. de Turenne et dans lequel il y a un mot peu bien-
veillant pour le chevalier : « Son corps est
porté à Turenne ; plusieurs de ses gens, et
même de ses amis, l'ont suivi. M. de Bouillon est revenu ; le chevalier de Coislin, parce
qu'il est malade ; M. le chevalier de Vendôme, à la veille du combat : voilà sur quoi
on crie ; et toute la beauté de madame de
Ludres ne l'excuse point [1]. »

D'abord cria-t-on ? Cela ressemble fort à
ces petites exagérations qui se rencontrent
de temps à autre dans madame de Sévigné.
Encore une fois, le chevalier était un enfant
ou à peu près, bien qu'il se fût conduit en

[1] Madame de Sévigné, *Lettres* (édit. Monmerqué,,
t. III, p. 390. 9 août 1675.

homme, la campagne précédente, aux côtés mêmes de M. de Turenne qu'il ne quitta pas à la bataille de Zeinheim, et que cette action fût la troisième dont il eût pris sa part[1]. Sans doute eût-il mieux fait de demeurer que de retourner à Paris, en admettant qu'il ne se soit pas mêlé à l'escorte de ce grand homme, son protecteur, son ami, l'oncle par alliance de la duchesse de Bouillon, ce que nous ne savons point, et ce qui n'est pas nettement établi dans le peu de lignes qui ont rapport à cette sorte de désertion, dont on fait assumer la responsabilité à madame de Ludres. S'il revint pour elle et s'il en fut blâmé autant que le dit madame de Sévigné, madame de Ludres ne pouvait guère se dispenser de l'en indemniser. D'autre part, s'il était jeune, ce qui est de tous les défauts celui qu'on se fait le plus aisément pardonner, il avait, à ce que nous dit Saint-Simon, qui ne le ménage point et lui refuse jusqu'à du courage, beaucoup d'esprit, une figure parfaite en sa jeunesse, avec un visage singulièrement beau[2]. Joignez à cela une origine qui, tout entachée de

---

[1] La Fare, *Mémoires* (Michaud et Poujoulat), t. XXXII, p. 273.

[2] Saint-Simon, *Mémoires* (Chéruel), t. V, p. 141.

bâtardise qu'elle était, n'en était pas moins royale, et madame de Ludres eût eu plus d'une excuse de répondre à l'amour de ce héros de vingt ans, qui s'était signalé par deux années de soins et de constance.

———

II

Madame de Montespan, pour servir son frère contre le chevalier de Vendôme, avait essayé de gagner madame de Ludres à l'aide

de présents qu'elle lui faisait donner par le
roi. Elle paraissait ne pas voir qu'il était dangereux de mettre la fidélité de son royal
amant à une telle épreuve. Louis XIV avait
peu remarqué madame de Ludres tant qu'elle
avait été fille de la reine; il s'éprit d'elle
lorsqu'elle fut à Madame. Bien que toujours
sous le charme de la grâce, de l'esprit infini
de sa maîtresse, il ne sut pas résister aux
doux yeux de la belle chanoinesse, qui se
laissa aimer à la face de toute la terre. « Elle
sembloit, dit Bussy, par le bruit qu'elle faisoit, songer plus à passer pour maîtresse qu'à
l'être. » Elle le fut, toutefois, bel et bien, et
cette liaison ne dura pas moins de deux ans.
Si un règne de deux années est court pour
qui vise à l'éternité, c'était plus qu'il ne fallait pour alarmer sérieusement la marquise
et lui inspirer le dessein de ramener à tout
prix le volage. Quelque ravissante qu'elle fût,
la beauté de la chanoinesse avait ses moments
d'éclipse : son visage se chargeait brusquement de rougeurs et de boutons, qui ne dis-
paraissaient qu'après un traitement toujours
trop long. Il est question de cette maladie de
peau dans les chansons satiriques du temps.
Nous trouvons un sonnet adressé à Esprit.

premier médecin de Monsieur, sur la guérison de la chanoinesse de Poussay et des couplets médiocrement spirituels commençant
ainsi :

II vous faudroit pouvoir guérir de Ludre [1]...

Madame donne à cette maladie une origine
assez romanesque, qu'elle pouvait tenir de
madame de Ludres, mais qui nous paraît
peu croyable. Ces rougeurs eussent été la
suite d'un poison que la princesse de Cantecroix eût fait administrer à sa rivale. « Le
poison fit éruption, raconte la duchesse d'Orléans, et la couvrit de taches depuis la tête
jusqu'aux pieds. Le mariage fut ainsi empêché. Elle fut assez bien soignée pour sauver
sa figure, mais de temps en temps elle a
encore des attaques de son mal [2]. » Madame
de Cantecroix empêcha si peu le mariage,
on l'a vu, qu'à sa mort M. de Lorraine était
plus que jamais sous le charme. Cette erreur

[1] *Recueil de Chansons historiques* (Bibliothèque impériale. Manuscrits`, années 1668 et 1669, t. III,
f. 201, 225, 226.
[2] Duchesse d'Orléans, *Correspondance complète*,
Charpentier 1855) t. I, p. 457.

seule suffirait pour faire douter d'une accusation aussi grave[1]. Madame est à lire avec précaution : elle est légère et haineuse, elle confond où elle dénature à son insu, au profit de ses aversions ou de ses préjugés.

Quoi qu'il en soit, ce fut par là que madame de Montespan battit en brèche l'affection de Louis XIV. On sent tout le parti que put tirer d'un mal équivoque la haine doublée de l'esprit le plus retors, le plus aigu et le plus acéré. Elle fit insinuer au roi que c'étaient des dartres que sa divinité avait sur tout le corps, et s'y prit si bien que celui-ci, désenchanté, dégoûté, humilié, rompit avec la pauvre de Ludres. Sous toute apparence, cette résolution coûta. A la messe, on la regarda sous cape, et, au retour, elle obtint l'aumône de quelques mots[2]; ce qui fut rapporté

[1] Mademoiselle de Montpensier, qui, d'ailleurs, n'est pas plus exactement renseignée que la duchesse d'Orléans, et qui parle de madame de Ludres sans la nommer, dit que celle-ci se crut empoisonnée. Probablement, à la cour de France, ne connut-on ce petit roman que par ce qu'en raconta la jolie chanoinesse, qui l'arrangea à sa façon.

[2] Madame de Sévigné, *Lettres* (édit. Monmerqué), t. V, p. 457. 15 juin 1677. Lettre de madame de Sévigné à madame de Grignan.

tout aussitôt à la favorite qui, comme les heureux, ne manquait pas d'amis, et d'amis zélés. Le roi, outré de cette surveillance et croyant savoir d'où venait l'indiscrétion ou la trahison, ne manqua pas de s'en expliquer avec Marsillac, en appelant les choses par leur nom[1]. En définitive, madame de Montespan triomphait avec une ostentation et une insolence qui devaient apitoyer sur le sort de cette Ariane, qu'on plaignait moins au fond qu'on ne portait envie à sa rivale[2]. Durant quelques jours, madame de Ludres occupa de son malheur et la cour et la ville. On voulut trouver dans l'opéra d'*Isis,* donné un peu auparavant[3], des similitudes entre sa situation et celle d'Isis, ou bien encore d'Io, la fille d'Inachus; Junon, cette terrible épouse qui sait défendre ses droits à tout prix, n'était-ce pas la redoutable et vindicative Montespan ?

[1] Bussy-Rabutin, *Lettres.* Supplément, IIᵉ partie, p. 41.—Lettre de madame de Montmorency (Isabelle-Henriette-Paloise) à Bussy-Rabutin. Le 18 juin 1677.

[2] Madame de Sévigné, *Lettres* (édit. Monmerqué), t. V, p. 88. 11 juin 1677. Lettre de madame de Sévigné à madame de Grignan.

[3] Poëme de Quinault, musique de Lulli ; représenté pour la première fois le 5 janvier 1677.

Argus adressait à Io ces vers-ci :

Vous êtes aimable ;
Vos yeux devoient moins charmer :
Vous êtes coupable
De vous faire trop aimer.
C'est une offense cruelle
De paroître belle
A des yeux jaloux ;
L'amour de Jupiter a trop paru pour vous [1].

On saisit avidement l'allusion, aussi bien que l'à-propos de ceux-ci, d'une application non moins directe :

Terminez mes tourments, puissant maître du monde,
Sans vous, sans votre amour, hélas !
Je ne souffrirois pas.
Réduite au désespoir, mourante, vagabonde,
J'ai porté mon supplice en mille affreux climats...
Voyez de quels maux ici-bas
Votre épouse punit mes malheureux appas.

Et Jupiter répondait :

Il ne m'est pas permis de finir votre peine.

Madame de Montespan devait expier ses hauteurs, et, plus tard, l'allusion changera de face, elle ira la chercher parmi les vaincues. L'opéra de *Proserpine*, représenté en 1680, comme celui d'*Isis*, donna lieu à de malignes applications. « Il y a une scène,

[1] *Isis*, acte III, scène 1re.

écrit madame de Sévigné, de Mercure et de Cérès, qui n'est pas bien difficile à entendre ; il faut qu'on l'ait approuvée, puisqu'on la chante : vous en jugerez[1]. » Mercure vient trouver Cérès de la part de Jupiter, et la prie en son nom de porter dans les plaines de la Phrygie l'abondance et la fertilité. Il insiste ensuite sur ce qu'il y a de glorieux pour elle dans une pareille démarche faite par le plus grand et le plus redoutable des dieux. Cérès répond à ce compliment par un retour sur le passé, ce passé dont elle est si loin :

> Peut-être qu'il m'estime encore ;
> Mais il m'avoit promis qu'il m'aimeroit toujours[2]...

Madame de Ludres manifesta à Monsieur l'intention de s'éloigner, et parla même de se retirer aux dames Sainte-Marie de la rue du Bac. Monsieur alla trouver son frère pour savoir ses volontés. Le Jupiter de l'Olympe avait répondu : « Il ne m'est pas permis de finir votre peine; » le Jupiter de Versailles, qui avait pris son parti répliqua sèchement :

[1] Madame de Sévigné, *Lettres* (édit. Monmerqué). t. VI, p. 157.

[2] *Proserpine*, poëme de Quinault, musique de Lulli, représentée pour la première fois le 16 novembre 1680. — Acte Ier, scène II.

« N'y est-elle pas déjà¹ ? » Toutes lés favo-
rites ne sont pas des La Vallière, et les Car-
mélites ne vont pàs au tempérament de tous
les repentirs. Madame de Ludres alla chez la
maréchale de Clérembault, au Bouchet. Ce
petit voyage ne se fit pas sans qu'on versât,
en sorte qu'on se vit forcé de passer la nuit
à la belle étoile « par un carrosse rompu et
tout ce qui arrive quand on est en malheur. »
—« L'infortunée *Io est au Pousset cez matame
de Clérampo,* écrit madame de Sévigné à sa
fille, elle a passé une nuit *tans les sans,*
comme une autre Ariane²... » Après y être
demeurée un mois, elle reparut chez Madame
« belle comme un ange, » ce qui fait encore
dire à madame de Sévigné, l'historienne de
ces amours royales, en pensant aux inquié-
tudes passées et présentes de madame de
Montespan : « Pour moi, j'aimerois mieux ce
haillon loin que près³. »

Mais un retour du roi n'était plus possible,

Bussy-Rabutin, *Lettres.* Supplément, IIᵉ partie,
p. 54.—Lettre de madame de Scudéry à Bussy, 28 janvier 1678.

² Madame de Sévigné, *Lettres* (édit. Monmerqué),
t. V. p. 104, 108. — Lettres de madame de Sévigné à
madame de Grignan, des 23 et 25 août 1677.

³ *Id., id.,* t. V, p. 108, 157.

tout était bien fini. Dans une satire du temps intitulée *Logements de 1677 ou environ,* on loge madame de Ludres « à la Chimère, rue Saint-Louis[1]. » Sa beauté seule survivait à ce complet naufrage. On le lui dit pour adoucir sa blessure toujours saignante. « Tout de bon, répondit-elle, j'en suis bien aise, c'est un ridicule de moins. » Voici un autre mot d'elle qui est d'un sentiment féminin très-net et très-arrêté, et qui ne déplaît pas, sans être plaisant. La duchesse d'Orléans jouait avec un compas ; elle dit à madame de Ludres en la menaçant par forme de badinage : « Il faut que je crève ces deux yeux-là, qui font tant de mal.—Crevez-les, madame, répliqua la fille d'honneur, puisqu'ils n'ont pas fait tout celui que je voulois[2]. » Ces beaux yeux, en effet, n'avaient fait de mal qu'à la pauvre chanoinesse, qui, sans leur manége, eût trouvé apparemment un mari aussi bien que Coestlogon, Rouvroy et Théobon, ses compagnes[3].

[1] *Recueil de chansons historiques* (Bibliothèque impériale. Manuscrits), t. IV, f. 438.

[2] Madame de Sévigné, *Lettres* (édit. Monmerqué), t. V, p. 219, 221. — Lettres de madame de Sévigné à madame de Grignan, des 4 et 6 septembre 1677.

[3] Louise-Philippe de Coestlogon épousa Cavoie ;

Si la Ludres eût eu moins d'appas,
Elle auroit été mariée,
Mais un mari n'aimeroit pas
A la voir d'amans entourée.
Son cœur, quoiqu'il pense des mieux,
Ne peut assurer de ses yeux [1].

C'est en août 1675 que madame de Sévigné accusait le chevalier de Vendôme d'avoir déserté le champ de bataille pour les beaux yeux de madame de Ludres ; les amours de Louis XIV avec la chanoinesse de Poussay durèrent deux ans et finirent en juin 1677. Nous ne savons rien de plus que ce que nous avons dit sur une aventure où, nous en avons peur, M. de Vendôme joua le rôle d'un étourdi et d'une dupe : en amour, c'est ainsi qu'on commence et qu'on finit. On l'avait

Jeanne de Rouvroy, le comte de Saint-Vallier ; Lydie de Rochefort-Théobon, le comte de Théobon.

[1] Ces vers sont attribués à Benserade (*Recueil de chansons, de couplets et de vaudevilles, pour servir à l'histoire anecdote.* — Bibliothèque mazarine. Manuscrits, t. II, f. 392). A l'âge des passions et des faiblesses succéda l'âge du retour à Dieu et du dévouement. « C'est une bonne personne qui s'est convertie, écrit Madame, à la date du 3 septembre 1718, ne pense qu'à bien élever ses nièces et s'ôte le pain de la bouche pour les enfants de son frère... Elle est à Nancy, dans un couvent, d'où elle sort quand elle veut. Elle a une pension du roi et ses nièces aussi. »

quitté pour un roi, la fortune lui devait bien
qu'un roi fût quitté pour l'amour de lui.
Forcé de s'éloigner pour nous ne savons
quelles frasques, et nous ne savons pas davantage à quelle époque précise, le chevalier
alla tuer le temps en Angleterre, où il fut
reçu par Charles II en parent; car ils étaient,
quoique de façon un peu différente, tous
deux du sang de Henri IV. C'était du temps
de la duchesse de Portsmouth[1]. Le prince
anglais, lui non plus, ne se piquait pas de
constance et donnait bien quelques soucis à
la maîtresse en titre ; il avait plus d'une maîtresse de passage. Ces liaisons, tout éphé-
mères qu'elles étaient, tant qu'elles duraient,
lui allaient fort au cœur. Le chevalier de
Vendôme s'étant épris de l'une d'elles, la lui
débaucha pour le « remercîment, » dit Saint-
Simon. Il était jeune, aimable, joli même, et
la conquête fut facile. Mais le roi Charles ne
l'entendait pas ainsi. Il aimait ardemment
cette fillette et se montra disposé à toutes les
capitulations pour n'être plus menacé dans
son bien. Le chevalier avait-il besoin d'ar-

[1] Mademoiselle de Kéroual, fille d'honneur de
madame Henriette, que le roi Charles fit venir de
France après la mort de la princesse.

gent, on lui en donnerait; désirait-il rentrer en grâce auprès de Louis XIV, on s'y emploierait; on ne demandait pas mieux que de le voir loin et très-loin. Mais M. de Vendôme tint bon et ne se prêta à aucun arrangement. Les portes du palais lui furent fermées: il lui restait la comédie, où il paradait avec sa maîtresse, ayant soin de se placer tout en face du roi. Le roi n'y pouvait rien, n'ayant pas plus le droit que le dernier de ses sujets de faire arrêter cet étranger qui venait l'affronter. A bout de moyens, de plus en plus affolé de la demoiselle, décidé à tout pour se débarrasser de ce terrible hôte, il écrivit à Louis XIV pour qu'il le rappelât, et si instamment, qu'on n'osa le refuser. Mais le chevalier, qui ne se souciait pas de rentrer de sitôt, répondit qu'il s'accommodait fort de l'Angleterre, et ne changea pas de vie. Jusque-là, le roi Charles n'avait pas dit quel si grand intérêt il avait à ce que M. de Vendôme retournât en France. Il avoua tout au roi son frère, et le supplia de contraindre M. de Vendôme à repasser sur le continent[1]. L'ordre vint, et si formel, qu'il n'y eut pas à user de

[1] Saint-Simon, *Mémoires* (Chéruel), t. XII, p. 98.

faux-fuyants ni de tempéraments. Mais alors
le chevalier avait plus que pris sa revanche
avec la royauté.

Aussi mobile en politique qu'en transactions amoureuses, après avoir, dans les trou-
bles de la Fronde, joué le rôle le plus inconstant et le plus équivoque, presque toujours
avec nos ennemis contre nous, tout au moins
avec les factions contre le roi, M. de Lorraine
avait pris la plus étrange détermination,
celle de céder son duché à la France. Il va
sans dire que le repentir suivit de près l'engagement, et qu'il ne songea plus, dès lors,
qu'à annuler un traité où il ne trouvait que
faiblement son compte. Il était venu à Paris,
et fréquentait fort sa sœur, la femme de Gaston, cette duchesse d'Orléans avec laquelle la
grande Mademoiselle vivait un peu sur le
pied de neutralité armée[1]. Cette dernière
avait à son service une famille d'honnêtes
bourgeois qui ne soupçonnaient guère ce
qu'un avenir prochain leur préparait d'agitations, d'espérances enivrantes et d'amers
mécomptes. Le mari, Claude Pajot, était
apothicaire de la princesse; madame Pajot

[1] Marguerite de Lorraine, que Gaston épousa en
1633 sans le consentement de Louis XIII.

était sa première femme de chambre. Leur
fille, appelée Marianne, se trouvait également placée auprès de Mademoiselle. C'était
une jeune et charmante personne, joignant
à une beauté éclatante beaucoup d'esprit,
de raison, des manières modestes, une distinction native à laquelle n'avait pas nui sans
doute le milieu où elle était mêlée, quoique
d'une façon subalterne. Une imprudence lui
aliéna l'affection de la terrible fille de Gaston. Durant un voyage à Saint-Fargeau,
l'idée lui était venue, pour se divertir, d'écrire
à ses amis de Paris ce qui se passait à la cour
de sa maîtresse, et, apparemment, pour donner à sa correspondance un tour plus piquant,
le fit-elle assez librement, comme on en use
quand on est sûr du secret. Par malheur, ce
secret ne lui fut pas si bien gardé que quelques
traits ne transpirassent de ses lettres, et ne
vinssent à la connaissance de la redoutable
Mademoiselle, qui lui défendit tout aussitôt
de se montrer chez elle. Marianne dut quitter la partie du Luxembourg occupée par la
princesse et se retirer chez sa tante, femme
de chambre de la duchesse d'Orléans[1]. Ce fut

1 Mademoiselle de Montpensier, *Mémoires* (Michaud et Poujoulat), t. XXVIII, p. 362.

chez Madame que le duc de Lorraine la rencontra. La première entrevue suffit pour le
rendre amoureux fou. Toutefois, là où il ne
s'attendait guère à se voir opposer de ré-
sistance sérieuse, il trouva des respects, mais
une fermeté, une honnêteté, une vertu qu'il
devait renoncer à vaincre. Il ne restait donc
que deux partis : oublier ou épouser. Le duc
Charles opta pour le plus aisé : il offrit, avec
sa main, la couronne ducale. Il n'allait tenir désormais qu'à mademoiselle Marianne-
Françoise Pajot de devenir duchesse régnante
de Lorraine et de Bar : c'était un beau rêve
pour la fille de l'apothicaire du Luxembourg.
« On peut aisément imaginer, raconte l'historien le plus accrédité de l'aventure, l'effet
que fit une telle proposition sur une jeune
personne dont l'âme était noble et élevée :
elle regarda un honneur si surprenant avec
modestie, mais elle n'en fut point éblouie au
point de s'en croire indigne. M. de Lorraine
parla à ses parents de ses intentions, et la
chose alla si loin, qu'il y eut un contrat de
mariage fait dans toutes les formes[1] ; que les

[1] On trouve ce contrat, passé le 18 avril 1663, tout
au long dans les *Mémoires du marquis de Beauvau*,
p. 221 à 226.

bancs furent publiés et le jour pris pour faire
le mariage[1]. » L'amoureux duc n'y mettait
nul mystère. Il allait tous les jours se pro-
mener ouvertement avec sa maîtresse. Les
rendez-vous se prenaient d'ordinaire chez
l'apothicaire de sa sœur, « où il mangeoit
presque toujours dans des plats d'étain et de
faïence[2]. »

Tout le Luxembourg fut en émoi. Madame
était au désespoir. Mademoiselle de Montpensier, qui était destinée, après avoir dé-
daigné l'alliance de tous les souverains de
l'Europe[3], à faire un mariage romanesque et
disproportionné, n'était pas plus favorable à

[1] Lassay, *Recueil de différentes choses*, Ire partie,
p. 7. Récit de ce qui se passa dans le moment que
M. le duc de Lorraine alloit épouser *Mademoiselle
Marianne.*

[2] Mademoiselle de Montpensier, *Mémoires* (Michaud
et Poujoulat), t. XXVIII, p. 362, 363.

[3] Voici la liste des princes dont il fut plus ou
moins question pour Mademoiselle : le comte de
Soissons, le cardinal infant, frère d'Anne d'Autriche; le roi d'Espagne, Philippe IV; le prince de
Galles, l'empereur d'Autriche, l'archiduc Léopold,
le roi de Hongrie, le prince de Condé (lors de la
maladie de sa femme), le duc de Savoie, le duc de
Neubourg, le roi de Portugal, Monsieur, le comte
de Saint-Paul.

cet hymen extravagant. Cela se passait un
jour ou deux avant le mariage de la duchesse
de Bouillon, et elle se trouvait près de cette
autre Marianne, quand Madame la fit prier
de parler à Pajot et à sa femme; elle n'y
manqua pas à son retour. Mais ceux-ci répon-
dirent que leur fille n'était plus chez eux,
qu'ils avaient une telle obligation à M. de
Lorraine qu'ils lui obéiraient en tout, et que
le duc ne voulait pas qu'elle demeurât davantage au Luxembourg. Mademoiselle vit
bien que l'on avait pris son parti. « Puisque
vous dépendez d'autres gens que de moi, leur
dit-elle, sortez tout à l'heure de ma maison. »
Ils obéirent, mais ce coup d'autorité n'ob-
viait à rien. « J'allai en informer Madame,
qui m'en remercia humblement, et me dit
qu'entre les moindres bourgeoises le frère
d'une belle-mère n'épouseroit pas la servante
de sa belle-fille. J'en demeurai d'accord, et
trouvai que cela seroit ridicule [1]. »

Madame alla se jeter aux pieds du roi;
mademoiselle de Guise, toute la maison de
Lorraine en fit autant. Le sort de Marianne
était donc entre les mains de Louis XIV, et il

[1] Mademoiselle de Montpensier, *Mémoires* (Michaud et Poujoulat), t. XXVIII, p. 372.

n'était pas probable qu'il se déclarât pour une fille sans naissance contre sa propre famille, car Madame était sa tante. Mais Le Tellier crut avoir trouvé dans ce mariage un sûr moyen de forcer le duc à tenir ses engagements envers la France ; il le fit goûter au roi, dont les répugnances devaient s'effacer devant la grandeur des avantages. Toutefois, il était urgent de se hâter si on voulait arriver à temps. Le contrat était signé, toutes les parties d'accord ; le mariage, arrêté pour le jour même, devait s'accomplir dans la nuit. Le secrétaire d'État obtint carte blanche pour agir. Il se fit, dans la soirée, escorter de Roumecourt, lieutenant des gardes, et de trente gardes, et se transporta, rue Saint-Honoré, n° 16, chez un oncle de Marianne, le sieur Tistonnet, maître apothicaire comme Pajot, chez qui s'était signé le contrat et chez lequel aussi se faisait le repas de noces [1].

Toute la famille était à table, et M. de Lorraine au milieu d'elle. Une allégresse sans mélange brillait sur tous les visages. L'appa-

---

[1] Mademoiselle de Montpensier, *Mémoires* (Michaud et Poujoulat), tome XXVIII, p. 372.—Le marquis de Beauvau, *Mémoires pour servir à l'histoire de Charles VI, duc de Lorraine et de Bar.* p. 226.

rition de M. Le Tellier produisit plus que de
l'étonnement; de sinistres pressentiments
succédèrent à cette gaieté bruyante, et l'on
attendit, non sans de secrètes angoisses, le
malheur encore ignoré qu'apportait ce ministre trop bien accompagné. Toutefois, la
curiosité ne devait pas être aussi prompte-
ment satisfaite. M. Le Tellier dit à Marianne
que c'était à elle qu'il avait affaire, à elle
seule, et qu'il la priait de vouloir bien lui
accorder une courte audience. Il n'y avait
qu'à obéir. Il lui déclara alors qu'il ne dépen-
dait que d'elle d'être duchesse; que Louis XIV,
malgré les prières de Madame, ne s'oppose-
rait point à ce qu'elle devînt la femme de
M. de Lorraine, à une condition toutefois, et
cette condition, c'était d'user de son influence
sur le prince pour l'obliger à faire honneur
à sa parole en exécutant le traité convenu
entre le roi et lui. Voilà ce qu'on attendait
de Marianne, et à quel prix on mettait un acquiescement sans lequel il n'y avait point de
mariage pour elle. Le ministre avait sur lui
le traité; il le lui présenta, ajoutant que c'é-
tait à elle à le faire signer à son fiancé, et
qu'elle serait reçue au Louvre avec tous les
honneurs dus à son nouveau rang; mais que,

si elle se refusait à se rendre au désir de Sa Majesté, il était forcé de lui avouer qu'il avait ordre de la conduire au couvent de la Ville-l'Évêque, ce que Madame sollicitait instamment.

« L'alternative étoit grande, dit Lassay, et il y avoit lieu d'être tenté. Marianne ne balança pas un moment, et elle répondit à M. Le Tellier qu'elle aimoit beaucoup mieux demeurer Marianne que d'être duchesse de Lorraine aux conditions qu'on lui proposoit ; et que, si elle avoit quelque pouvoir sur l'esprit de M. de Lorraine, elle ne s'en serviroit jamais pour lui faire faire une chose si contraire à son honneur et à ses intérêts ; qu'elle se reprochoit déjà assez le mariage que l'amitié qu'il avoit pour elle lui faisoit faire. M. Le Tellier, touché d'un procédé si noble, lui dit qu'on lui donneroit, si elle vouloit, vingt-quatre heures pour y songer ; elle lui répondit que son parti étoit pris, et qu'elle n'avoit que faire d'y penser davantage, et puis elle rentra dans la chambre où étoit la compagnie pour prendre congé de M. de Lorraine, qui, ayant appris de quoi il étoit question, se mit dans des transports de colère effroyables. Après l'avoir calmé autant qu'elle put, elle donna la main à M. Le Tellier, laissant la chambre toute remplie de pleurs, et monta dans le carrosse du roi sans verser une seule larme [1]. »

Tout le temps que le duc resta en France, durant quatre ou cinq mois environ, Marianne ne quitta pas sa prison, où elle était resserrée assez étroitement, avec défense de communiquer avec son amant. Celui-ci avait jeté feu et flammes ; il n'avait parlé de rien moins que de l'enlever de force ; peut-être même y eut-il un commencement d'exécution. Pour plus de sûreté, une compagnie des gardes fut établie à poste fixe à la Ville-l'Évêque, et ne désempara point tant que la jeune fille y demeura. La tenue de Marianne fut parfaite. L'abbesse et les religieuses admiraient cette modération, cette absence d'amertume, cette douceur, cette continence de larmes. Pleine de sens, de calme, de générosité, elle se résigna à son sort et renonça dès lors à une fortune qu'il n'y avait pas lieu d'espérer quand elle s'était offerte à elle, et pour laquelle, sans doute, elle n'était pas faite. Elle renvoya à M. de Lorraine, par une

[1] Lassay, *Recueil de différentes choses*, 1re partie, p. 12, 13.

de ses tantes, pour un million de pierreries, qu'elle n'avait aucun droit de retenir honnêtement, aussitôt que les projets arrêtés entre eux et si voisins de leur conclusion cessaient d'être possibles[1]. On sent une belle âme, sans rien de romanesque et d'exalté, s'appréciant, jugeant les choses ce qu'elles étaient, et comprenant, malgré le froissement qu'elle en éprouvait, les mesures dont elle était l'objet. Lassay, qui ne raconte que d'après ce que Marianne lui en dit plus tard, ajoute que l'amoureux duc, de retour en Lorraine, écrivit à mademoiselle Pajot, à laquelle on avait rendu la liberté, de le venir trouver avec sa mère ou quelqu'une de ses tantes, qu'il l'aimait toujours ardemment, et qu'à peine elle aurait le pied dans ses États il achèverait un mariage que rien au monde ne pouvait désormais empêcher. « La crainte qu'elle eut de lui,

---

1 Mademoiselle parle de vingt mille écus en pierreries et six mille pistoles en argent comptant. En tout cas, si mademoiselle Pajot reçut pour un million de pierreries, ce qui nous paraît fort exagéré, le contrat de mariage est loin d'en porter pour une somme aussi considérable. « ... lui a aussi, ledit sérénissime duc, sous la même condition, fait don de bagues et joyaux à lui appartenant, jusqu'à la somme de cent mille livres, monnoye de France. »

si elle étoit une fois en lieu où il fût le maître, fit qu'elle lui répondit qu'elle ne pouvoit point se résoudre à aller en Lorraine sans être auparavant sa femme. Il lui écrivit pendant un temps assez long beaucoup d'autres lettres, par lesquelles il lui disoit qu'il viendroit l'épouser en France, s'il n'avoit pas peur d'y être arrêté, étant brouillé avec le roi, mais, effrayée par beaucoup d'exemples de légèreté qu'il avoit déjà donnés en de pareilles occasions, elle ne put jamais se rassurer, et elle lui répondit toujours sur le même ton [1]. »

La confiance de mademoiselle Pajot dans la constance de M. de Lorraine avait dû être fort ébranlée par la conduite du prince à Paris, si elle en fut instruite, et il est peu probable qu'elle ne la connut point. « Il ne laissoit pas, raconte de son côté le marquis de Beauvau, parmi toutes ces aventures, d'aller souvent au palais d'Orléans [2] y visiter la duchesse sa sœur, quoiqu'il n'en fût pas satisfait, lui faisant de continuels reproches du tour qu'elle lui avoit fait au sujet de Ma-

---

[1] Lassay, *Recueil de différentes choses,* Ire partie, p. 15, 16.

[2] Le palais du Luxembourg.

rianne, sur quoi elle tâchoit de l'adoucir en lui remontrant la honte que sa maison auroit soufferte d'un mariage si inégal. Ne pouvant, toutefois, vivre sans quelque amourette, il jeta la vue sur une autre demoiselle, qui étoit, à la vérité, de meilleure qualité que Marianne, qui s'appeloit Saint-Remy, et étoit fille du premier maître-d'hôtel de la duchesse d'Orléans. Il ne tarda pas longtemps à lui témoigner le même dessein de l'épouser ; et, en ayant fait la déclaration au père, il fut assez simple pour y donner son consentement, sans considérer ce qui venoit d'arriver fraîchement, ni peser la légèreté de ces amours-là [1]. » S'il faut ajouter foi au récit de Mademoiselle, mieux placée que le marquis de Beauvau pour savoir ce qui se passait au Luxembourg, loin de se laisser séduire par l'appât d'une couronne pour sa fille, M. de Saint-Remy se conduisit, tout au contraire, avec une prudence et un désintéressement qui même ne furent pas loués de tout le monde. « L'on blâma extrêmement Saint-Remy d'avoir remis sa fille entre les mains

---

[1] Marquis de Beauvau, *Mémoires pour servir à l'histoire de Charles VI, duc de Lorraine et de Bar,* p. 222, 228.

de Madame, et de l'avoir empêchée de se marier avec M. de Lorraine : la charge qu'il avoit chez elle ne lui devoit pas être si considérable que le plaisir de voir sa fille souveraine. L'on crut que madame de Saint-Remy, qui n'aimoit pas sa belle-fille, empêcha son mari de laisser faire ce mariage. » Madame de Saint-Remy avait d'un précédent mariage une fille à peu près du même âge que celle-ci, moins belle, et qui devait cependant occuper longtemps exclusivement le cœur du plus grand roi du monde, mademoiselle de La Vallière, pour tout dire ; et, probablement, n'eût-elle pas vu sans chagrin une élévation qui eût établi entre les deux jeunes filles une aussi énorme distance.

Quoi qu'il en soit, Madame coupa court à cette nouvelle intrigue, en faisant enfermer la maîtresse de son frère dans une chambre, sous la garde de la maréchale d'Étampes, et si étroitement que M. de Lorraine, pour avoir voulu forcer sa porte, reçut de la part d'un Suisse un coup de hallebarde, dont il fut blessé légèrement. Après quoi le duc, dégoûté de son séjour à Paris, se décida à regagner ses États, où il était plus en sûreté qu'à la cour de France. Quant à mademoiselle de

Saint-Remy, on la maria à un gentilhomme du nom d'Hautefeuille [1].

Tant d'amours entravées et malheureuses eussent dû le rebuter à la fin, et on eût pu le croire à tout jamais guéri, lorsqu'on le vit de rechef s'enflammer pour cette jolie chanoinesse de Poussay dont nous avons raconté plus haut la galante odyssée; car, si nous avons été amené à parler de madame de Ludres avant d'arriver aux aventures de Marianne, Marianne n'en fut pas moins aimée la première, quoique de bien peu, et madame de Ludres ne contribua pas médiocrement sans doute à l'effacer du souvenir de M. de Lorraine. Mais que celui-ci se soit consolé un peu plus tôt, un peu plus tard, qu'au moment même où sa maîtresse se morfondait dans un couvent à cause de lui, il ait scandalisé le Luxembourg par sa légèreté et de nouvelles folies, cela ne saurait en rien influer sur l'estime que nous inspire et qu'inspira aux contemporains cette jeune fille si sensée, si digne, qui représente, dans ce qu'elle avait d'honnête et de fier déjà, la bourgeoisie d'a-

[1] Mademoiselle de Montpensier, *Mémoires* (Michaud et Poujoulat), t. XXVIII, p. 386.

lors[1]. Et nous ne pouvons qu'être de l'avis du marquis de Lassay, lorsqu'il dit à la fin de cette histoire émouvante : « J'ai écrit une action aussi belle et aussi singulière que celle-là pour mon fils et pour ses enfants, afin qu'ils en conservent la mémoire et qu'ils tâchent à imiter une mère si vertueuse, j'ose même leur dire qu'une fille qui avoit tant de noblesse dans l'âme est peut-être préférable à une demoiselle dont les pères sont parvenus, par des voies basses et honteuses, aux honneurs qui ont illustré leur maison[2]. »

A part un « peut-être » qu'il faut retrancher, voilà des sentiments qui ne sont pas ordinaires à cette date, et qui devaient entacher d'étrangeté l'homme capable de les confesser hautement et, ce qui est plus grave, d'agir en conséquence de pareils principes. Aussi le marquis de Lassay, auquel on ne pouvait refuser toutes les qualités aimables, avec de la figure, de l'esprit, une capacité

---

[1] Le père de Marianne est traité, dans le contrat de mariage, de « très-noble personne Claude Pajot... » Il existe un dossier relatif à la famille Pajot à la Bibliothèque impériale (Cabinet généalogique).

[2] Lassay, *Recueil de différentes choses*, Ire partie, p. 16, 17.

réelle dont, il est vrai, il ne sut tirer nul parti, est-il considéré par ceux de son temps comme un enthousiaste, un chercheur d'aventures, un chevalier errant, un second don Quichotte [1]. Lassay n'avait pas plus de dix ans lors des amours du duc avec Marianne [2]. L'enfant, attentif à ce roman émouvant, l'entretien de toutes les ruelles, en fut plus profondément impressionné qu'on ne l'est à cet âge. Un malheur supporté avec tant de résignation, de noblesse, frappa d'admiration sa jeune âme. Son imagination avait été trop puissamment remuée pour que le souvenir s'effaçât avec le temps, et, lorsqu'il la rencontra, il était merveilleusement préparé à subir le charme de cette beauté touchante, de cette souveraine sans couronne, qui avait mieux aimé rester la fille simple et obscure de sa jeunesse que de faire courir à sa modestie les moindres risques. « A quinze ans je l'ai connue, et à quinze ans j'ai commencé à l'aimer [3], » nous dit-il.

[1] La Fare, *Mémoires* (Michaud et Poujoulat), t. XXXII, p. 292.

[2] Armand de Madaillan de Lesparre, marquis de Lassay, était né le 28 mai 1652.—La Chesnaye-des-Bois, *Dictionnaire de la noblesse*, t. VIII, p. 497.

[3] Lassay, *Recueil de différentes choses*, 1re part., p. 51.

Lassay dut, pour obéir à son père, contracter une première union destinée à une bien courte durée. Sa femme[1] mourut jeune, après quelques années de mariage, laissant une fille qui épousa dans la suite le comte de Coligny[2]. Il n'avait pas alors tout à fait vingt-trois ans; il était bien de sa personne; il avait une nature délicate, tendre, chevaleresque, faite pour être comprise de cette fille si recommandable par l'élévation et la générosité des sentiments. Il n'avait dépendu que de Marianne d'être duchesse de Lorraine; le marquis de Lassay ne dérogeait donc pas tant en faisant sa femme de mademoiselle Pajot. Cette logique-là ne fut pas celle du monde. Soit par un instinct d'envie envers des gens qui sacrifiaient toutes les vanités à leur bonheur, soit qu'un tel parti choquât trop directement les idées et les préjugés, on en voulut à Lassay, et, avant de conclure cet hymen, il eut tout le loisir de se convaincre que l'opinion le condamnait.

[1] Cette première femme s'appelait Marie-Marthe Sibour.

[2] Marie-Constance-Adélaïde de Madaillan de Lesparre, mariée à Gaspard-Alexandre comte de Coligny.—La Chesnaye-des-Bois, *Dictionnaire de la noblesse*, t. IX, p. 291.

Il lui fallait le consentement du marquis
de Montataire, personnage égoïste outre mesure, que sa tendresse pour son fils n'eût pas
déterminé, et qui céda par une arrière-pensée toute personnelle et parce que cela aidait
à accommoder certaines affaires qu'il avait à
cœur, comme M. de Lassay, poussé à bout,
est amené à le lui dire [1]. Le sort de Marianne
allait encore dépendre de la façon dont
Louis XIV envisagerait cette mésalliance,
M. de Montataire voulant avoir eu la main
forcée et ne paraître céder qu'à une influence
royale. Louis XIV avait été vivement ému,
dans son temps, de la conduite de mademoiselle Pajot, dont le calme, la douceur, le désintéressement ne s'étaient pas démentis un
instant, et il fut heureux de trouver l'occasion d'indemniser la pauvre fille de tout le mal
qu'il lui avait fait. Son consentement ne se
fit pas attendre, et il voulut y joindre vingt-
cinq mille écus pour sa dot [2]. Elle lui fut présentée, et il eut même dans la suite avec elle
un commerce assez familier. « Il lui demanda
un jour, raconte son mari, si elle lui avoit

[1] Lassay, *Recueil de différentes choses*, Ire partie,
p. 26, 27.
[2] Dom Calmet, *Histoire de Lorraine*, t. VI, p. 529.

pardonné de l'avoir empêchée d'être duchesse de *Lorraine;* elle lui répondit qu'ayant contribué depuis à lui faire épouser un homme de condition qu'elle aimoit et dont elle croyoit être aimée, elle lui avoit pardonné aisément d'avoir rompu son mariage avec un souverain qui l'auroit rendue moins heureuse qu'elle n'étoit [1]. »

A la naissance du fils que lui donna Marianne, Lassay était encore en instances auprès de M. de Montataire pour faire reconnaître une alliance à laquelle celui-ci avait accordé toutefois un plein acquiescement, mais qu'il avait ses raisons de vouloir tenir secrète [2]. Il n'est pas étonnant que Chaulieu, à qui il avait confié ses projets, et qui était parti avec M. de Béthune pour la Pologne, en soit aux hypothèses et en attende la confirmation officielle : « Je crois que M. de Lassay est marié présentement, écrit-il à sa belle-sœur. Je vous

[1] Lassay, *Recueil de différentes choses,* 1re partie, p. 18, 19.

[2] Le marquis de Montataire songeait à se remarier lui-même : il épousa, en effet, Marie-Thérèse de Rabutin, fille du célèbre Rabutin, l'auteur de l'*Histoire amoureuse des Gaules,* laquelle eut une fille qui fut unie, le 3 avril 1711, au fils de M. de Lassay et de Marianne, son neveu à elle, par conséquent.

7

prie, ma belle dame, de lui faire donner ma lettre en main propre; elle est pleine de toutes les folies du monde sur ses nœuds et sur la famille. Demandez-lui-en une lecture à la première occasion. Si les choses ont continué dans les belles résolutions où je l'ai vu, vous êtes tous les jours avec sa femme. Je ne doute point que cela n'ait continué, car les sentiments d'estime qu'on a une fois pris pour vous durent toujours. Ce seroit une chose qui seroit agréable pour vous que ce commerce-là. Le voisinage, la commodité et la liberté qu'il m'a toujours assuré qu'il établiroit dans son domestique vous y feroient trouver quelques agréments [1]. » Chaulieu, qui était lié avec M. de Lassay, avait également des relations avec le père : on lui faisait des avances, on le cultivait, sans que nous sachions si M. de Montataire avait quelques motifs de rechercher son amitié. Au reste, l'abbé ne semble pas fort attiré vers le marquis et sa femme, mademoiselle de Rabutin. Dans une lettre de date bien plus récente, adressée également à madame de Chaulieu, il plaisante

[1] Chaulieu, *Lettres inédites*, précédées d'une notice par le marquis de Béranger (1850). — A madame de Chaulieu, lettre v, p. 38.

sur le retour des régiments, la satisfaction
toute légitime que cela va causer aux femmes
qui ne peuvent manquer d'allumer des feux
de joie ; puis il passe aux Montataire : « Je
fus hier souper, dit-il, chez les Montataire,
où je suis sûr qu'il y en aura un d'allumé.
Ce ne sera pas un des magnifiques de la ville,
et quelque passion qu'ait la marquise de revoir son Benjamin, il ne sera que d'un co-
tret. Ah ! madame, si vous aviez vu le lièvre
que j'y mangeai hier au soir, vous devriez
perdre la curiosité d'en revoir de l'espèce.
Un agneau de six mois, le cabri de Mimeure,
les bêtes prodigieuses de Villarceaux sont des
ortolans auprès. La pauvre bête étoit morte
de vieillesse et de caducité, et l'arme à feu
n'avoit point eu de part à son homicide [1]. »
Plus loin, il ajoute que les Montataire lui ont
fait mille amitiés pour madame de Chaulieu
et lui ont dit que « cet hiver il falloit bien
manger son chapon ensemble et jouer. » Mais
la cuisine du marquis ne semble pas l'affrian-
der infiniment, et on le concevra de reste en
entrant plus avant dans la vie de Chaulieu.

Pour en revenir aux deux amoureux, s'ils

[1] Chaulieu, *Lettres inédites.* — A madame de Chaulieu, lettre xix, p. 126, 127.

devaient à leur enfant de régulariser leur état, ils n'avaient guère en vue le monde avec lequel ils rompaient en visière. Lassay brûla ses vaisseaux en homme subjugué. Il était enseigne des gendarmes du roi, il se démit de son emploi. Il quitta la cour, il quitta Paris, et alla vivre avec Marianne au fond de ses terres, sans se dire que bien des circonstances pouvaient l'enlever brusquement à ce bonheur auquel il avait tout immolé. On le verra plus tard, en effet, reparaître, un peu embarrassé de sa contenance, reprendre le train du monde, se répandre et figurer dans l'intimité non-seulement des Bouillon et des Vendôme, mais encore de la maison de Condé qui se l'attachera étroitement.

III

toire de sorcellerie. — Le vieux gentilhomme, la petite fille
et le cheval blanc.— Madame de Soissons prend la fuite.
—La duchesse de Bouillon ajournée. — Elle affronte l'orage.
—Interrogatoire à l'Arsenal. — Elle est exilée à Nérac. —
Jean Bertet.—Le chevalier de Bouillon.— Le grand prieur
est son père.

Tandis que Lassay sacrifiait tout un avenir à une passion romanesque, Chaulieu s'ar-
rachait à sa vie d'abbé galant et mondain, et
prenait un parti courageux à une époque où
les rapports entre les peuples étaient loin de
rencontrer ces facilités et ces sûretés qui
existent maintenant d'un bout du globe à
l'autre. Chaulieu avait de trente-cinq à trente-
six ans alors. On n'est pas vieux à cet âge ;
mais, si l'on n'a pas encore songé à se faire
une carrière, il est temps et grand temps
d'y penser. C'est du moins ce que se dit l'abbé,
qui n'était pas riche et se désolait de n'avoir
point une plus large existence. Les esprits les
moins sérieux et les moins actifs, à une certaine heure, se sentent la velléité de faire et
de devenir quelque chose. Une occasion
s'était présentée, et Chaulieu, rompant les
liens de fleurs qui le retenaient à Paris, s'attacha à la fortune du marquis de Béthune,
dans l'intimité duquel il vivait depuis longtemps, et qui partait pour l'ambassade de

Pologne. Jean Sobieski et M. de Béthune avaient épousé les deux sœurs[1] ; Louis XIV ne pouvait donc être représenté par un homme en meilleure odeur à la cour de Varsovie. Des lettres publiées récemment nous donnent quelques lumières sur ce voyage et ce séjour en Pologne de l'abbé ; ces lettres n'ont d'ailleurs ni une grande valeur ni un grand intérêt, à part ce que nous y pouvons trouver de relatif à la seule personne du poëte. Ce qui le frappe d'abord, c'est la barbe, les longues robes et les sabres formidables de ces descendants des anciens Sarmates. Du reste, il se fait vite aux usages du pays. « C'est la mode en ce pays ici d'avoir des gentilshommes polonois. J'en prends quatre en arrivant à Varsovie. On ne leur donne que quarante sols par semaine, pour nourriture, entretien, gages et tout le reste. Je vois bien que ce seroit folie de faire venir ici mes gens. Je vous en écrirai plus amplement quand j'aurai vu l'air du bureau à Varsovie. Cependant je suis ruiné ici. On ne trouve rien du

[1] Marie-Casimire et Marie-Louise de La Grange d'Arquien, filles du marquis d'Arquien, qui devint cardinal. LA CHESNAYE-DES-BOIS, *Dictionnaire de la Noblesse* (2ᵉ éd.), 1771, t. II, p. 445, 446.

tout en Pologne. Il me faut acheter un lit,
matelas, couverture et tout ce qu'il faut pour
camper partout. Chacun ici en a autant, et
ni à la cour ni autre part il n'y a pas une
seule maison meublée [1]. »

Sobieski n'était pas un roi fainéant ; les trois
quarts de sa vie se passèrent dans son camp,
et ce furent pour lui les seuls heureux moments, car, à peine de retour, il se voyait aux
prises avec les tiraillements, les ennuis, les
tracasseries domestiques. Force était bien aux
ambassadeurs de le suivre, et aux abbés qui
étaient de leur suite. Chaulieu accompagne le
roi à l'armée sans trop faire la grimace ; il lui
arrive même de se croire du jeu. Il dit en
parlant du Turc qui menaçait la frontière
avec deux cent mille hommes et trois cents
pièces de canon, mais contre lequel les Mos-
covites marchaient avec une armée non
moins formidable : « C'est avec cela que l'on
prétendoit nous régaler ; mais nous nous
moquerons d'eux [2]. » Il ne faut pas s'attendre
à rencontrer toutes ses aises dans un camp
de Sarmates ; il ne faut même pas s'attendre
à en revenir aussi pimpant qu'on y est allé.

[1] Chaulieu, *Lettres inédites* (1850), p. 42.
[2] Id., *Ibid.*, p. 47.

C'est ce dont Chaulieu devait, du reste, faire la curieuse expérience. Au retour de l'expédition, le mieux nippé ne l'était encore guère au seul point de vue de la décence : « Nous avons trouvé ici la reine, écrit-il à sa belle-sœur, madame de Chaulieu, à la date du 2 mai 1675, bien revenue de ses anciennes maladies, et d'une munificence d'habits que rien ne peut égaler. Il n'y a rien de plus opposé à l'état où nous sommes revenus d'Ukraine, depuis M. de Béthune jusqu'au dernier de nous. Nos habits ne vont pas à couvrir la nudité humaine. Il a fallu rester huit jours avec toutes les dames de la cour en ce déplorable état, parce que nos hardes sont dans le garde-meuble de la reine, à Léopold. Elle y a envoyé aujourd'hui un huissier de sa chambre pour nous tirer de nos guenillons, et parce que M. de Béthune scandalisoit souvent, par l'usure de ses habits, toutes les filles d'honneur [1]. »

Chaulieu était encore en Pologne lorsque madame de Bouillon appelait, à force de légèretés, la tempête sur son joli front et contraignait sa famille à brusquer le dénoûment

---

[1] Chaulieu, *Lettres inédites* (1850), p. 50, 51.

d'une intrigue trop publique. Les relations de Louvigny, frère cadet du comte de Guiche, avec cette terrible étourdie duraient depuis deux ou trois ans ; ils ne songeaient guère plus l'un que l'autre à s'envelopper de mystère, et c'étaient des parties continuelles, dans lesquelles Manicamp, l'amant de madame de Louvigny, se trouvait le plus souvent en tiers. Nous renonçons à dire les bruits qui coururent alors et légitimèrent les mesures de rigueur qu'on crut devoir prendre. Turenne• et le cardinal de Bouillon intervinrent (ce dernier avec moins d'autorité et de désintéressement, si, à un certain instant, ses rapports avec la duchesse furent tels qu'on l'avait prétendu), et l'imprudente fut enfermée au couvent de Montreuil, près d'Arques[1]. Chaulieu apprit ce malheur avec un chagrin réel. « Quoique vous me mandiez, écrit-il à sa belle-sœur, que les affaires de madame la duchesse aillent de mieux en mieux, je ne saurois être tranquille là-dessus,

---

[1] *Recueil de chansons, de couplets et de vaudevilles pour servir à l'histoire anecdote* (Bibliothèque mazarine. Manuscrits), t. II, f. 573. — *Recueil de chansons historiques* (Bibliothèque impériale. Manuscrits), année 1672, t. III, f. 506.

et je meurs de peur qu'elle ne reste plus longtemps dans son couvent par la malice de ses ennemis. Songez toujours à ne pas laisser accoutumer M. de B. à se passer d'elle ; il écrivoit l'ordinaire dernier à M. de Béthune qu'il auroit bien souhaité pour mille raisons qu'il eût été à Paris, et qu'il ne peut pas lui en dire davantage par lettre. Cela nous a persuadés qu'il pourroit utilement servir notre duchesse quand nous serons en France, et cela m'a donné beaucoup de joie. N'aurai-je pas la permission de l'aller voir avec vous quand je serai arrivé[1] ? » Mais la captivité de madame de Bouillon ne devait pas durer jusque-là, et il apprenait en route que l'orage si imprudemment provoqué par sa jeune amie promettait de se dissiper et le ciel de s'éclaircir.

« Je dois donc, écrit-il encore de Cracovie à madame de Chaulieu, commencer par répondre à une lettre que je reçus de vous en parlant de Jaworow, où vous me mandez que les affaires de madame la duchesse vont mieux de jour en jour, et qu'elle se raccommode avec M. de Turenne[2] et M. le cardinal.

[1] Chaulieu, *Lettres inédites* (1850), p. 55, 56.
[2] Cette lettre est datée de la veille de la Saint-

Là-dessus je dois vous dire que rien au monde ne pouvoit me faire tant de plaisir que cette nouvelle-là; que rien n'est si conforme à ses intérêts, et qu'elle ne peut jamais bien rétablir l'atteinte que tous ces bruits et cette dernière retraite pouvoient donner à sa conduite et à sa réputation que par ce moyen-là. Pour les vôtres, qui sont présentement attachés aux siens inséparablement, je vous avoue que j'avois tremblé jusques à cette heure présente, et je craignois toujours que la même médisance et la même mauvaise volonté qui lui a fait cette cruelle affaire ne vous enveloppât tôt ou tard dedans. Mais toutes mes appréhensions sont dissipées présentement; nos ennemis ne tireront de ceci que de la honte et de la confusion; et M. de Bouillon, revenu une fois pour sa femme, sera incapable, tout le reste de sa vie, d'écouter rien de ce que toutes ces âmes noires de sa maison lui viendront suggérer. Vous me mandez qu'il devoit l'aller voir en relais, et vous aussi avec madame la comtesse[1]. C'est à votre adresse à lui tourner, tout l'été que

Jean. Un mois après, le 27 juillet, Turenne était emporté par un boulet, à Saltzbach.

[1] La comtesse de Soissons, sa sœur.

vous serez avec elle, l'esprit de manière qu'elle marque beaucoup de complaisance à M. de Bouillon, et qu'elle profite des premières chaleurs du raccommodement pour perdre absolument le Gascon, avec qui elle ne peut jamais trouver de sûreté. Ne perdez aucun moment pour cela. C'est d'où dépend tout le repos et le plaisir de sa vie et de la vôtre aussi, parce que l'amitié qu'elle a pour vous, que toutes ses affaires ici augmenteront encore, en fera un des plus grands agréments [1]. »

Quel est ce Gascon, l'ennemi de la duchesse, et qu'il faut perdre de nécessité absolue ? Nous ne saurions trop dire. Une des choses qui ressortent de cette lettre confidentielle, c'est la longanimité, la facilité, l'insignifiance de M. de Bouillon, qui a laissé faire plus qu'il n'a agi, et qui ne demande qu'à pardonner et à subir le joug et les caprices de sa fantasque moitié. Cette lettre est curieuse encore sur un autre point : elle dénote toute la familiarité de Chaulieu auprès du duc et de la duchesse, et l'influence que madame de Chaulieu, en l'absence de son beau-frère,

---

[1] Chaulieu, *Lettres inédites* (1850), p. 58, 59, 60.

pouvait avoir sur la princesse. S'il ne s'agissait que de venir en aide à l'étourdie, il n'y aurait qu'à louer ; mais Chaulieu semble tout aussi préoccupé des conséquences de ce petit orage pour lui et les siens, et voilà ce qui nous plaît moins, bien qu'il ne soit pas défendu, après tout, de songer à ses propres affaires. Ce souci tout personnel est plus nettement accusé dans les lignes qui suivent. La princesse est à Vichy, l'abbé lui écrit exactement sans obtenir le moindre signe de vie. Ce silence le chiffonne, il l'inquiète : « Apparemment, marque-t-il à sa belle-sœur, il a passé quelque vision par la tête de la bonne dame ; car lui ayant écrit aussi régulièrement que je l'ai fait, il n'est pas naturel qu'elle ne m'ait point fait de réponse. Je vous écrirai régulièrement de Fontainebleau, et pour le plaisir que je sais que cela vous fera, et pour vous dire le parti qu'il y aura à prendre pour voir madame de B., car nous serions perdus à jamais sans cela. Il ne faut pas, pour un peu d'incommodité de plus, perdre des amis que l'on a eu tant de peine à faire, et encore plus à conserver, de l'humeur dont ils sont [1]. »

[1] Chaulieu, *Lettres inédites* (1850), p. 154. Bien que la lettre ne soit pas datée, elle ne peut être que de 1680.

Madame de Bouillon n'était pas toujours commode, il faut le dire. Elle traitait ses amis, comme ses parents, avec le plus complet despotisme; elle usurpait l'empire le plus absolu sur les moins saisissables, sur le prince de Conti, sur M. le Duc lui-même qui, tout féroce qu'il était, dit Saint-Simon, ne bougeait pas de chez elle. Mais elle avait, en revanche, ce qui fait pardonner les caprices, les travers, les légèretés, une tyrannie parfois qui révolte, elle avait le charme, elle avait la politesse, une familiarité caressante dans une mesure parfaite, et dont le plus petit comme le plus grand n'avait qu'à se louer [1].

Chaulieu eût bien voulu n'avoir pas fait ce voyage pour rien. La place de résident de Sa Majesté polonaise en France était l'objet de tous ses désirs. Le roi paraissait assez bien disposé; mais la reine s'était entêtée d'un M. Letrens, et, tout en faisant le plus charmant visage à cet ami de sa famille, elle tenait bon pour son favori. M. de Béthune, qui eût pu le servir plus chaudement, craignit sans doute de heurter son impérieuse belle-sœur, et chercha à convaincre celui-ci qu'il

---

[1] Saint-Simon, *Mémoires* (Chéruel), t. XI, p. 109.

devait en prendre son parti. « Tout le monde
va à son intérêt, remarque l'abbé avec un
accent de découragement passager, sans songer à celui des autres ; et les services et les
bienfaits ne sont, ma belle dame, que de fort
méchants titres à faire quelque chose qui
choque, de fort loin seulement, le moindre de leurs desseins. Je voudrois bien
avoir trois ans de moins et avoir été aussi
instruit que je le suis présentement des choses de ce monde[1]. » Il fallut renoncer à cet
espoir d'établissement et se dédommager en
satisfactions d'amour-propre et de vanité.
On le traitait et il se laissait traiter en personnage. C'était à qui, des palatins et des sé-
nateurs, lui donnerait le plus de marques
d'estime et de considération : Leurs Majestés
l'admettaient fréquemment à leur jeu. La
mission toutefois touchait à sa fin ; l'ambassadeur et sa suite devaient se mettre en marche le vendredi, lendemain de la petite Fête-
Dieu, à midi. Le jour des adieux, M. de Béthune dîna avec le roi et la reine. Après le
repas, Sobieski fit appeler Chaulieu, auquel
il donna une bague du plus grand prix qu'il

[1] Chaulieu, *Lettres inédites* (1850), p. 52.— Le 2 mai
1675.

portait au doigt [1], en s'excusant de n'avoir pu faire tout ce qu'il aurait voulu. Quant à la reine, elle ne se sentait pas la force de le voir ; elle lui faisait dire qu'aussi bien elle attendait de son affection qu'il accompagnerait le marquis à son prochain voyage, et qu'il pouvait compter, à tout événement, sur son amitié et ses bons offices.

« On monta en carrosse, où nous fûmes suivis de toute la cour, sans vanité, quasi toute en larmes, et disant publiquement que nous emportions tout le plaisir et tout l'agrément dela cour. Ce qui est très-vrai, c'est qu'on nous mande que le roi et la reine en ont été fort touchés. Nous avons été régalés sur le chemin en vingt endroits et reçus partout au bruit du canon. Jamais je n'ai vu de fêtes pareilles ; toutes les bêtes de l'air, de la terre et de la mer ont paru sur les tables. Il est vrai qu'elles paroissent, en ce pays, de si bonne compagnie que l'on y demeure six heures avec

[1] « J'oubliois de vous dire que la bague que le roi m'a donnée est celle de Sigismond-Auguste, roi de Pologne, tirée du trésor et composée de diamants brillants mis en œuvre à l'ancienne mode, mais si parfaitement que c'est la plus belle chose du monde ; elle vaut peut-être quatre-vingts ou cent pistoles. » — *Lettres inédites*, p. 72.

8.

elles, ce qui me tue, car il n'est moment de ces six heures qui ne soit stimulé par des rasades de vin de Hongrie et d'Italie. Je m'en meurs ; et, pour M. le marquis, il en a la goutte depuis trois semaines, à mourir. Pour couronner tout cela, M. le chevalier Lubomirski, fils de ce fameux Lubomirski révolté contre le roi Casimir qui vouloit faire M. le prince roi, donna un cheval arabe à M. le marquis, de mille écus, et à moi un cheval tartare. Encore cela vaut-il bien s'enivrer. Je vous assure que je le suis depuis huit jours. Mais enfin voilà tout fini, et nous partons après-demain de Cracovie [1]. »

C'était être à bonne école, et Chaulieu faisait là un apprentissage dont il profita fort, et qui devait lui servir plus tard à la table du grand prieur et à la sienne propre. N'eût-il recueilli que cela de son voyage en Pologne, qu'il n'eût eu rien à regretter. Il avait été huit mois près de Sobieski ; sûrement remportait-il plus d'une histoire intéressante, plus d'un trait de mœurs, plus d'une anecdote, d'un scandale piquant et d'autant plus piquant que la cour de la reine était composée de

[1] Chaulieu, *Lettres inédites* (1850), p. 69, 70.

dames françaises. Cependant il n'y a pas autre chose, dans le peu de lettres qui nous sont parvenues, que ce que nous avons en partie cité. Il ne tenait pourtant qu'à lui de nous peindre *de visu* ce héros de Plutarque, cette figure antique de Sobieski, dans toute la franchise et le nu de sa vie de labeur et de gloire. Ce n'eût été qu'une page de cette grande existence ; mais, avec un homme aussi infatigable, on fait bien du chemin en huit mois dans la connaissance d'un caractère.

En partant de Cracovie, ils se dirigèrent sur Prague. Au bout de six semaines, ils comptaient bien n'être pas fort éloignés de Munich. Encore autant, et, si Dieu le permettait, ils seraient de retour à Paris. Très-probablement ils y arrivèrent dans le courant d'août 1675, pour la Saint-Laurent. Chaulieu ne fut pas le seul à revenir déçu. M. de Béthune, de son côté, avait rêvé que, par la protection de son royal beau-frère, le roi de France consentirait à le faire duc, et il en fut pour son rêve. Cela dut consoler un peu l'abbé, si le mot de La Rochefoucauld est vrai.

Chaulieu trouva la duchesse délivrée, pardonnée, nous voudrions dire corrigée. Mais

madame de Bouillon avait une de ces natures
ardentes, irréfléchies, emportées, auxquelles
les leçons ne profitent guère. Bien des choses
conspiraient d'ailleurs contre sa conversion :
son âge, sa beauté, la facilité des mœurs,
l'éducation qu'elle avait reçue. On joue avec
l'enfance, comme si les directions, les exemples, bons ou mauvais, n'étaient de nulle conséquence, et, pour n'avoir pas compté avec
elle, pour ne l'avoir pas assez respectée, on en
aura été, sans le soupçonner, le premier cor-
rupteur. Marianne, par sa gentillesse, son in-
telligence hâtive, son esprit précoce, plein de
vivacité et de feu (elle faisait des vers à six
ans), était l'amusement et le joujou de la
cour, et surtout de son oncle, qui prenait plaisir à la lutiner de mille sortes, et assez étrangement parfois, comme on en pourra juger.
« La cour étoit pour lors à la Fère, raconte sa
sœur madame de Mazarin. Un jour qu'il la
railloit sur quelque galant qu'elle devoit avoir,
il s'avisa à la fin de lui reprocher qu'elle étoit
grosse. Le ressentiment qu'elle en témoigna
le divertit si fort, qu'on résolut de continuer
à le lui dire. On lui étrécissoit ses habits de
temps en temps, et on lui faisoit accroire que
c'étoit elle qui avoit grossi. Cela dura autant

qu'il falloit pour lui faire paroître la chose vraisemblable ; mais elle n'en voulut jamais rien croire, et s'en défendit toujours avec beaucoup d'aigreur jusqu'à ce que, le temps de l'accouchement étant arrivé, elle trouva un matin entre ses draps un enfant qui venoit de naître. Vous ne sçauriez comprendre quel fut son étonnement et sa désolation à cette vue. *Il n'y a donc,* disoit-elle, *que la Vierge et moi à qui cela soit arrivé, car je n'ai du tout point eu de mal.* La reine la vint consoler, et voulut être marraine ; beaucoup de gens vinrent se réjouir avec l'accouchée ; et ce qui avoit été d'abord un passe-temps domestique devint à la fois un divertissement public pour toute la cour [1]....» Le moyen de faire d'une fille ainsi élevée, une femme honnête, contenue, réservée, lorsqu'une imagination ardente vient prêter assistance aux séductions d'une cour dissolue !

Si madame de Bouillon n'était pas la plus régulièrement belle, elle n'était pas la moins charmante des nièces du cardinal. Dès douze ans, elle était formée et déjà femme [2]. « Elle

[1] Saint-Réal, *Mémoires de la duchesse de Mazarin* (Amsterdam, 1730), t. V, p. 7 et 8.

[2] *Œuvres de Benserade*, t. II (éd. 1698), p. 205.

n'étoit ni grande ni menue, dit Saint-Simon,
mais tout le reste admirable et singulier [1]. »
La Fontaine complète le portrait à sa façon :

> Peut-on s'ennuyer en des lieux
> Honorés par les pas, éclairés par les yeux
>   D'une aimable et vive princesse,
> A pied blanc et mignon, à brune et longue tresse ?
> Nez troussé, c'est un charme encore selon mon sens,
>   C'en est même un des plus puissants.
> Pour moi le temps d'aimer est passé, je l'avoue ;
>   Et je mérite qu'on me loue
>   De ce libre et sincère aveu,
> Dont pourtant le public se souciera très-peu,
> Que j'aime ou n'aime pas, c'est pour lui même chose ;
>   Mais, s'il arrive que mon cœur
> Retourne à l'avenir dans sa première erreur,
> Nez aquilins et longs n'en seront pas la cause [2].

La Fontaine déclare sa préférence pour les
nez retroussés, et nous n'y voyons pas grand
mal. Qu'il nous dise la couleur de cette longue
tresse qui accompagnait si bien le visage
de sa protectrice, c'est ce que le premier
venu pouvait faire et il n'y a point à cela la
moindre indiscrétion. Il se fût borné encore
à nous apprendre que la princesse avait un
joli pied, qu'on le lui eût d'autant plus pardonné que madame de Bouillon portait tou-

[1] Saint-Simon, *Mémoires* (Chéruel), t. XI, p. 110.
[2] La Fontaine, *Lettres à divers* (éd. Walkenaer),
t. VI, p. 516.

jours ses jupes des plus courtes « tant pour sa commodité que pour faire voir ses pieds qui étoient fort petits et bien tournés [1]. » Mais comment La Fontaine savait-il qu'ils étaient blancs ?

Marianne, devenue madame de Bouillon, cédant à l'entraînement de sa nature, ne veilla que trop peu sur ses démarches. Son imagination hardie, que l'éducation avait développée mais en la déflorant, souriait aux créations et aux peintures les plus osées et y apportait ses richesses particulières. On a prétendu qu'elle inspira au bonhomme ses plus jolis contes, mais ses contes les moins pudiques. Disons, comme palliatif, que nombre de ses fables furent composées près d'elle, pour elle, et qu'on ne fut pas sans prendre souvent son avis. Et c'est ce dont la postérité lui doit tenir compte [2].

Chaulieu, ne pouvait manquer, au retour, d'être bien reçu. Il se pliait, en garçon d'esprit

---

[1] *Recueil de chansons historiques* (Bibliothèque impériale. Manuscrits); t. IX, f. 24.

[2] Il fallait que l'influence de la princesse sur La Fontaine fût grande pour faire rimer à ce poëte, le plus indépendant de tous, un poëme sur le quinquina.

qu'il était, aux petits caprices ; il se prêtait
aux mille espiègleries dont on le faisait la
plus lamentable victime. Il fallait d'abord subir toutes les bêtes de la duchesse. On sait la
passion de la jeune femme pour toute espèce
d'animaux. A quelque heure qu'on la surprît,
on la trouvait entourée de chiens, de chats,
de singes et autres de la même farine. Un
matin, La Fontaine vient lui lire des vers, et
elle de se partager entre cette lecture et trois
querelles d'animaux. Le bonhomme, loin de
s'en plaindre, la compare à César ; d'ailleurs
il y avait urgence et l'on était près de s'étran-
gler [1]. Chaulieu, qui n'avait pas la candeur
du fabuliste, en avait la longanimité. « J'aurois bien d'autres plaintes à vous faire de vos
rigueurs, dit-il quelque part, et de celles de
messieurs vos chiens et de madame Cancan,
dont je porte encore les marques ; mais il faut
se taire [2]... » Une autre chienne, dont la fin
devait être tragique, qu'on appelait Dorine,
(Dodo par abréviation), ne l'avait pas plus
épargné [3]. Et que de griefs à ajouter à ceux-là !

[1] La Fontaine, *Lettres à divers* (éd. Walkenaer), t. VI,
p. 526 et suiv. — Lettre à la duchesse de Bouillon.
[2] Chaulieu, *Œuvres* (La Haye, 1777), t. II, p. 139.
— A Fontenay, le 13 juin 1673.
[3] Id., t. II, p. 164. — A Lyon, le 18 octobre 1681.

« Il m'est arrivé pourtant mille disgrâces devant vous; vos chiens m'ont mangé la main,
la guenon m'a mordu, MM. de Vendôme m'ont
brûlé ma perruque et déchiré mon manteau
sans que vous ayez donné la moindre marque
que cela vous touchât un peu au cœur [1]... »
Mais ne prenez pas ces lamentations à la lettre.
Chaulieu se vengera des épigrammes, des sar-
casmes, des noirceurs de la duchesse en lui
envoyant des cruches d'excellente huile d'Aix.
« Aimerez-vous mieux vos brocards que mes
rôties, et mes sauces aux truffes dont je vous
fournis la matière [2] ? » Tel est l'homme, telle
est la nature de ce commerce d'une familiarité qui passe les bornes et de beaucoup,
comme on sera bientôt à même d'en juger.

Madame de Chaulieu, nous en avons bien
peur, se mettait de moitié dans les complai-
sances de l'abbé. La princesse s'invitait à
Fontenay, comme elle s'invitait un peu plus
tard au Temple. Quelque indépendante qu'elle
fût, il y avait des choses qu'elle ne pouvait
faire à l'hôtel de Bouillon, quoiqu'il n'y en
eût guère qu'elle ne fît. Ainsi, bien des gens

[1] Chaulieu, Œuvres (La Haye, 1777), t. II, p. 173.
— Lettre à madame de Bouillon.
[2] Id., t. II, p. 416. — Lettre à la même.

qui aimaient Ninon, ne la voyaient ni chez
elle ni chez eux. Sous toute apparence, la duchesse se trouvait dans ce cas. Nous avons
deux lettres de Chaulieu relatives à des parties projetées avec l'Aspasie du xviiᵉ siècle.
La première (plutôt un billet qu'une lettre,
comme la plupart des lettres de Chaulieu), est
sans date, et rien ne saurait indiquer l'époque
où elle a été écrite. Toutefois nous paraît-elle
antérieure au voyage de Pologne. La voici :

« Mademoiselle de Lenclos se rendra à vos
ordres sur les six heures du soir. C'est l'heure
où Philémon et Baucis servirent aux dieux
une table aussi frugale que la mienne. Notre
pauvreté, notre innocence et notre simplicité
communes ont beaucoup de rapports. J'envoie savoir si vous voulez que l'heure de
votre souper soit la même que celle de Jupiter ; si vous voulez une soupe comme lui, car
il en mangea une, non aux pois, ils étoient
encore trop chers, mais aux pointes d'as-
perges, avec une teinture de sarriette. Jupiter ne dîna point ; la reine de Cythère, c'est-
à-dire, en prose, la plus aimable et la plus
gracieuse princesse du monde, ne dînera pas,
je crois, non plus. Elle pourra jouer une re-
prise d'hombre avec les deux demi-dieux

qu'elle amènera; et moi je l'attendrai avec une impatience infinie et la verrai avec un plaisir plus près du transport que du profond respect que j'ai pour elle [1]. »

Ces deux demi-dieux, à n'en pas douter, étaient MM. de Vendôme. Le temps avait consacré Ninon, dont le ton avait toujours été excellent et les relations des meilleures. Les jeunes femmes recherchaient l'occasion de la rencontrer et les eussent fait naître au besoin. Si nous ne pouvons dire au juste l'origine des rapports de madame de Bouillon avec elle, presque tout son monde était de la société intime de mademoiselle de Lenclos, et dans sa première jeunesse elle avait été à même d'entendre chanter ses louanges par ce constant ami de sa sœur, par Saint-Evremond, l'un des fidèles de la rue des Tournelles. Ninon n'était plus jeune alors; mais, comme le dit Chaulieu d'une façon charmante, l'amour s'était réfugié jusque dans les rides de son front. Elle aima et fut aimée aussi tard que possible, on le sait; et, bien que d'un âge à être moins exigeante, elle choisissait parmi les amoureux. Il ne suffisait pas d'être beau, spi-

[1] Chaulieu, *Œuvres* (La Haye, 1777), t. II. p. 130, 131.

rituel, bien né pour se faire écouter, et le chevalier de Vendôme, tout le premier, en fit l'épreuve. Il s'était mis sur les rangs, il pressait, harcelait la séduisante fille qui le laissait dire et n'accordait rien. Il n'y avait que demi-mal jusque-là. Mais elle ne se borna pas à faire la sourde oreille, elle fit un choix qui enlevait au jeune prince toute espérance. Le seul parti à prendre, c'était de battre en retraite et de faire bon visage à la mauvaise fortune ; mais celui-ci était piqué et ne put résister à la démangeaison de se venger par ce quatrain qu'il laissa sur la toilette de l'inhumaine, et qui n'était pas des plus tendres :

> Indigne de mes feux, indigne de mes larmes ,
> Je renonce sans peine à tes foibles appas :
> Mon amour te prêtoit des charmes,
> Ingrate, que tu n'avois pas.

Ninon se contenta de retourner le compliment de manière à faire regretter à l'amoureux évincé cette petite vivacité poétique :

> Insensible à tes feux, insensible à tes larmes,
> Je te vois renoncer à mes foibles appas ;
> Mais si l'amour prêtoit des charmes,
> Pourquoi n'en empruntois-tu pas[1]?

La seconde lettre de Chaulieu à madame de

---

[1] *Mémoires sur la vie de mademoiselle de Lenclos*, par M. B*** (Bret). Amsterdam, 1751, p. 22, 23, 24.

Bouillon est également sans date, mais d'une époque postérieure à l'autre, postérieure aussi à l'heure où nous sommes. La duchesse s'invite chez l'abbé, qui promet un dîner frugal avec La Fare, l'abbé de Châteauneuf, ce dernier amant de mademoiselle de Lenclos, et, s'il y a lieu, ladite demoiselle. Madame de Bouillon se chargerait de M. Têtu. Cet abbé Têtu était un abbé de ruelles, la coqueluche du beau sexe qu'il aimait et savait louer ; il avait passé sa jeunesse à la cour et dans le plus grand monde, et s'y était créé d'illustres soutiens. Il avait rencontré madame de Maintenon chez la maréchale d'Albret et chez madame de Montespan ; c'était l'oracle de l'hôtel de Richelieu. On se groupait autour de lui pour saisir au vol le moindre mot qui sortait de ses lèvres. Plutôt discoureur que causeur, il n'écoutait point, on l'écoutait. Le marquis de Saint-Aulaire, un bel esprit plein de mesure, que ce déluge devait étourdir en même temps qu'il le condamnait au silence, laisse entendre que cette rare faconde ne s'exerçait qu'aux dépens des droits naturels de la conversation [1]. On

[1] Le marquis de Saint-Aulaire , *Discours de réception à l'Académie française*, 23 septembre 1706, p. 19.

avait surnommé ce bavard éloquent *Têtu, tais-toi*. L'abbé Têtu voulut encore être poëte et prédicateur; on a de lui des *Stances chrétiennes sur divers passages de l'Écriture sainte et des Pères*. Ses homélies firent courir tout Paris, sans le trop mériter, quoique ce ne soit pas là le sentiment de Loret :

> Soit qu'il presche aux Madelonnetes
> Ou bien aux grilles des nonnetes,
> Dans les Feüillants ou bien ailleurs,
> Ses discours sont autant de fleurs
> D'une charmante rétorique
> Qui touche, qui plaît et qui pique,
> Avec tant d'art que ses sermons
> Pouroient convertir les démons [1].

Mais ce n'était ni un cénobite, ni un apôtre, bien qu'il se fût passé un instant la fantaisie de se retirer à la Trappe. Il était mondain, il était ambitieux et se mourait de désolation de n'être que l'abbé Têtu. L'une de ses bonnes amies, madame d'Heudicourt, qui faisait partie du cercle intime de madame de Maintenon, demanda bien un évêché pour son favori; mais Louis XIV trouva qu'il n'était pas assez honnête homme pour conduire les autres. « Sire, répondit-elle, il attend pour le devenir

[1] Loret, *la Muze historique* (1651), liv. II, lettre XXI.

que Votre Majesté l'ait fait évêque [1]. » L'argument ne parut pas suffisant. Tout charmant, tout aimable qu'il fût, l'abbé avait de terribles moments. « C'est peut-être le premier homme connu, dit Saint-Simon, qui se soit plaint de ce mal si malheureusement devenu commun depuis, ignoré de ceux qui le traitent et qui, sous mille formes différentes, est appelé vapeurs [2]. » Ce penchant à la mélancolie, dans ses dernières années, devint une maladie insupportable. Il avait cessé de dormir, il ne subsistait qu'à force d'opium, se débattant en vain contre un ennemi que rien ne pouvait ni chasser ni fléchir. « Il est comme Job sur son fumier, à la patience près, écrit madame de Coulanges à madame de Grignan, avec laquelle l'abbé était fort lié [3]. » A l'époque où nous sommes, s'il avait ses instants d'éclipses, ils étaient rapides, et le monde n'en voyait rien encore. Peut-être le chagrin de demeurer en route, malgré de sérieux ap-

[1] Madame de Caylus, *Mémoires* (Michaud et Poujoulat), t. XXXII, p. 492.

[2] Dangeau, *Journal*, t. XI, p. 142 (addition de Saint-Simon).

[3] Madame de Sévigné, *Lettres* (édit. Monmerqué), t. X, p. 306.—Lettre de madame de Coulanges à madame de Grignan.

puis, contribua-t-il à développer ces disposi-
tions aux humeurs noires et à l'hypocondrie.
Il s'était obstiné à vaincre les répugnances du
roi, et il se figura qu'il n'y avait pas de meil-
leur moyen d'y parvenir que de ramener à
Dieu quelques brebis égarées. Que pourrait-
on refuser à l'homme qui convertirait mademoiselle de Lenclos, par exemple? Cette idée
une fois venue ne quitta plus notre abbé. Il
s'attacha aux pas de celle-ci, la suivit partout, l'obséda, du matin au soir, sans faire
pour cela le moindre chemin auprès de cette
pénitente endurcie, qui lui riait au nez et
l'exhortait charitablement à mieux employer
et son temps et sa peine. « Il croit, disait Ninon, que ma conversion lui fera honneur, et
que le roi lui donnera pour le moins une
abbaye; mais s'il ne fait fortune que par mon
âme, il court un risque éminent de mourir
sans bénéfice [1]. »

Madame de Bouillon et Chaulieu, toutefois,
n'étaient pas gens à se faire les complices des

[1] D'Alembert, *Œuvres complètes* (éd. Belin), t. II,
p. 302. Éloge de l'abbé Têtu. — En dépit de la prédiction et de l'obstination de Ninon, il eut une abbaye, l'abbaye de Belval. Il y joignit le prieuré de
Saint-Denis de la Chartre et une pension du duc du
Maine.

pieuses manœuvres de l'abbé qui, pour lors,
ne songeait encore à convertir personne. Il ne
s'agissait que de se divertir en offensant plus
ou moins le ciel, et l'on n'amènerait pas
M. Têtu pour autre chose. Chaulieu promettait de se trouver en mesure pour recevoir et
fêter tout son monde ; seulement, sa cave
n'était pas à la hauteur des circonstances, et
il priait la princesse de lui faire envoyer
quelques vins fins : « Car je n'ai, ajoutait-il,
que du vin de Bourgogne et de Champagne,
et un peu de cette eau-de-vie dont s'allumoit
le feu des vestales. Je meurs toujours de peur
qu'elle n'ait de la peine à brûler au Temple.
Toutes vertus y habitent, à la chasteté près,
qui n'y a jamais mis le pied ; vertu froide,
et qui ne subsiste qu'autant de temps qu'elle
n'est point attaquée [1]. » Cela est, ce nous
semble, un peu leste, écrit par un abbé à une
femme, à une grande dame qui s'accommodait, il est vrai, à merveille de ce ton. Mais
que dire de la lettre suivante ?

« Quand je passai hier après midi chez vous,
je vous trouvai sortie, princesse adorable, et
je trouvai les portes fermées. J'en acceptai

[1] Chaulieu, *Œuvres* (La Haye, 1777), t. II, p. 176.

l'augure. Quand les portes du temple de Janus se fermoient, c'étoit une marque de paix et de bonheur sur toute la terre et le présage sûr de plaisirs infinis. Me serois-je trompé? je ne le pense pas. En passant sur votre quai, j'entendis l'amour qui éternuoit à gauche. Vous êtes trop savante dans l'antiquité pour ne pas vous souvenir que quand Jupiter tonnoit de ce côté-là, c'étoit un heureux présage. Ainsi je ne doute nullement de la satisfaction de votre cœur et de vos désirs... Que pour vous Vénus forme une chaîne d'amour sans fin et de plaisirs sans peine. Puissiez-vous être autant aimée que vous êtes aimable. Vous aurez lieu d'être contente de l'amour et de votre amant. Je le serai du bonheur de vos jours et de vos plaisirs, qui, avec les miens, sont la chose du monde qui m'est la plus chère [1]... »

Nous n'avons cité et pu citer qu'une partie de cette lettre d'une crudité embarrassante. Si Chaulieu n'est pas allé dans la soirée féliciter la duchesse, c'est qu'il n'était pas moins occupé et de la même sorte. Il faut entrer bien avant dans la confidence et les secrets

[1] Chaulieu, *Œuvres* (La Haye, 1777), t. II, p. 133, 134.

d'une femme d'un rang supérieur pour ne pas lui parler avec plus de retenue et de décence. Il ressortirait de cela que madame de Bouillon recevait les galants chez elle, se contentant de fermer sa porte. On ne se souciait guère du mari, qui n'était pas gênant lorsqu'il était là, et qui était presque toujours en chasse :

Vous saurez que le chambellan
A couru cent cerfs en un an [1].

On conçoit que la famille de M. de Bouillon ne s'accommodât pas toujours de pareilles licences, et que M. de Turenne et le cardinal de Bouillon se fussent mis en lieu et place de cet époux trop peu ombrageux. Quoi qu'il en soit, quand cette lettre fut écrite, le maréchal n'était plus ; car l'acquisition de l'hôtel des quais, comme on l'a remarqué plus haut, avait été faite un an après sa mort, et ce billet n'a pu être tracé, au plus tôt, qu'à la fin de l'année 1676.

Tout à coup une rumeur sinistre éveilla Paris en sursaut : ce n'était pas le feu, ce n'était pas l'ennemi qui était aux portes. Le fléau dont on était menacé, qui s'était infiltré

[1] La Fontaine, *Épîtres*, (éd. Walkenaer), t. V, p. 86.

occultement dans les ménages, sans que rien ne le fît soupçonner et sauvegardât contre ses atteintes, c'était le poison, le poison distillé sous le sourire et les caresses. Les prêtres, au confessionnal, n'entendaient que gens s'accusant d'empoisonnement sur un parent dont on attendait l'héritage, sur un mari qu'on avait cessé d'aimer et qui était l'obstacle insurmontable à d'autres nœuds. L'archevêque de Paris crut, en conscience, devoir prévenir le lieutenant de police de ces crimes souterrains, dont le chiffre grossissait chaque jour par la certitude de l'impunité. C'était dans le courant de 1679, quatre ans après l'exécution de la marquise de Brinvilliers. L'autorité, honteuse de son peu de clairvoyance jusquelà, traqua dès lors le mal sans paix ni trêve, avec un acharnement, un besoin de trouver des coupables qui, c'était inévitable, alla jusqu'à inquiéter plus d'un innocent. La police fit main basse sur une certaine catégorie d'individus plus que suspects, à la tête desquels figuraient La Vigoureux [1], La Bosse, un prêtre nommé Étienne Guibourg, La Voisin [2], et un

[1] Marie Vaudon, femme de Mathurin Vigoureux, tailleur pour les habits de femmes.

[2] Catherine Deshayes, femme d'Antoine Monvoisin, plus connue sous le nom de La Voisin.

certain Adam Cœvret, dit Le Sage, que cette
dernière a associé à sa sinistre célébrité.
Ils prédisaient l'avenir et, pour plus de ga-
rantie, l'arrangeaient eux-mêmes; ils joi-
gnaient le métier d'empoisonneur à celui de
sorcier, et ce cumul leur valait une nombreuse clientèle qui se recrutait dans toutes
les classes et les plus hautes de la société.
Ajoutons qu'on fit le mal plus grand qu'il
n'était; que si quelques égarés vinrent là
dans un but criminel, la majeure partie n'é-
tait composée que de désœuvrés, de curieux
et de dupes[1]. Non-seulement ces misérables
parlèrent, mais encore ils exagérèrent; et,
pour échapper aux épreuves prolongées de la
question, ils en dirent plus qu'on ne voulut et
qu'il n'y en avait.

Les aveux de ces coquins qu'attendait le
bûcher incriminèrent les personnes du plus
haut rang. A l'époque de la faveur de mademoiselle de La Vallière, trois dames de la cour,
madame de Polignac, les comtesses de Gramont et du Roure, eussent, à les en croire, demandé à la nécromancie ses plus criminels
secrets pour se débarrasser d'une maîtresse

[1] La Fare, *Mémoires* (Michaud et Poujoulat),
t. XXXII, p. 291.

10

qu'on rêvait de remplacer [1]. Mais c'étaient les
femmes lassées de leur mari et aspirant à un
prompt veuvage qui formaient la clientèle la
plus nombreuse de ces marchands de poudre
de succession. Madame de Dreux était accusée
d'avoir voulu se défaire, tout à la fois, de son
mari et d'une rivale ; la présidente Le Féron,
d'avoir empoisonné le sien, ce qui était pis.
Personne enfin ne fut à l'abri des inculpa-
tions les plus abominables. Il n'y eut pas jusqu'à Racine qui ne fut accusé par La Voisin
d'avoir empoisonné mademoiselle Duparc [2].
Par contre, La Voisin ne souffla mot à l'égard
de La Fontaine, avec lequel pourtant elle
avait eu certains rapports. Comment celui-ci
l'avait-il connue ? Etait-ce par la duchesse de
Bouillon ? Le fait est qu'il la voyait et la visi-
tait. Lors du procès, il était absent de Paris
et fort peu au courant des événements. A
peine de retour, il se présente chez la devine-
resse et demande de ses nouvelles. Il ne pouvait arriver plus mal à propos : le jour même,
on la brûlait en place de Grève [3]. Le duc de

[1] Madame de Sévigné, *Lettres* (édit. Monmerqué),
t. VI, p. 32, 151.

[2] Idem, t. VI, p. 176.

[3] Weiss, *Biographie universelle*, t. XLIX, p. 416.

Luxembourg se vit compromis ; les deux
nièces de Mazarin, la comtesse de Soissons,
cette Olympe si fort avant jadis dans l'affection et la familiarité de Louis XIV, et madame
de Bouillon figurèrent dans les mêmes dépo-
sitions et furent l'objet de semblables suspicions. Un tribunal d'une dénomination terrible, créé par lettres patentes du 7 avril
1679, siégeait à l'Arsenal avec mission de
poursuivre impitoyablement et de ne pas reculer devant la condition des coupables.
Toutefois le roi, épouvanté malgré lui des
conséquences, fit avertir M. de Luxembourg,
à Saint-Germain, que la Chambre avait dé-
crété contre lui et contre madame de Tingry
sa sœur. Le maréchal se trouva sur son passage au sortir de la messe et lui demanda ses
ordres ; mais il ne lui fut pas répondu autre
chose, sinon qu'il s'absentât ou se défendît.
Le duc, qui avait la conscience en repos et
qui comptait aussi sur le prestige de son nom
et de ses services, se laissa incarcérer, avec
la princesse de Tingry, à la Bastille. Des
charges graves pesaient sur madame de Soissons, décrétée comme lui ; on l'accusait d'a-
voir fait périr son mari par le poison et, ce
qui était tout aussi sérieux, de paroles com-

promettantes à l'égard du roi, qu'elle eût
voulu ramener, coûte que coûte. Si la comtesse fut coupable, elle expia depuis large-
ment son crime par cette sorte de réprobation
et d'anathème qui la suivit partout, en Espagne comme dans les Pays-Bas. Elle croyait
à l'astrologie, ainsi que toute sa famille, ainsi
que le cardinal tout le premier, et elle donna
prise aux suppositions les plus malveillantes
par des pratiques excusables, en somme,
chez une Mancini. L'abbé de Choisy raconte
une scène étrange qui se passa chez la
comtesse de Soissons, et qui, de quelque
façon qu'on l'envisage, édifie sur la nature
des expériences auxquelles les intimes se
livraient là avec une effrayante bonne foi.

« Son mari étoit malade en Champagne.
Elle étoit un soir incertaine si elle partiroit
ou non pour l'aller trouver, lorsqu'un vieux
gentilhomme de sa maison lui offrit tout bas
de lui faire dire par un esprit si M. le comte
mourroit ou non de cette maladie. Madame de
Bouillon étoit présente avec M. de Vendôme
et le duc, à présent maréchal de Villeroy. Le
gentilhomme fit entrer dans le cabinet une
petite fille de cinq ans, et lui mit à la main
un verre plein d'une eau fort claire ; il fit en-

suite ses conjurations. La petite fille dit que l'eau devenoit trouble. Le gentilhomme dit tout bas à la compagnie qu'il alloit commander à l'esprit de faire paroître dans le verre un cheval blanc, en cas que M. le comte dût mourir, et un tigre, en cas qu'il dût en échapper. Il demanda aussitôt à la petite fille si elle ne voyoit rien dans le verre. « Ah ! s'écria-« t-elle, le beau petit cheval blanc ! » Il fit cinq fois de suite la même épreuve, et toujours la petite fille annonça la mort par des marques toutes différentes, que M. de Vendôme ou madame de Bouillon avait nommées tout bas au gentilhomme, sans que la petite fille pût les entendre [1]. »

L'événement justifia la prédiction, et M. de Soissons mourut bientôt après. La comtesse avait Louvois et madame de Montespan pour ennemis, le ministre tout-puissant et la maîtresse du roi. Était-il bien sûr, dans de telles conjonctures, de se livrer, pieds et poings liés, à des gens qui trouveraient aisément moyen de rendre noires comme de l'encre des sottises qui n'allaient pas même au « gris

[1] Choisy, *Mémoires* (Michaud et Poujoulat), t. XXX, p. 309, 310.

brun [1] » et n'était-ce pas beaucoup hasarder que de s'en reposer sur son innocence quand elle se sentait coupable d'imprudences dont ceux-ci pouvaient tirer bon parti pour la perdre ? Mieux valait prendre la clef des champs et aviser à la frontière ; du moins fût-ce ce à quoi elle se détermina, tout en sachant que c'était brûler ses vaisseaux et se fermer à tout jamais l'entrée du royaume.

« Elle jouoit à la bassette mercredi, raconte madame de Sévigné. M. de Bouillon entra ; il la pria de passer dans son cabinet et lui dit qu'il falloit sortir de France ou aller à la Bastille. Elle ne balança point ; elle fit sortir du jeu la marquise d'Alluye ; elles ne parurent plus. L'heure du souper vint ; on dit que madame la comtesse soupoit en ville : tout le monde s'en alla, persuadé de quelque chose d'extraordinaire. Cependant on fit beaucoup de paquets ; on prit de l'argent, des pierreries ; on fit prendre des justaucorps gris aux laquais et aux cochers ; on fit mettre huit chevaux au carrosse. Elle fit placer auprès d'elle la marquise d'Alluye, qui ne vouloit pas partir, dit-on, et deux femmes de chambre sur

[1] Madame de Sévigné, *Lettres* (édit. Monmerqué), t. VI, p. 137. Lettre du 31 janvier 1680.

le devant. Elle dit à ses gens qu'ils ne se mis-
sent point en peine d'elle, qu'elle étoit inno-
cente, mais que ces coquines de femmes
avoient pris plaisir à la nommer. Elle pleura.
Elle passa chez madame de Carignan, et sortit de Paris à trois heures du matin [1]. »

Madame de Bouillon affronta la tempête
sans sourciller. Elle avait été ajournée, ainsi
que le duc de Vendôme, au 29 janvier 1680.
Elle se présenta à l'Arsenal accompagnée et
suivie de vingt carrosses, tant de sa maison
que de celle d'Elbœuf et de leurs alliés [2], le
visage haut, avec une mine impertinente qui
narguait les juges et témoignait aussi de la
placidité de sa conscience. Il faut laisser la
parole à madame de Sévigné partout où il
est question d'un fait contemporain. Elle
était à même d'être bien renseignée, et, pour
ce qui est du tour et du coup de pinceau,
Saint-Simon seul peut entrer en lutte avec
cet esprit ravissant, qui n'a pas sa profondeur sans doute, mais qui ne lui cède ni pour

[1] Madame de Sévigné, *Lettres* (édit. Monmerqué),
t. VI, p. 132. Lettre du 30 janvier 1680. — Choisy,
Mémoires (Michaud et Poujoulat), t. XXX, p. 610.

[2] *Mercure hollandois*, Amsterdam, 1680, in-12,
p. 71.

le coloris ni pour le pittoresque de la forme et du trait.

« Voici ce que j'apprends de bon lieu. Madame de Bouillon entra comme une petite reine dans cette chambre ; elle s'assit sur une chaise qu'on lui avoit préparée, et, au lieu de répondre à la première question, elle demanda qu'on écrivît ce qu'elle vouloit dire ; c'étoit qu'elle ne venoit là que par le respect qu'elle avoit pour l'ordre du roi, et nullement pour la chambre qu'elle ne reconnoissoit point, ne voulant point déroger aux priviléges des ducs. Elle ne dit pas un mot que cela ne fût écrit ; puis elle ôta son gant, et fit voir une très-belle main. Elle répondit sincèrement jusqu'à son âge.—Connoissez-vous La Voisin ?—*Oui.*—Pourquoi vouliez-vous vous défaire de votre mari?—*Moi, m'en défaire! vous n'avez qu'à lui demander s'il en est persuadé; il m'a donné la main jusqu'à cette porte.*—Mais pourquoi alliez-vous si souvent chez cette Voisin ? — *C'est que je voulois voir les sibylles qu'elle m'avoit promises ; cette compagnie méritoit bien qu'on fît tous les pas.*—N'avez-vous pas montré à cette femme un sac d'argent? Elle dit que non, par plus d'une raison, et tout cela d'un air fort riant et fort dédaigneux.—*Eh bien! messieurs, est-ce là tout ce que vous avez à me dire?*—Oui, madame. Elle se lève ; en sortant, elle dit tout haut :—*Vraiment, je n'eusse jamais cru qué des hommes sages pussent demander tant de sottises.* Elle fut reçue de ses parents, amis et amies avec adoration, tant elle étoit jolie, naïve, naturelle, hardie, et d'un bon air et d'un esprit tranquille [1]. »

La minute de l'interrogatoire a été conservée, et complétera cette piquante narration ; en voici le fond, sinon les termes. Un jour, La Voisin se présenta à l'hôtel de Bouillon sans être mandée, et sur la simple connaissance qu'elle avait de l'esprit curieux de la duchesse. Elle venait mettre à ses ordres un très-habile homme qui faisait des merveilles. Quelques jours après, madame de Bouillon raconta au duc de Vendôme, au marquis de Ruvigny, à l'abbé de Chaulieu et à madame de Chaulieu l'offre qui lui avait été faite, et tous, d'un commun accord, furent d'avis de donner suite à l'aventure. Mais ce ne fut que plus tard pourtant que, sur la demande de

[1] Madame de Sévigné, *Lettres* (édit. Monmerqué), t. VI, p. 140, 141. Lettre à madame de Grignan, Paris, 31 janvier 1680.

quelqu'un de la compagnie (elle ne dit pas si
ce fut de M. de Vendôme, de M. de Ruvigny
ou de Chaulieu), on exécuta ce projet. On se
transporta chez La Voisin dans un carrosse à
six chevaux, ce qui annonce qu'on ne tenait
guère à se cacher. Le Sage, car c'était l'homme
aux miracles, était là. M. de Vendôme étant
passé avec lui dans un cabinet, notre sorcier
prétendit qu'il ne pouvait expérimenter que
devant une seule personne, et refusa de pro-
céder à ses évocations devant les autres. Ce
n'était pas le compte de madame de Bouillon,
qui déclara qu'elle ne s'était pas déplacée
pour ne rien voir ni rien entendre, qu'elle
voulait être présente à tout et avoir sa part
de tout. Il fallut bien se rendre et l'admettre
dans le tabernacle. Sommé de faire quelque
chose d'extraordinaire, Le Sage parla de brûler un billet et de le faire retrouver où bon
semblerait. Cela parut suffisant, et la proposition fut acceptée. Il pria qu'on écrivît quelques demandes. M. de Vendôme en écrivit
deux, à savoir, la première : « Où étoit alors
le duc de Nevers ? » la seconde : « Si M. de
Beaufort vivoit encore [1] ? » Le *Mercure hollan-*

[1] Bien des gens, en France, ne voulaient pas

dois indique une troisième question : « Quel étoit le secret de gagner au jeu de hoc[1] ? » Le Sage prit le billet, le lia avec de la soie, l'enferma dans des enveloppes soufrées, et le papier fut brûlé dans la chambre de La Voisin en leur présence. Le difficile n'était pas fait ; ce même papier devait se retrouver dans une porcelaine de la duchesse, ce que Le Sage garantit comme inévitable, et ce qui néanmoins

admettre sa mort. Les bruits les plus ridicules couraient parmi le peuple, dont il avait été l'idole. Il eût été trouvé en vie par les Turcs, vendu, transformé en jardinier par son maître, qui l'eût roué de coups, condition assez lamentable, on en conviendra, pour un prince sorti du sang d'Henri IV, et que l'affection des Parisiens avait un instant décoré du titre de Roi des halles. Toutefois, les Pères de la Merci, en le rachetant, eussent mis fin à ce dur esclavage. « Mais tout cela, fait judicieusement observer la *Gazette à la main* du temps, n'estoit qu'un vaudeville que les crocheteurs et les revendeuses avoient semé sans fondement. » — Bibliothèque de l'Arsenal. Manuscrits. Belles-lettres françaises (vers et prose), *Recueil* 148.

[1] *Mercure hollandois*, Amsterdam, 1680, in-12, p. 72. Cette feuille, qui n'écrivait qu'à distance du théâtre des événements et sur des notes plus ou moins fidèles, se trompe au moins sur un point ; elle confond le chevalier de Vendôme avec son frère, et le fait accompagner sa tante, quand ce fut le duc qui escorta celle-ci chez la Voisin.

n'arriva point. A quelques jours de là, il est vrai, il le rapportait à la duchesse, cacheté et dans le même état qu'il lui avait été remis. Madame de Bouillon, surprise de ce tour d'adresse, le raconta à MM. de Vendôme, de Ruvigny et de Chaulieu, qui n'y voulurent pas croire et insistèrent pour que l'expérience se] répétât devant eux. Le Sage fut encore appelé. Il demanda avant tout deux pistoles pour les sibylles. Un nouveau billet fut écrit et brûlé, et l'on attendit l'effet des promesses de l'opérateur. Mais l'on attendit en vain, il ne se retrouva pas. La duchesse, qui voulait en avoir le cœur net, envoya plusieurs fois chez Le Sage; elle y passa elle-même. Ce dernier vint s'excuser et dit que les sibylles étaient empêchées, et qu'il n'avait pas pu lui rendre réponse. Madame de Bouillon vit bien qu'elle n'en obtiendrait pas davantage, et en demeura là. Toutefois elle se cacha si peu de cette folie qu'elle la raconta à qui voulut l'entendre, et l'écrivit à son mari, qui était à l'armée [1].

On demanda à la jeune femme s'il n'était

[1] *Minute de l'interrogatoire signé* Marianne Mancini, duchesse de Bouillon, Bazin et de La Reynie.

pas vrai qu'elle eût remis dans les mains de
Le Sage un billet cacheté où il était question
de faire périr M. de Bouillon. La duchesse
avait à s'indigner ; elle préféra turlupiner ses
juges, ce qui était plus dans son caractère.
Elle poussa le badinage un peu loin, si tout
est à croire de ce qui a été dit sur cette bizarre procédure. La Reynie s'avisa de lui demander si elle avait vu le diable ; elle répondit en lui riant au nez : « Je le vois en ce
moment ; il est laid, vieux et déguisé en conseiller d'Etat[1]. » Il n'y avait dans tout cela
rien de grave et qui dût être l'objet d'une
affaire criminelle. L'enquête en resta là. Seulement tout ce ton leste et dégagé, au moment où madame de Soissons était « trom-
pettée à trois briefs jours, » devait déplaire et
déplut au roi, qui exila la princesse à Nérac
pour lui apprendre à hanter les sorciers,
fût-ce pour en rire. « Elle partit hier avec
beaucoup de douleur (16 février 1680). Il y a
bien à méditer sur ce départ : si elle est in-
nocente, elle perd infiniment de n'avoir pas
le plaisir de triompher, si elle est coupable,

---

[1] Voltaire, *Œuvres complètes* (éd. Beuchot). *Siècle de Louis XIV*, t. XX, p. 177.

elle est heureuse d'éviter les confrontations
infâmes et les convictions. Toute la famille l'a
conduite jusqu'à une demi-journée d'ici,
comme Psyché : la voilà où étoit autrefois la
bonne reine Marguerite ¹. » Au reste, les leçons s'adressèrent à d'autres qu'elle. Le jé-
suite Jean Bertet, homme d'un grand savoir,
et, de plus, homme aimable, qui avait dirigé
les études du cardinal de Bouillon et qui
devait reconnaître la protection de Son
Éminence en traduisant en italien l'opéra
d'*Armide* pour son théâtre de Rome, était,
à quelque temps de là, expulsé de l'ordre
pour s'être aventuré dans l'antre d'une
sibylle alors fort courue ².

M. de Bouillon crut si peu aux accusations
portées contre sa femme, qu'il l'accompagna
à l'Arsenal. Il ne se borna pas à cette démon-
stration, il fit publier l'interrogatoire et le ré-
pandit dans toute l'Europe. Le but prétendu
de la duchesse eût été, une fois veuve, d'é-

¹ Madame de Sévigné, *Lettres* (édit. Monmerqué),
t. VI, p. 167. A Paris, vendredi 16 février 1680. —
Il est question ici de Marguerite de Valois, sœur
de François Ier et reine de Navarre, grand'mère
de Henri IV, et auteur des *Contes*.
² Coulanges, *Mémoires*, 1720, p. 173, 174.

pouser le jeune duc de Vendôme. Elle eût pu concevoir une pareille chimère, que son choix ne se fût pas porté, fort probablement, sur l'aîné de ses neveux. Dix ans après ce que nous venons de raconter, en 1690, le chevalier de Bouillon était envoyé par M. de Bouillon à Turenne, « pour quelques discours qu'il avoit tenus d'une de leurs parentes, » raconte discrètement Dangeau. S'il faut en croire Saint-Simon, qui ne regarde pas à casser les vitres, le propos ne se fût pas adressé à une parente de M. de Bouillon, mais à M. de Bouillon même. « Le chevalier de Bouillon, dit-il, menoit une vie fort débauchée et de tout point fort étrange. M. de Bouillon, ennuyé de ses déportements, lui en fit une forte romancine. Le chevalier de Bouillon l'écouta quelque temps, puis lui dit qu'il le trouvoit bien bon de se mettre si fort en peine de sa conduite, et bien plaisant de lui en parler avec tant d'autorité. M. de Bouillon, plus irrité que devant, lui répondit qu'il le trouvoit bien insolent, et s'il n'étoit donc pas son père et en droit de lui parler en père. « Vous, mon « père ! lui répliqua le chevalier de Bouillon « avec un grand éclat de rire : vous savez « bien que non, et que c'est M. le grand

« prieur[1]. » Il fallait que les relations du grand
prieur et de madame de Bouillon eussent fait
quelque bruit, pour que le retentissement en
fût venu jusqu'aux oreilles de ce libertin
éhonté, auquel ses frasques et ses mauvais
coups même valurent plus d'une répression[2].
C'est tout ce que nous pouvons dire sur une
rumeur qui serait moins vraisemblable sans
doute si la duchesse n'avait point contre elle
d'autres charges de cette sorte dans le cours
de sa vie agitée.

[1] Dangeau, *Journal* (addition de Saint-Simon),
t. III, p. 264. Samedi, 23 décembre 1690.— Il existe
un couplet infâme, attribué au chevalier de Bouillon, qui est comme le corollaire de cette répartie
inqualifiable, et dans lequel il ne ménage pas plus
sa mère que son père.—Bibliothèque impériale. Manuscrits. *Recueil de chansons historiques*, t. VII, f. 213.

[2] On lit dans le *Journal* de Dangeau, à la date du
4 mars 1695 : « Il est arrivé un malheur à M. le chevalier de Bouillon, à Avignon : un traiteur chez qui
il mangeoit avec quelques officiers de la marine a
été trouvé mort, et l'on prétend que c'est des
coups qu'il a reçus de ces messieurs, qui l'avoient
mis tout nu avant de le frapper. M. de Bouillon
en a parlé au roi et paroît fort mécontent de la conduite de M. le chevalier son fils. On dit même qu'il
demande au roi qu'on le mène au château d'If, pour
tâcher de le corriger par cette punition-là. »—T. V,
p. 161.

IV

Le marquis de La Fare.—Ses débuts.—Il fait partie du secours
envoyé à l'empereur. — Il est nommé guidon des gendarmes
du Dauphin. — Il sert sous Condé, à Senef. — Turenne.
— Justesse et profondeur de son coup d'œil. — Coquet-
teries de madame de Montespan. — La Fare se retire prudemment.—La marquise de Rochefort.—Louvois.—La Fare
est pris pour dupe. — Il se défait de sa charge de sous-
lieutenant des gendarmes. — Le marquis de Sévigné. —
Rambouillet de la Sablière. — Madame Le Taneur. —
Exigences de La Sablière. — Remords et séparation. —
Mariage de La Sablière avec mademoiselle Hessein. —
Autres amours.—Une maîtresse bel esprit.—Billets galants.
—Une femme sûre de son fait.—Les absentes ont tort.—
Iris triomphe.—Quelle était Iris.—Mesdemoiselles Vanghangel.—Manon et Charlotte.—Niert épouse Charlotte.—Liaison
de La Sablière avec Manon.— La Folie-Rambouillet.— Ses
jardins.—Ils desservent la table du roi.—Le salon de La
Sablière.—Lauzun, Rochefort, Brancas, de Foix et La Fare.—
Amours de ce dernier avec madame de La Sablière.—Répar-
tie plaisante de la jeune femme.—Opinion du monde.—Sévi-
gné se fait la caution des deux amoureux.—Altération et
déclin de leur liaison.— Indignation générale.—Madame de
Coulanges ne veut plus saluer La Fare.—Madame de La
Sablière aux Incurables.—La bassette.—Elle est le délire
général.—Le duc de Caderousse et les perles de madame de
Bertillac.—Le marquis de Béthune.—M. de Vendôme.—La
bassette en Angleterre.—Reproches poétiques de Saint-
Évremond à la duchesse de Mazarin.—Mort soudaine de
Manon.—La Sablière l'apprend par sa fille au retour d'un

voyage.—Son chagrin.—Vers touchants sur cette perte irré-
parable.—Il meurt de langueur au bout d'une année.—La
Champmeslé amie et non amante de La Fare.—La vraie
rivale de madame de La Sablière. — Louison Moreau.—La
Fare la verse devant la porte de madame de La Sablière.—
Il a d'elle une fille légitimée plus tard.

La fuite de la comtesse de Soissons, la com-
parution de madame de Bouillon à l'Arsenal
ne furent pas les seuls scandales qui tinrent
en haleine l'attention générale. Un autre événement d'un genre moins sombre semble
avoir, à la même époque, assez vivement
préoccupé et la ville et la cour ; du moins,
madame de Sévigné en parle-t-elle comme
d'une calamité publique, quoiqu'il n'y allât
que d'un mécompte de cœur pour une femme
qui se croyait plus solidement aimée, et pour
la galerie d'un désenchantement qu'on eut
peine à pardonner à son auteur. Il s'agit du
marquis de La Fare et de sa rupture avec madame de La Sablière. Aussi bien est-il temps
d'arriver à l'un des figurants les plus en relief
d'une société dont nous avons entrepris de
reproduire la physionomie particulière, et
l'histoire de cette crise intime nous servira-
t-elle tout naturellement de transition.

La Fare est parvenu jusqu'à nous, grâce à
Chaulieu, son ami. Bien des poètes plus di-

gnes de se survivre ont péri avec leurs œuvres ; La Fare, l'auteur d'un petit volume
qu'on ne lit point, a laissé un nom. Les choses de la littérature ont leurs hasards comme
toute chose en ce monde ; il ne faut souvent
qu'un sonnet, qu'un madrigal, une petite
pièce d'un sentiment vrai, pour fixer le souvenir. Mais La Fare ne doit pas même sa célébrité à cette sorte de fortune. Si l'on en excepte l'ode *A la louange de la paresse*, qui, à
cette date, n'est pas sans valeur et a le mérite
d'ailleurs d'exprimer la pensée très-sincère
de ce paresseux raffiné, rien n'est à ressusci-
ter de ce recueil fluet dont la moitié est remplie par des traductions ou des imitations
d'Horace, de Tibulle et de Virgile. Encore un
coup, La Fare doit sa renommée à Chaulieu,
heureux, lui aussi, de n'avoir eu à entrer en
lice qu'avec Chapelle, son maître, et d'avoir
précédé les épitres et les poésies légères de
Voltaire.

Spirituel, élégant, bien né, La Fare avait
tout pour plaire et plut tout d'abord. Il débuta
brillamment et de façon à faire croire qu'il
ne s'arrêterait pas en si bon chemin. « J'entrai dans le monde à l'âge de dix-huit ans et
fus présenté au roi au mois de décembre

1662, l'année d'après la naissance du Dauphin, et celle où fut faite par Sa Majesté, au
mois de janvier, la première promotion des
chevaliers de l'ordre. Ma figure qui n'étoit pas
déplaisante, quoique je ne fusse pas du premier ordre des gens bien faits, mes manières, mon humeur et mon esprit qui étoit
doux, faisoient un tout qui plaisoit assez au
monde, et peu de gens en y entrant ont été
mieux reçus; à quoi contribua l'amitié que
madame de Montausier me témoigna, fondée
sur celle qu'elle avoit eue pour mon père,
homme de mérite, dont le souvenir n'étoit
pas encore éteint. J'oserois même dire que
le roi eut plutôt de l'inclination que de l'éloi-
gnement pour moi ; mais j'ai reconnu dans
la suite que cette impression étoit légère,
bien que j'avoue sincèrement que j'ai contribué moi-même à l'effacer. Quoi qu'il en soit,
j'eus sans peine, pour lors, et sans les demander, toutes les petites distinctions et tous les
agréments que d'autres n'auroient pas eus
même en les demandant [1]. »

Tout cela ne respire pas une modestie parfaite, et La Fare use envers lui-même d'une

[1] La Fare, *Mémoires* (Michaud et Poujoulat),
t. **XXXII**, p. 261.

grande indulgence ; en ce point il ressemble
à bien des gens. Le marquis de Lassay, à la
fin de sa carrière, et quand il n'avait plus
rien à attendre de lui ni des autres, disait à
une femme qui lui avait demandé ce qu'il
pensait sur son propre compte : « Je vais
vous avouer un sentiment plein de vanité, si
vous voulez même , d'impertinence; mais,
pour m'excuser, songez que c'est à vous seule
que je le confie, c'est-à-dire à moi-même, et je
n'ai d'autre tort que celui de penser une chose
aussi folle. Il y a bien longtemps que je suis
dans le monde, et j'ai vécu fort familière-
ment et vu de fort près la plupart des personnes de l'un et de l'autre sexe qui ont eu
la réputation d'avoir le plus d'esprit : j'en ai
trouvé une grande quantité qui avoient en
différents genres des talents au-dessus des
miens; j'en ai trouvé beaucoup qui avoient
autant d'esprit que moi; mais je n'en ai
trouvé aucun qui m'ait fait sentir qu'il en
avoit davantage [1]. » Ce n'est donc pas le
tout d'avoir de l'esprit, et infiniment d'esprit,
si l'esprit qu'on a n'est pas au service d'une
activité et d'une volonté soutenues. C'est un

[1] Lassay, *Recueil de différentes choses*, 3ᵉ partie,
p. 428, 429. Lettre à madame de Bouzoles.

don stérile quant aux grands résultats de la
vie, délicieux dans l'intimité et les joutes de
la conversation, qui vaut à ceux qui en sont
pourvus l'accueil et les caresses, mais ne saurait obtenir cette considération qu'on n'ac-
corde qu'aux hauts faits et aux actions d'é-
clat. Lassay et La Fare en firent l'épreuve, le
premier avec une amertume qu'il n'a pas pris
soin de dissimuler, le second avec cette parfaite insouciance du sybarite qui ne songe
qu'à vivre le mieux et le plus doucement possible.

En 1664, la France envoyait à l'empereur
un secours de six mille hommes commandés
par Coligny et sous lui La Feuillade, et au
nombre desquels se trouvait, nous l'avons
dit, le duc de Bouillon. Malgré le conflit des
puissances chrétiennes que souleva l'ambition de Louis XIV, le Turc, au xviie siècle,
était encore l'objet des préoccupations de
l'Europe qu'il menaçait incessamment. La
Fare fut l'un des premiers qui demandèrent à
servir comme volontaires, et se trouva au
combat de Saint-Gothard. La paix conclue,
chacun ne pensa plus qu'à regagner ses
foyers, et La Fare comme les autres. Par malheur, il fut retenu à Vienne par deux bles-

sures reçues dans une affaire qui lui était
étrangère. Avant de reparaître à la cour, il
était prudent de s'assurer de la façon dont
avait été envisagée cette rencontre. Ses amis
ne lui furent pas inutiles : les maréchaux de
Villeroy et de Gramont, auxquels s'adjoignit madame de Montausier, le servirent
chaudement, et, grâce à leurs bons offices, il
put se montrer au mois d'avril 1665 à Versailles, comme s'il ne s'était rien passé.

Quelques mois après, le roi ayant formé
une compagnie de gendarmes pour le Dauphin en donna le guidon à La Fare, que cette
distinction devait flatter d'autant plus qu'il ne
manquait pas de concurrents en état de le lui
disputer par le mérite et la naissance :
« J'avoue que je n'ai jamais été si aise, dit-il,
et que je crus être en faveur ; mais je vis bientôt que je m'étois trompé. Après avoir re-
mercié le roi, je remerciai la reine-mère ;
car, quoiqu'elle n'eût part à rien, on la re-
mercioit de tout [1]. » Remarquons, en passant, ce trait qui caractérise au juste la situation réelle d'Anne d'Autriche, sans pouvoir
comme sans véritable influence, amoindrie,

---

[1] La Fare, *Mémoires* (Michaud et Poujoulat),
t. XXXII, p. 261, 262.

annihilée, réduite à n'attendre plus que de vains respects et des soumissions dérisoires dont elle connaissait la valeur. La Fare se sentait en passe d'arriver, et il était décidé à seconder la fortune. Il figura brillamment en Flandre et sur le Rhin. A la bataille de Senef, il montra un sang-froid, une fermeté, une résolution rares. Dans un moment critique, Condé le rencontre qui prenait l'initiative d'un mouvement dont il apprécia l'urgence : « Il fut bien aise, dit-il, de m'avoir trouvé. » La levée du siége d'Oudenarde termina la campagne.

Turenne, qui venait de gagner en Allemagne la bataille de Zeinheim [1], ne pouvait rien faire, faute de troupes, de cavalerie surtout. La Fare fit partie des renforts qu'on lui dépêcha. Turenne le connaissait; il l'avait rencontré à l'hôtel de Bouillon. Il aimait à converser avec lui, lui demandant parfois son sentiment, moins sans doute pour suivre l'avis que pour tâter l'officier. La Fare, en une circonstance grave, il est vrai, profita de ces franchises pour se faire l'interprète de toute

[1] Sintzheim. Nous avons respecté l'orthographe de La Fare.

l'armée et témoigner au général en chef des
craintes qui avaient bien leur raison d'être
apparente. Celui-ci, en effet, avait ordonné un
mouvement qui surprit et devait surprendre,
car c'était prêter le flanc, de gaieté de cœur, à
l'ennemi, et on sait combien Turenne était
prudent d'ordinaire et accordait peu au hasard. La Fare gagna la tête de la colonne : « Je
vous demande pardon, Monseigneur, dit-il en
abordant le prince, si j'ose vous dire que nous
sommes tous inquiets de la marche que vous
nous faites faire, et de voir que nous allons
du nez dans cette montagne, et que nous
sommes tous les uns sur les autres dans cette
vallée. » Après l'avoir écouté jusqu'au bout,
Turenne lui répondit, sans manifester le
moins du monde que ces doutes de son armée le blessassent : « Effectivement vous
n'avez pas tort; mais j'ai compris que l'armée
des ennemis, qui a le ruisseau de Turkheim
devant elle et Colmar à sa gauche, où sont
ses vivres et ses munitions, ne se déposteroit
point d'un bon poste où elle est pour tomber
sur moi, et ne passeroit point le ruisseau;
que d'ailleurs elle n'abandonneroit pas Colmar où sont ses magasins, de peur que je ne
me jetasse de ce côté-là et ne m'en saisisse;

que pourtant elle n'étoit pas assez grande pour tenir Turkheim autrement que par un détachement; et qu'ainsi me saisissant de ce poste, comme je vais tâcher de faire tout à l'heure, je me donnerai un passage dans leur flanc qui les obligera à retourner leur armée, et à me combattre dans un terrain égal aux uns et aux autres [1]. » Les choses ainsi expliquées, toute témérité disparaissait; ce plan était si net, si sûr, si inévitable qu'il n'y avait point à douter du résultat, qui ne fut autre que l'évacuation pleine et entière de l'Alsace par l'armée ennemie. Et voilà le génie de Turenne, génie sage, raisonné, toujours prudent quand il ose le plus, s'appliquant à garantir de la défaite avant d'assurer la victoire [2].

Madame de Montespan, dès cette époque [3], avec sa beauté, sa distinction, son incontestable supériorité, avait inspiré bien des désirs, fait battre plus d'un cœur, fait naître plus d'une espérance. Soit qu'alors elle pensât à fixer Louis XIV, soit qu'elle eût la ferme

[1] La Fare, *Mémoires* (Michaud et Poujoulat), t. XXXII, p. 278, 279.

[2] Bussy-Rabutin, *Mémoires* (Charpentier, 1857), t. I, p. 275, 345; t. II, p. 15.

[3] 1666.

volonté de demeurer sage, elle passait son
temps à écouter les amoureux, à leur sourire
et à se moquer d'eux[1]. A Fontainebleau, au
coucher de la reine auquel le roi assistait, elle
racontait avec le plus charmant et le plus
cruel persiflage tout ce qui lui avait été dit le
jour, immolant sans pitié cette foule d'adorateurs qui, sans s'en douter, faisaient ses affaires près de leur jeune maître. Le plus brillant, le plus spirituel, le plus illustre d'entre
eux était le comte de Saint-Paul, ce fruit

[1] Madame de Montespan n'avait pas besoin de
haïr les gens pour exercer sur eux sa verve inépui-
sable. C'était chez elle un besoin de mordre et de
déchirer dont plus tard la religion, une sévère
répression d'elle-même, ne la guérirent qu'imparfai-
tement. « Elle portoit des coups dangereux, raconte
madame de Caylus, à ceux qui passoient sous ses
fenêtres pendant qu'elle étoit avec le roi. L'un étoit,
disoit-elle, si ridicule, que ses meilleurs amis pouvoient s'en moquer sans manquer à la morale;
l'autre, qu'on disoit être honnête homme : « Oui,
« répondit-elle, il faut lui savoir gré de ce qu'il le
« veut être. » Un troisième ressembloit au valet de
carreau; ce qui donna même à ce dernier un si
grand ridicule, qu'il lui a fallu depuis le manége
d'un Manceau pour faire la fortune qu'il a faite; car
elle ne s'en tenoit pas à la critique de son ajuste-
ment, elle se moquoit aussi de ses phrases et n'a-
voit pas tort. » — Madame de Caylus, *Mémoires*
(Michaud et Poujoulat), t. XXXII, p. 489, 490.

des erreurs de la duchesse de Longueville,
qui, tout en l'idolâtrant, lutta constamment
contre les bons vouloirs de la famille trop dis-
posée à dépouiller l'aîné au profit de ce jeune
prince dont l'avenir semblait si radieux, condamné en réalité à une carrière si bornée.
La Fare s'était mis également sur les rangs,
et ne se fût peut-être pas éliminé devant le
nombre et la qualité des soupirants, s'il n'eût
pas été averti du procédé peu honnête de la
marquise. Cette découverte, en lui apprenant
qu'on se jouait de lui et des autres, lui donna
à réfléchir. Bien que la moquerie fût dans le
sang des Mortemart, madame de Montespan
avait un but. Les intentions du roi ne tardè-
rent pas d'ailleurs à être apparentes et à cre-
ver les yeux des moins clairvoyants : « Je
me retirai en bon ordre, dit La Fare, et bientôt tous les autres en firent autant[1]. » S'il
eût toujours gardé cette prudence, il ne se
fût pas attiré la haine d'un homme implac-
cable, qui faisait peser son despotisme jusque
sur Louis XIV.

Louvois, comme on sait, tenait moins à
être affectionné que redouté; aussi comp-

[1] La Fare, *Mémoires*, (Michaud et Poujoulat),
t. XXXII, p. 264.

tait-il plus de courtisans et de serviteurs que
d'amis. Il était capable d'attachement, cependant : ainsi il avait une véritable tendresse
mêlée de considération pour le marquis de
Rochefort, homme de valeur, d'un courage
incontestable, mais d'un caractère indécis et
timide, le pire des défauts dans un général
d'armée[1]. Peut-être se glissait-il quelque
alliage dans cette affection. On devine de
quel alliage il est question. Madeleine de
Laval, marquise de Rochefort, était une de
ces femmes séduisantes qui savent l'empire

[1] L'histoire n'a pas été tendre à l'égard de Louvois, et les contemporains le traitent avec assez de
rigueur pour qu'il nous semble loyal d'insister sur
ce qui peut se rencontrer de louable dans cette
grande figure, l'une des plus remarquables, sinon
des plus sympathiques du règne. Louvois était ami
chaud, sincère et dévoué. Sa bourse était ouverte
au petit nombre de ceux qu'il affectionnait, et sa
générosité allait alors jusqu'à la munificence. On
cite un trait qui donnera la mesure de ce dont il
était capable. Au retour d'une campagne, le chevalier de Nogent, son favori, trouva à Meudon, sous
la propre terrasse du ministre, « la plus jolie maison
du monde », bâtie à son insu, et dans laquelle il
n'eut qu'à s'établir. C'était une surprise de Louvois,
qui lui en faisait cadeau. Est-il possible d'être
plus magnifique avec plus de charme et de délicatesse?—Dangeau, *Journal* (addition de Saint-Simon),
t. XII, p. 66.

de leur beauté et veulent en tirer tout le
parti possible, plus ambitieuses que tendres,
et qui font passer les choses de la vanité par-
dessus toutes autres. Louvois, dont la physionomie avait la dureté de son caractère,
n'eût sans doute pas fait battre le cœur et
conquis les bonnes grâces de la marquise, s'il
n'eût été Louvois, c'est-à-dire l'homme le
plus puissant après le roi et malgré le roi.
Elle voulait être la maréchale de Rochefort,
et il est à penser qu'elle ne nuisit pas à l'élévation de son mari. Louvois, qui ne pouvait
pas traiter en commis des hommes comme
Condé et Turenne, et qui trouvait plus de
complaisance et de soumission dans les géné-
raux médiocres, à la mort de ce dernier, fit
huit maréchaux; La Fare n'en nomme que
sept, mais il oublie d'Estrades. C'étaient
Luxembourg, Schomberg, les deux seuls
choix heureux; Duras, La Feuillade, d'Estrades, Navailles, Vivonne et Rochefort, « à
qui les autres doivent un remercîment, » dit
madame de Sévigné, qui laisse à entendre que
les sept autres ne furent nommés que pour
faire passer le huitième [1]. Madame Cornuel,

---

[1] Madame de Sévigné, *Lettres* (édit. Monmerqué),
t. III, p. 50. Lettre du 31 juillet 1675.

cette maligne vieille dont la langue n'épar-
gnait personne sans distinction d'âge et de
rang, disait, elle aussi, à cet égard, que « le
roi avait changé son louis d'or en louis de
cinq sous[1]. »

Ardent, facile à s'enflammer, tenté par une
conquête qui eût singulièrement caressé son
amour-propre, La Fare s'était posé en adora-
teur. Il lui parut qu'on le voyait d'un œil
assez favorable, et, bien que s'apercevant
qu'il ne fût pas le seul à courir la même fortune, il n'en demeura pas moins résolu à tout
mettre en œuvre pour réussir. Il avait une
fois cédé la place, mais c'était au roi ; il ne se
sentait pas d'humeur à se retirer devant nul
autre, et ne prit même que trop peu de pré-
cautions pour ne point blesser son terrible
rival. La maréchale usait, ce nous semble, du
même procédé que Montespan son amie ; elle
avait pour La Fare des sourires, qui lui ser-
vaient auprès d'un autre. Si La Fare ne donna
pas dans le piége, ce qui est douteux, le
public s'en fia aux apparences : on le croyait
aimé ; seulement on trouvait la maréchale
bien glacée devant une passion comme celle

[1] La Fare, *Mémoires* (Michaud et Poujoulat),
t. XXXII, p. 283.

dont elle était l'objet. « Je suis dégoûtée de celle de La Fare, écrit madame de Lafayette à madame de Sévigné dans une lettre que nous avons déjà citée; elle est trop grande et trop esclave ; sa maitresse ne répond pas au plus petit de ses sentiments : elle soupa chez Longueil [1] et *assista* à une musique le soir même qu'il partit : souper en compagnie quand son amant part, et qu'il part pour l'armée, me paroît un crime capital [2]. »

La Fare, honteux sans doute d'avoir été pris pour dupe, parle de cette intrigue comme d'un passe-temps qui, tout peu sérieux qu'il était, devait décider en tout cas de son avenir. « L'on ne sait si de son vivant (du vivant du maréchal) Louvois n'étoit pas amoureux de sa femme, mais il est certain qu'il le fut après sa mort, et que cette passion dura autant que la vie de Louvois. On prétend que le vieux Le Tellier [3] avoit été aussi amoureux d'elle dans les premiers temps de son

[1] Frère du président de Maisons.

[2] Madame de Sévigné, *Lettres* (édit. Monmerqué), t. III, p. 81. Lettre de madame de Lafayette à madame de Sévigné, à Paris, le 19 mai 1673.

[3] On trouve, en effet, la même insinuation dans une note à la suite d'un couplet sur le marquis de Rochefort, que sa crudité nous empêche de citer

mariage, et bien des gens ont attribué l'aversion du père et du fils pour moi à cette passion; car ils s'imaginèrent tous deux que
j'en étois amoureux et mieux traité que je ne
l'étois effectivement. Il y avoit plus de coquetterie de ma part et de la sienne que de
véritable attachement. Quoi qu'il en soit, ç'a
été là l'écueil de ma fortune et ce qui m'attira
la persécution de Louvois, qui me contrai-
gnit enfin de quitter le service[1]. Mais qu'on
est rarement jeune et sage à la fois! J'avoue
que je ne l'ai pas été en cette occasion ni en
bien d'autres[2]. » Il ne tarda pas à éprouver
les effets de son imprudence et du ressentiment du haineux ministre. Luxembourg, qui
ne lui témoignait pas moins d'intérêt que ne
lui en avaient montré Condé et Turenne,

textuellement.—*Recueil de chansons, de couplets et de
vaudevilles pour servir à l'histoire anecdote.* Bibliothèque Mazarine. Manuscrits, t. II, f. 428.

[1] La Fare n'est pas le seul qui s'attira la haine de
Louvois pour un semblable motif. Bussy-Rabutin
prétend que la cause de l'aversion du ministre pour
lui n'était autre que le soupçon qu'il fût son rival
auprès de madame de La Beaume.—Bussy-Rabutin,
Mémoires (Charpentier), t. II, p. 253.

[2] La Fare, *Mémoires* (Michaud et Poujoulat),
t. XXXII, p. 283.

demanda en 1667 qu'il fût brigadier. La Fare
y avait droit, et de moins anciens, tels que
les deux de Broglie, étaient déjà maréchaux
de camp. « Il me fut répondu sèchement par
Louvois que j'avois raison, mais que cela ne
serviroit de rien. Cette réponse brutale et
sincère du ministre alors tout-puissant, qui
me haïssoit depuis longtemps et à qui jamais
je n'avois voulu faire ma cour, jointe au
méchant état de mes affaires, à ma paresse
et à l'amour que j'avois pour une femme qui
le méritoit, tout cela me fit prendre le parti
de me défaire de ma charge de sous-lieutenant des gendarmes de monseigneur le Dauphin, que j'avois presque toujours commandés depuis la création de ma compagnie, et je
puis dire avec honneur. Je vendis donc cette
charge, avec la permission du roi, quatre-
vingt-dix mille livres au marquis de Sévigné,
enseigne de la même compagnie [1]. »

---

[1] La Fare, *Mémoires* (Michaud et Poujoulat),
t. XXXII, p. 285. — Le prix en eût été plus élevé,
selon madame de Sévigné: « Ne savez-vous pas qu'il
(son fils) a traité de la sous-lieutenance des gendarmes
de Mgr le Dauphin avec La Fare, pour douze mille
écus et son enseigne. Cette charge est fort jolie:
elle nous revient à quarante mille écus, elle vaut
l'intérêt de l'argent... »—Lettre du 19 mai 1677, t. V,

A l'âge de La Fare, on patiente, on attend, on tient bon. Il n'avait que trente-trois ans, et Louvois n'était pas éternel. Mais, si ces dégoûts furent l'une des causes d'un parti désespéré, ils n'eussent point suffi, pas plus que ce penchant à la paresse, sa vertu cardinale. Ce qui le fit, en réalité, se démettre d'un emploi envié et que madame de Sévigné se félicite de voir à son fils, ce fut une passion sérieuse, exclusive, pour une femme qu'il aimait depuis un an et qu'il n'eût pu se résoudre à laisser derrière lui.

La Fontaine a immortalisé madame de La Sablière ; mais il n'a pas été le seul à prendre soin de transmettre à la postérité le nom de sa protectrice. Bernier, qui logeait chez elle, avait écrit, à son intention, un *Abrégé de la philosophie de Gassendi*[1] ; Bayle, en rendant compte de ce livre, trouve le moyen de faire

p. 8. « Il paraît, d'après cela, fait remarquer M. Walkenaer, que dans ces sortes de transactions, où le consentement royal était nécessaire, on avait d'autres sommes à payer que celles dont on convenait avec le titulaire de la charge.»—*Histoire de La Fontaine* (1re édit.), p. 437.

[1] 1678. Il y joignit, en 1682, ses *Doutes de M. Bernier sur quelques-uns des principaux chapitres de son Abrégé de la philosophie de Gassendi.*

le plus bel éloge de la jeune femme[1]. Madame de Sévigné, de son côté, nous a initiés aux agitations de ce cœur tendre, de cette âme passionnée, de cet esprit cornélien, et qui, « né du firmament, » avait « beauté d'homme avec grâce de femme[2]. » Fontenelle, Perrault, l'abbé d'Olivet, Amelot de La Houssaye, qui ont parlé d'elle, l'ont tous fait dans les termes les meilleurs de la louange et de la reconnaissance, comprenant sans doute que celle qui avait été le soutien et l'amie des gens de lettres et des savants de son temps ne méritait pas moins d'un souvenir impérissable. Boileau, l'irascible Boileau, il est vrai, ne se mêle pas à ce concert unanime, bien qu'elle fût sœur de son ami Hessein. Comme toutes les femmes d'alors, madame de La Sablière était très-lettrée. « Voyez madame de Fontevrault et madame de La Sablière, elles entendent Homère comme nous entendons Virgile, » écrit Corbinelli à Bussy-Rabutin[3]. Sauveur, à ce que nous apprend Fontenelle, lui avait enseigné les

[1] Bayle, *Œuvres*, in-folio, t. IV, p. 374, 375.
[2] La Fontaine, *Fables* (édit. Walkenaer), t. II, p. 322.
[3] Madame de Sévigné, *Lettres* (édit. Monmerqué), t. V, p. 160. A. Livry, 30 juillet 1677.

mathématiques, la physique et l'astronomie, tandis que son ami Bernier, le *joli philosophe,* comme l'appelait Saint-Évremond[1], lui rendait familières les abstractions les plus voilées de la métaphysique.

Boileau avait dit, dans une de ses épîtres :

> Que, l'astrolabe en main, un autre aille chercher
> Si le soleil est fixe ou tourne sur son axe,
> Si Saturne à nos yeux peut faire un parallaxe[2]...

D'abord parallaxe est du féminin ; astrolabe, ensuite, est un instrument destiné à mesurer la hauteur des astres et nullement à apprécier si le soleil est fixe ou tourne sur son axe. L'erreur de Boileau était donc flagrante, et madame de La Sablière, plus que compétente en pareille matière, ne put s'empêcher de la relever. Le satirique avait trop d'ennemis pour que cette critique, faite dans l'intimité, sans doute, ne fût pas répandue et ne courût pas la ville : l'auteur de

---

[1] « *Joli philosophe* ne se dit guère ; mais sa figure, sa taille, sa manière, sa conversation, l'ont rendu digne de cette épithète-là. »—Saint-Évremond, *Œuvres,* t. V, p. 451. Lettre à mademoiselle de Lenclos.

[2] Boileau, *Œuvres complètes* (édit. de Saint-Surin), Épître v, t. II, p. 53, 54.

l'*Art poétique*, qui en eut connaissance, ne l'oublia point ; et, vingt ans plus tard, sa rancune perçait dans le portrait suivant :

> Qui s'offrira d'abord ? Bon, c'est cette savante
> Qu'estime Roberval et que Sauveur fréquente.
> D'où vient qu'elle a l'œil trouble et le teint si terni ?
> C'est que sur le calcul, dit-on, de Cassini,
> Un astrolabe en main, elle a, dans sa gouttière,
> A suivre Jupiter passé la nuit entière.
> Gardons de la troubler. La science, je croi,
> Aura pour l'occuper un peu plus d'un emploi.
> D'un nouveau microscope on doit en sa présence
> Tantôt chez Dalancé faire l'expérience[1],
> Puis d'une femme morte avec son embryon
> Il faut chez Du Verney voir la dissection [2].
> Rien n'échappe aux regards de notre curieuse [3].

Toute curieuse qu'elle fût, madame de La Sablière était trop essentiellement femme par la sensibilité et la tendresse pour être ce qu'on est convenu d'appeler une femme savante, et, sans l'assertion de Perrault, il eût été difficile, pour ne pas dire impossible, de soupçonner l'original de ce portrait. « On croit, écrit celui-ci, que le caractère de la

---

[1] Fils de l'un des plus habiles chirurgiens de Paris, dit Brossette.

[2] Médecin du roi, anatomiste très-renommé.

[3] Boileau, *Œuvres complètes* (édit. de Saint-Surin); Satire x, t. Ier, p. 301, 302, 303.

savante ridicule a été fait pour une dame qui
n'est plus, et dont le mérite extraordinaire
ne devoit lui attirer que des louanges. Cette
dame se plaisoit, aux heures de son loisir, à
entendre parler d'astronomie et de physique,
et elle avoit même une très-grande pénétra-
tion pour ces sciences, de même que pour
plusieurs autres, que la beauté et la facilité
de son esprit lui avoient rendues familières.
Il est encore vrai qu'elle n'en faisoit aucune
ostentation, et qu'on n'estimoit guère moins
en elle le soin de cacher ces dons que l'avantage de les posséder [1]. »

Antoine Rambouillet de La Sablière, second fils du financier de ce nom [2], secrétaire
du roi et l'un des régisseurs des domaines,
était un homme de plaisir, d'un commerce
agréable, aimant le monde, poëte à l'occasion
et troussant le madrigal avec une finesse et
un naturel que Voltaire se plaît à reconnaître [3]. Il semblerait qu'il eût dû sentir tout

---

[1] Charles Perrault, l'*Apologie des femmes* (en réponse à la satire de Boileau). Paris, 1694, Préface,
p. 6.

[2] Ils étaient deux frères, Pierre et Antoine, et
une fille, qui épousa Tallemant des Réaux.

[3] Voltaire, *Œuvres complètes* (éd. Beuchot), t. XIX.
p. 193; XXIX, p. 223.

le prix du trésor de grâces, d'esprit, de beauté
dont il était le possesseur et le maître, et ne
pas chercher d'autres félicités. Mais qui sait
se contenter de ce qu'il a ? Nous aurions plus
d'un exemple à citer de pareilles inconsé-
quences parmi les contemporains de celui-ci,
à commencer par le marquis de Sévigné, qui
ne fut ni plus judicieux ni plus équitable [1].
Quelque charmante d'ailleurs que fût mademoiselle Hessein, il l'épousait moins par
amour que pour faire diversion à une passion
qu'il fallait étouffer. Il s'était épris d'une certaine madame Le Taneur, dont le mari était
aussi ridicule de corps que d'esprit, nous dit
Tallemant. La jeune femme se livra avec entraînement, et sa faiblesse n'eut que de trop
graves conséquences. La Sablière, jaloux de
ce mari si peu mari, avait exigé que sa maîtresse cessât tout rapport avec lui. Celle-ci
prit pour prétexte un grand rhume qu'elle
avait, et chercha à inquiéter sur sa poitrine
le pauvre Le Taneur, qui se soumit et renonça

[1] Rambouillet, alors fort jeune, fut l'amant de Ninon et supplanta Sévigné; il était un de ses amants
par quartier, selon l'expression de Tallemant. Le
comte de Vassé le chassa à son tour; mais il résta
l'ami constant de l'aimable fille.— Tallemant des
Réaux, *Historiettes* (édit. Techener), t. VI, p. 3, 5.

dès lors à tous ses droits. Mais une grossesse
rendit inévitable entre les deux époux un
rapprochement qui dut coûter à la délicatesse de la jeune femme. En pareille occur-
rence, la marquise Du Châtelet se résignera
avec une intrépidité peu commune ; mais
madame Du Châtelet était philosophe et la
maîtresse de deux philosophes, ce qui change
bien les choses. Cette situation intolérable
fut ce qui rappela madame Le Taneur au
sentiment de ses devoirs, et lui inspira des
remords tels, qu'ils furent plus puissants que
son amour. « Le galant eut bien ce qu'il
méritoit, ajoute Tallemant : cette femme va
se mettre mille scrupules dans l'esprit, que
cet enfant voleroit le bien des autres, qu'elle
ne pourroit pas se faire accroire qu'il étoit à
son mari. S'il ne se fût marié là-dessus, je
ne sais ce qu'il en fût arrivé [1]. » Ce fut alors,
en effet, que La Sablière, pour oublier, pour
trouver la guérison, acheta la charge de secrétaire du roi et épousa mademoiselle Hessein.

[1] Tallemant des Réaux, *Historiettes* (édit. Techener),
Amants délicats, t. VII, p. 362.—Tallemant, qui se
plaît tant dans le récit des petites aventures, eût pu
sans doute commettre d'autres indiscrétions sur La
Sablière et sa femme, dont il était à la fois cousin et
beau-frère.

13.

D'autres amours succédèrent à cet amour
brisé. Il eut un petit commerce de galanterie
avec une jeune femme dont Richelet a publié
les lettres comme des modèles du genre.
« C'étoit, nous dit-il, une demoiselle de très-
bon air, et autant bien faite qu'on le sauroit
être. » Quant au nom, Richelet lui garde le
secret. Cette demoiselle ne péchait pas, en
tout cas, par le manque de confiance en sa
propre valeur, elle avait la conscience de sa
force, peut-être l'exagérait-elle. La Sablière
était un terrible trousseur de vers, les madrigaux ne lui coûtaient guère, pour lui tout
était prétexte à madrigaux ; si bien que Con-
rart lui donna, en qualité de secrétaire des
Muses, des lettres de *grand madrigalier françois*. La plupart de ces petites compositions
s'adressaient à une *Iris*. Cette Iris, quelle était-
elle? Une fiction poétique où une réalité belle
et bonne? Notre demoiselle ne s'en préoc-
cupe que de sorte. Elle envoie, pourtant, à
tout hasard, à son amant un billet pour cette
Iris. Le billet n'est pas des plus modestes :
« C'est pour vous défier, et non pour vous
écrire que je vous envoie ce billet. Qui que
vous soïez, je ne saurois vous aimer : et
quoique nous aïons un même dessein, il n'y

a point de sympathie entre nous. Je suis
belle, j'ai de l'esprit, et je suis dangereuse.
Encore que notre juge soit préoccupé en
votre faveur, ne vous croiëz pas trop en
sûreté. Les moïens de vaincre ne manquent
jamais à qui en a le désir et le courage[1]. »
Voilà qui s'appelle être sûre de son fait. Les
lignes qui suivent sont encore d'une plus
étrange allure : « Je suis fort engraissée et
fort embellie, écrit-elle à La Sablière avec la
même intrépidité. Iris à mon retour n'a qu'à
se bien tenir, il n'y aura point d'enchante-
ment à l'épreuve de ce que je vaudrai ; dites-
lui que je vous donne encore un mois à
l'aimer, et qu'ensuite vous ne l'aimerez plus.
Je ne suis pas assez sotte pour croire que
vous lui disiez cela ; mais je suis assez vaine
pour ne point douter que vous ne le fassiez,
dès que vous m'aurez vuë ; je me regarde à
mon miroir ; mais de ma vie je ne me suis
trouvée si raisonnable et si bien coëffée. Malheur à tous les hobereaux qui me verront
aujourd'hui[2]. » Richelet ne trouve qu'à ad-

---

[1] Richelet, *Les plus belles Lettres françoises*, Paris,
1698.—*Billets d'une amante à son amant*, Billet v, t. Ier.
p. 6.

[2] Idem, Billet vii, t. Ier. p. 9.

mirer, et c'est par les *Billets d'une amante à
son amant*, comme il intitule les seize petites lettres de la demoiselle, qu'il inaugure
son recueil épistolaire. Il ne faut pas disputer
des goûts, disons seulement que l'aplomb de
la beauté anonyme nous rendra moins
pitoyable pour ses revers, si son mérite, en
fin de compte, ne l'empêche pas d'être sa-
crifiée à une rivale plus modeste. Cependant
cette Iris, qui revenait constamment sous la
plume du poëte, ne laisse pas que de la tracas-
ser, sa jalousie commence à s'inquiéter. « Iris
m'importune furieusement, et il me semble
qu'on ne sauroit faire des vers aussi passion-
nez que ceux que vous avez faits pour elle,
sans avoir une véritable passion. Donnez-
moi, je vous prie, quelques éclaircissements
là-dessus, ou plutôt dites-moi que vous ne
l'aimez pas, et dites vrai [1]. » Ce sont peut-
être là les seuls mots sensés et bien sentis de
la demoiselle. La Sablière se hâte de la tran-
quilliser : cette Iris n'existe pas, elle n'a jamais existé ; est-il besoin d'insister là dessus ?
« Il faudroit que cette Iris imaginaire, lui

[1] Richelet, *Les plus belles Lettres françoises.* Paris,
1698. — *Billets d'une amante à son amant,* Billet VIII,
t. Ier, p. 10.

répond-il, fût une admirable personne
pour vous en faire douter, et votre esprit
aussi bien que votre visage me doivent assez
justifier auprès de vous[1]. »

Cette Iris, niée si catégoriquement, n'était
rien moins qu'imaginaire, c'était bel et bien
une rivale, à laquelle le séjour imprudent
de la demoiselle à Blois laissait le champ
libre. Elle s'appelait de son vrai nom Manon
Vanghangel, et était fille d'un Hollandais
établi à Paris et que La Sablière intéressa
dans son administration[2]. Manon avait une

[1] Richelet, *Les plus belles Lettres françoises*. Paris,
1698. — *Billets d'une amante à son amant*, Billet XIII,
t. Ier, p. 18.

[2] C'est elle qu'il chante sur tous les tons. Cependant, une fois au moins, ce nom d'*Iris* cache une
autre femme, une femme mariée, mariée à un mari
indigne d'un pareil trésor, et dont on envie le sort.
Nous citerons les vers que Rambouillet adresse à
cette maîtresse, que nous avons quelques raisons,
comme on va voir, de supposer être madame Le Taneur :

> Iris, cette rare beauté,
> Pour qui nuit et jour je soupire,
> Et dont le rigoureux empire
> Est si rempli de cruauté,
> Du plus sot homme que l'on voie,
> Par un triste hymen est la proie.
> Toutes les nuits, entre ses bras.

sœur, charmante aussi, et dont Niert, premier valet de chambre du roi, était amoureux [1]. Ces deux jeunes filles vivaient fort honnêtement, non pas sans avoir leur petite cour d'adorateurs et de galants. Charlotte, la cadette, avait même mérité le surnom significatif de *Lucrèce*, et c'est ainsi qu'on la désigne dans un dialogue entre elle et Niert, qui courait alors [2]. Ce dernier fort épris, stimulé d'ailleurs par la présence d'un prétendant désigné sous le nom de Merval, de-

> Peut-être il tient cette farouche ;
> Et la belle n'a point d'appas
> Où son indigne main ne touche.
> Que tout se fait injustement !
> Pendant qu'un sot tranquillement
> Jouit d'une beauté céleste,
> Un honnête homme vainement
> Languira pour avoir son reste.

[1] De Niert, ou de Nyert (on prononçait Denière ou Denièle). Son grand-père dut à son admirable talent sur le luth la place de premier valet de chambre du roi, dont héritèrent son fils et son petit-fils. On trouve des détails intéressants sur cette famille dans les *Mémoires de Saint-Simon* (Chéruel), t. Ier, p. 61, 62, 63 ; XVII, p. 215, 216 ; les *Historiettes de Tallemant des Réaux* (Techener), t. VI, p. 192, 193, 194 ; Castil-Blaze, *Molière musicien*, t. Ier, p. 421.

[2] *Recueil de Chansons historiques*. Bibliothèque impériale. Manuscrits ; 1675, t. IV, f. 211, 212.

manda et obtint la main de la jolie Hollandaise.

Richelet, tout en rendant justice à Manon Vanghangel, est d'avis d'accorder la palme à sa rivale : « Elle avoit un air de beauté particulière; mais à ce que dit l'histoire amoureuse de ce temps-là, elle n'avoit ni tant d'esprit, ni de si beaux yeux que l'aimable demoiselle qui a fait ces billets : et en amour l'esprit et les yeux sont de francs enchanteurs, et les charmes les plus puissants des belles[1]. » Cela est possible, mais Manon Vanghangel avait les qualités qui font les liaisons solides et durables, et fixent les natures les plus frivoles[2]. La Sablière, dont les rapports avec l'inconnue s'étaient réduits à un échange de coquetterie et de galanterie à distance, n'avait pas tardé à tomber sous le charme de cette Iris trop dédaignée par sa rivale ; il n'avait que son cœur à offrir, mais il le donna pleinement, et sut être plus fidèle à cet engagement volontaire qu'à des ser-

---

[1] Richelet, *Les plus belles Lettres françoises*. Paris, 1698. — *Billets d'une amante à son amant*, Billet VII, t. Iᵉʳ, p. 9.

[2] Antoine Rambouillet, *Poésies diverses* (1825), p. 21, 86.

ments plus légitimes et plus sacrés. Manon, de son côté, montra qu'elle était digne d'une pareille affection : elle renonça à tout établissement et se consacra sans réserve à cet amant qui avait l'ardeur et le feu d'un jeune homme, mais qui n'était plus jeune. Quant à la protégée de Richelet, elle en prit son parti en femme qui s'apprécie et n'a pas le doute le plus léger sur sa valeur : « Je n'ai point, lui écrivit-elle, de reproches à vous faire de votre conduite ; ma vengeance est dans votre crime, elle durera autant que lui, et j'ai sujet d'avoir à votre égard plus de pitié que de haine, je vous trouve assez malheureux de vous être mis en état de ne pouvoir plus mériter que je vous aime [1]. »

L'hôtel de La Sablière était situé sur un terrain d'environ trente arpents [2], dans le hameau de Ruilly ou Reuilly [3] que le fau-

[1] Richelet, *Les plus belles Lettres françoises*. Paris, 1698. — *Billets d'une amante à son amant*, Billet xvi, t. Ier, p. 21.

[2] Le plan que fit faire Robinard pour Law, et qui est sur une grande échelle, porte la superficie totale à 29 arpents trois quarts et cinq perches, y compris un petit marais potager limitrophe, dépendant de la propriété.

[3] Le plan de La Caille porte *Ruilly*.

bourg Saint-Antoine a depuis longtemps en-
globé. Ce fut le père de Rambouillet qui
construisit les bâtiments et créa les jardins,
si fameux dans la seconde moitié du xviie siècle. Jaillot et ceux qui l'ont copié se méprennent sur l'époque de cet établissement, qu'ils
ne font pas remonter au delà de 1676 ; l'erreur ici est manifeste, et rien n'est plus facile
que de la constater. Sauval, contemporain
et ami de Rambouillet, qui parle avec détail
de sa maison, mourut onze ans auparavant,
vers 1665. On trouve, en outre, Rambouillet
figuré avec ses bâtiments et son parc sur le
plan de Boisseau, dit *plan des Colonnelles,* à la
date de 1650. On ne saurait donc guère fixer
à ces constructions et à ces travaux une origine plus rapprochée que 1645. Cette sorte
de paradis terrestre était contenue entre le
chemin de Charenton et celui de Bercy. La
ruelle qui longeait le mur du parc et unissait
ces deux chemins fut appelée rue de Rambouillet, nom qu'elle porte encore aujour-
d'hui. On gratifia cette habitation et ses dé-
pendances de celui de *Folie Rambouillet* : « Car
le peuple, remarque Sauval avec une candeur
qui fait sourire, donne légèrement le nom
de folie à bien des choses, quand la fantaisie

14

lui en prend, témoin la Folie Regnauld, etc.[1]»

L'entrée principale s'ouvrait sur la rue de
la Planchette, qui n'est que le prolongement
de la rue de Charenton : c'était une porte mo-
numentale percée au centre d'un long mur,
aux extrémités duquel se dressaient deux pavillons à hautes toitures ardoisées, elle donnait accès dans une vaste cour. Sur toute la
largeur du terrain se développait la façade
de l'hôtel de Rambouillet. Le parc venait
après. Il était divisé en deux parties séparées
par deux autres pavillons que reliait une belle
grille; ce qui explique le surnom de *Maison
des quatre pavillons* sous lequel cette propriété
était aussi connue que sous ceux de *Jardin de
Reuilly* et de *Folie Rambouillet*. La première
moitié du parc, toute d'agrément, était la plus
vaste : c'était d'abord un parterre en broderies
avec un bassin jaillissant; puis des allées infinies, celles-ci formant des pattes d'oie, celles-
là des étoiles, tantôt bordées de palissades,
tantôt ombragées par des arbres de haute fu-
taie, se perdant ou dans le petit bois ou
dans le labyrinthe, « formant les unes et les

[1] La *Folie Regnauld* ou *Renault* occupait un vaste
terrain entre la rue Saint-André et la rue des Murs
de la Roquette; c'est aujourd'hui le cimetière du
Père Lachaise.

autres, dit Sauval, un réduit si agréable,
qu'on y venoit en foule pour s'y divertir [1]. »
Mais l'utile se mêlait à l'agréable : tout le
reste était consacré au potager, un potager
modèle et dont les fruits avaient une réputation sans égale. On faisait la cour au jardinier
pour en obtenir ; le roi lui-même en envoyait
chercher. « En un mot, ajoute le même historien, on parle des fruits de Reuilly comme
de ceux des Hespérides, hormis que pour en
avoir on ne court pas tant de hasards [2]. » Le
parc était terminé par une terrasse d'où l'on
apercevait la Seine, ses rives et son paysage ;
ce qui ne veut pas dire, comme l'ont cru quelques-uns, que cette terrasse fût pleinement
au bord de l'eau. Le chemin de Bercy lui servait de frontière ; mais alors l'œil pouvait
s'étendre au loin, et rien ne venait masquer
ce verdoyant horizon [3]. Lorsque les ambas-

---

[1] *Plan et description du faubourg Saint-Antoine*,
gravé par Scotin jeune. — *Vuë de Rambouillet pro-
che la porte Saint-Antoine.* Israël Silvestre.

[2] Sauval, *Antiquités de Paris*, t. II, p. 287, 288.

[3] M. Walkenaër pense que la propriété s'étendait
jusqu'à la Seine. « Il est évident, dit-il, que la rue
de Bercy a été percée à travers le jardin de Rambouillet, et que ce jardin renfermait non-seulement l'enclos actuel de Rambouillet, mais la por-

sadeurs des puissances non catholiques faisaient leur entrée, la maison de La Sablière
était le point de réunion et de départ, c'était
là que l'introducteur des ambassadeurs venait les chercher avec les carrosses du roi;
quant aux envoyés des puissances catholiques, ils descendaient au couvent de Pic-
pus, où un appartement leur était préparé [1].

Cet état de choses ne devait pas être éternel. Bien que La Sablière laissât des enfants,
cette belle propriété était destinée à passer
dans des mains étrangères qui, elles aussi,
ne la gardèrent guère. En 1719, elle appartenait à un sieur Robinard, secrétaire du roi
auprès de la célèbre Compagnie des Indes.

tion de la rue de Bercy qui le borde et le terrain
qui, dans cette largeur, se trouve situé entre la rue
de Bercy et la rivière. » — *Poésies diverses* d'Antoine
Rambouillet. *Vie de La Sablière*, p. 10. Mais, sur tous
les plans, depuis celui de Boisseau jusqu'à ceux de
la fin du xviiie siècle, les limites du parc sont les
mêmes. D'ailleurs, le chemin de Bercy, qui condui-
sait aux châteaux de Bercy et de La Rapée, contemporains de Rambouillet, est connu historiquement
dès le règne de Louis XIII. Il faut bien se rendre au
témoignage des plans.

[1] L. R. (Saugrain), *Curiosités de Paris*, 1723, t. I,
p. 276. — Piganiol de la Force, *Description historique
de la ville de Paris*, t. V, p. 102, 103.

Law, nous ne savons dans quel but, jeta les
yeux sur ce vaste domaine, qu'on fut heureux de lui céder, dans la pensée sans doute
que le puissant contrôleur général reconnaî-
trait à son heure une pareille condescen-
dance[1]. C'était, en ce cas, compter sans la ban-

[1] Nous avons trouvé, jointe au plan de la propriété,
une lettre manuscrite de ce Robinard à Law; elle a
naturellement sa place ici : « Si je n'avois appré-
hendé, Monsieur, de dérober au bien de l'État un
moment de votre audience, j'aurois eu l'honneur
de vous marquer avec quel plaisir j'ai sacrifié mon
acquisition de Rambouillet à l'envie que vous avez
eue de l'avoir. Je prends la liberté même de vous
envoyer le plan que j'en ai fait dresser par deux
habiles arpenteurs. Si vous n'avez pas d'idées géné-
rales pour l'emploi de ce grand terrain, peut-être
ne seriez-vous pas fâché, Monsieur, que j'eusse
l'honneur de vous expliquer moi-même quelles
étoient mes vues pour le mettre en grande valeur,
je profiterois de cette occasion pour vous remercier de ce que la Compagnie a bien voulu jusqu'à
présent se servir de mon ministère pour collation-
ner comme secrétaire du Roy tous les arrêts et lettres patentes qui la concernent. Je me trouverois
trop heureux qu'elle continuât à disposer de mon
temps pour son service, et qu'à cette considération
je puisse finir mes jours avec une très-médiocre fortune, dans une charge que je possède depuis quinze
ans et que j'ai tâché de remplir toujours avec pro-
bité et avec zèle. J'ai l'honneur d'être, etc..... Ro-
BINARD. Paris, 18 novembre 1719. »—*Château de Ram-*

14.

queroute de 1721, qui ruina du même coup
l'audacieux Écossais et son système. Quoi
qu'il en soit, dès 1720, Rambouillet était
vendu. Le nouveau propriétaire renversa,
bouleversa, vulgarisa ce lieu charmant; il
mit bas tout le bâtiment et n'épargna que le
logement du jardinier; les bocages furent
métamorphosés en vergers, les parterres en
marais potagers[1]. Toutefois, le parc survécut
au reste et existait encore à l'époque de la
Révolution. Mais, vers ce temps, sa clôture
commença à disparaître. Ces dernières années
encore, on en trouvait des traces, ainsi que
des pavillons et même de la porte d'entrée[2].

La Sablière attirait chez lui la meilleure
compagnie, et avant tout ses compagnons de

bouillet appartenant à M. Law en 1719; rue de Charenton, côté de la rivière. (Plan manuscrit.)—Bibliothèque
impériale. Estampes.

[1] Germain Brice, Nouvelle Description de la ville de
Paris, 1725, t. II, p. 266. — Hurtaut et Magny, Dictionnaire historique de la ville de Paris, 1779, t. IV,
p. 210, 211. — Saint-Victor, Tableau pittoresque de
Paris, 1808, t. II, p. 741.

[2] Girault de Saint-Fargeau, Les Quarante-huit Quartiers de Paris, 1846, p. 114.—En 1847, un nouveau passage avait été percé, sous le nom de Clos Rambouillet.
Les ateliers de réparation du chemin de fer de Lyon
en occupent aujourd'hui la presque totalité.

plaisir, au nombre desquels et en première
ligne figuraient Lauzun, Rochefort, Brancas,
de Foix, Chaulieu et La Fare. Ce dernier avait
tout ce qu'il faut et plus qu'il ne faut pour
fixer l'attention d'une femme désœuvrée et
délaissée : il était jeune, élégant, brillant, re-
cherché ; il s'était distingué à l'armée et
avait devant lui, s'il savait attendre, le plus
bel avenir ; mais son plus grand titre, celui
qui sans doute parla le plus haut auprès de
ce cœur impérieusement tendre, ce fut l'ardeur, la vivacité d'un amour aussi éloquent
que vrai, et qui promettait d'être éternel. Il
fallait que madame de La Sablière aimât.
Tant qu'elle fut jeune, l'amour remplit si
bien sa vie qu'elle n'eut d'autre préoccupation, d'autre mobile, d'autre but. Une repartie plaisante, si elle est tant soit peu virile
(mais alors les femmes les plus honnêtes,
madame de Sévigné entre autres, avaient le
propos un peu gaillard), une repartie plaisante, disons-nous, de la jeune femme à un
magistrat rigide, son parent, nous édifie sur
l'emploi du temps et des heures à l'hôtel de
La Sablière. « Quoi ! toujours de l'amour et des
amans ! s'écriait un jour cet esprit chagrin ;
les bêtes du moins n'ont qu'une saison. —

C'est que ce sont des bêtes, » riposta prestement la spirituelle femme [1].

Les mœurs, ce complet renoncement du
mari, semblaient autoriser une liaison qui
parut à tous si sincère et si sérieuse, qu'elle
fut plus que tolérée, qu'elle devint respec-
table : les amants se la présentaient comme
modèle, elle fut un sujet d'admiration et
d'envie. Cette passion chevaleresque, à laquelle, plus qu'à l'ennui et au dégoût, La
Fare avait sacrifié sa position présente et sa
fortune à venir, devait pourtant avoir le sort
des choses en apparence les plus solides et les
plus durables. Les premiers symptômes, loin
d'être pris pour ce qu'ils étaient, furent en-
visagés par le monde comme un arrangement
habile concerté pour empêcher la satiété
d'envahir leur intérieur enchanté. Madame
de La Sablière, avec raison, était réputée in-
vulnérable, et trouvait des champions se faisant forts de sa persévérance à toute épreuve.
« Il est vrai qu'afin de faire vie qui dure, ils
ne se voient pas du tout si souvent, et qu'au
lieu de douze heures, par exemple, il n'en

[1] Saint-Foix, *Essais historiques sur Paris* (1776),
t. V, p. 186.

passe plus chez elle que sept ou huit; mais la tendresse, la passion, la distinction et la parfaite fidélité sont toujours dans le cœur de la belle, et quiconque dira le contraire aura menti [1]. » Voilà ce que proclamait Sévigné avec une confiance que déjoua l'événement. Mais alors les deux intéressés s'aimaient de tout leur être et étaient loin encore de soupçonner en eux le moindre changement, la moindre altération dans leurs sentiments.

La pauvre femme y vit plus clair à la longue, et assista, la mort dans l'âme, au renversement de ce bonheur intime dont chaque jour emportait un lambeau. Les heures ne furent plus que des instants; les tête-à-tête, jadis si délicieux et toujours trop courts, étaient plutôt évités que recherchés; enfin on avait cessé d'aimer, et les égards, une politesse contrainte avaient remplacé l'amour. Sûrement, la jeune femme ne se rendit pas sans combat à une aussi affreuse évidence. Mais, quand il n'y eut plus lieu de douter, la fierté, la dignité révoltée vinrent à

[1] Madame de Sévigné, *Lettres* (édit. Monmerqué). t. V, p. 173. Lettre du 4 août 1677.

son secours et la sortirent d'une situation qui devenait avilissante en se prolongeant. « La Sablière, dit madame de Sévigné, a pris son parti en jolie et spirituelle personne [1]. »

Cette séparation sans crise causa une sensation mêlée d'indignation. L'on n'eut pas de termes assez énergiques pour flageller cet amant si peu digne d'être regretté; ce fut à qui lui jetterait la pierre. Madame de Coulanges maintenait qu'il n'avait jamais été amoureux, que ce qui l'attachait à sa maîtresse, c'était bien plus son entourage, le charme des réunions de l'hôtel de La Sablière, les séductions de la bassette, sa seule vraie passion avec la paresse qui brochait sur le tout [2]; elle disait plaisamment qu'elle ne le saluait plus, parce qu'il l'avait trompée. Mais il faut lire l'histoire de cette muette agonie, suivre pas à pas les progrès du mal, assister au désespoir caché de l'infortunée, qui se releva enfin par une de ces déterminations héroïques que savaient prendre les femmes déçues, ramenées, repentantes, de cette

[1] Madame de Sévigné, *Lettres* (édit. Monmerqué), t. VI, p. 125. Aux Rochers, mercredi 24 janvier 1680.
[2] *Idem*, t. VI, p. 16. Paris, mercredi 8 novembre 1679.

époque de galanterie et de piété. Madame de
Sévigné est adorable dans le récit de ce
grand événement de verre d'eau :

« Vous me demandez ce qui a fait cette
solution de continuité entre La Fare et madame de La Sablière : c'est la bassette ; l'eussiez-vous cru ? C'est sous ce nom que
l'infidélité s'est déclarée ; c'est pour cette
prostituée de bassette qu'il a quitté cette
religieuse adoration. Le moment étoit venu
que cette passion devoit cesser et passer
même à un autre objet. Croiroit-on que ce
fût un chemin pour le salut de quelqu'un que
la bassette ? Ah ! c'est bien dit, il y a cinq
cent mille routes qui nous y mènent. Madame de La Sablière regarda d'abord cette
distraction, cette désertion ; elle examina les
mauvaises excuses, les raisons peu sincères,
les prétextes, les justifications embarrassées,
les conversations peu naturelles, les impa-
tiences de sortir de chez elle, les voyages à
Saint-Germain, où il jouoit, les ennuis, les
ne savoir plus que dire; enfin, quand elle eut
bien observé cette éclipse qui se faisoit, et le
corps étranger qui cachoit peu à peu tout
cet amour si brillant, elle prit sa résolution.
Je ne sais ce qu'elle lui a coûté ; mais enfin,

sans querelle, sans reproche, sans éclat, sans
le chasser, sans éclaircissement, sans vouloir
le confondre, elle s'est éclipsée elle-même ;
et, sans avoir quitté sa maison, où elle re-
tourne encore quelquefois, sans avoir dit
qu'elle renonceroit à tout, elle se trouve si
bien aux Incurables, qu'elle y passe quasi
toute sa vie, sentant avec plaisir que son mal
n'étoit pas comme celui des malades qu'elle
sert. Les supérieurs de la maison sont char-
més de son esprit, elle les gouverne tous ;
ses amis vont la voir, elle est toujours de
très-bonne compagnie. La Fare joue à la bassette : voilà la fin de cette grande affaire qui
attiroit l'attention de tout le monde ; voilà
la route que Dieu avoit marquée à cette jolie
femme [1]...»

La bassette, on le voit, était un délire général, des femmes comme des hommes, des
amoureux comme de ceux qui ne l'étaient
pas. Le duc de Caderousse faisait mettre à
madame de Bertillac ses perles en gage « pour
soutenir un peu de bassette [2]. » Chaulieu se

[1] Madame de Sévigné, *Lettres* (édit Monmerqué),
t. VI. p. 373, 374. Aux Rochers, dimanche 14 juillet 1680.
[2] Idem, t. VI, p, 124. Paris, mercredi 24 janvier
1680. — Lettre de Bussy, du 17 février 1680.

plaint, de son côté, que le marquis de Béthune est plongé dans les fureurs de la bassette. On jouait des fortunes à ce jeu chez la
comtesse de Soissons, et le même abbé parle
d'un soir où le duc de Vendôme, dont la méchante veine était d'ailleurs constante, perdit
au moins la moitié de son hôtel [1]. Ce fut à la
bassette que M. de Bouillon trouva sa belle-
sœur quand il vint l'avertir qu'il fallait quitter Paris et prendre la fuite. « Les femmes
voloient leur mari pour y jouer, raconte un
libelle du temps; les enfants leur père; et
jusqu'aux valets qui venoient regarder par
dessus l'épaule des joueurs, et les prier de
mettre une année de leurs gages sur une
carte [2]. » La bassette ne faisait pas seulement
le désespoir des amoureux, elle était la désolation des amis qu'elle évinçait, des cau-
seurs, des beaux esprits, des poëtes de salon,
auxquels elle imposait brutalement et odieu-
sement silence. La contagion gagna l'Angleterre, où elle fit invasion chez la duchesse de
Mazarin, qui s'y livra avec toute la fougue de

[1] Chaulieu, *Lettres inédites* (1850), p. 146.
[2] Bussy-Rabutin, *Histoire amoureuse des Gaules*
(Janet), t. III. p. 412 : *La France devenue italienne
avec les autres désordres de la cour.*

son tempérament. Désormais plus de lectures, plus de dissertations savantes. Vossius, Justel, Leti, Saint-Évremond, si caressés, si écoutés, durent céder la place à cette rivale honteuse, non pas toutefois sans que ce dernier, qui avait bien ses franchises, ne protestât hautement contre l'indignité de l'idole :

Que sert à ces messieurs leur illustre science?
A peine leur fait-on la simple révérence;
Et les pauvres savants, interdits et confus,
Regardent Mazarin, qui ne les connoît plus.
Tout se change ici-bas, à la fin tout se passe,
Les livres de bassette ont des autres la place,
Plutarque est suspendu, Don Quichotte interdit,
Montaigne auprès de vous a perdu son crédit,
Racine vous déplaît, Patru vous importune,
Et le bon La Fontaine a la même fortune[1].

La bassette fut-elle la seule cause de cette rupture entre madame de La Sablière et La Fare ? Si une infidélité ne se pardonne guère, un goût, même dominant, est excusé par une femme subjuguée et qui sait qu'elle est sans rivale. La maîtresse d'un poëte, d'un artiste passionné, d'un penseur, a à compter avec la muse; mais elle s'accommode, sans trop de peine, du partage. Il est à croire que,

[1] Desmaiseaux, *Vie de Saint-Évremond* (La Haye, 1711), p. 243 à 246.

tout en gémissant, madame de La Sablière eût
souffert les torts que les préoccupations de
la bassette faisaient à leur commerce longtemps si exclusif. Mais à ce désenchantement
se joignirent d'autres raisons de rompre un
lien qui n'était plus celui des premiers jours.
Peut-être la mort de son mari lui fut-elle
aussi un enseignement et un avertissement
de se détacher et de travailler à son retour
vers Dieu. Plus fidèle que ne l'avait été La
Fare envers sa femme, La Sablière, après
avoir langui une année, avait suivi dans la
tombe sa Manon, enlevée dans toute la force
de l'âge et de la beauté. Il était absent. La
maladie avait été si rapide qu'il l'avait ignorée. En descendant de voiture, le pauvre
amant rencontre l'une de ses filles, qui, après
les premières caresses, à mille lieues de
soupçonner le coup qu'elle allait porter, lui
dit sans autre transition : « Vous ne savez
donc pas, mon père, que mademoiselle Manon Vanghangel est morte ? » La Sablière ne
souffla mot, il sut se contenir : mais sa fille
l'avait tué, et il ne fit plus que végéter [1]. On

[1] Ces détails sur la mort de Manon nous sont fournis par M. Walkenaër (*Vie de La Fontaine*, 1re édit.,
p. 438, 439). Il les rencontra assez fortuitement,

trouve la trace de ses regrets et de son désespoir dans ces vers touchants, qui ne sont
pas les seuls inspirés par la mort de Manon :

Que mon destin est rigoureux!
Iris, l'aimable Iris a perdu la lumière !
Douce, obligeante, quoique fière,
Près d'elle je trouvois tout ce qui rend heureux :
Dans les aventures fâcheuses,
Les égards et les soins d'une tendre amitié;
Parmi les peines amoureuses,
Tout le support de la pitié.

comme il nous l'apprend, à la dernière page d'un
exemplaire des madrigaux de La Sablière, dans une
note manuscrite qu'il attribue à une main de femme,
ce qui importe peu. Nous trouvons, d'autre part,
dans le *Recueil de chansons, de couplets et de vaudevilles, pour servir à l'histoire anecdote*, t. II, f. 484
(Bibliothèque Mazarine, Manuscrits), une note relative à La Sablière ainsi conçue : « Sablière étoit
amoureux de l'aisnée Vangangel, et il fit beaucoup
de galanteries pour elle, et donna part au père
dans ses affaires. Cette demoiselle mourut et la douleur saisit si tellement (*sic*) le cœur de Sablière
qu'il s'y forma un corps étranger dont il mourut. »
Rambouillet eut un fils et deux filles. L'une fut mariée à un conseiller au Parlement de Paris appelé
Misson, auteur d'un voyage en Italie; l'autre épousa
La Mésangère et fut l'amie de Fontenelle qui la
choisit pour interlocutrice dans son ingénieuse et
galante dissertation sur la pluralité des mondes.
C'est la première, qui annonça si malencontreuse-
ment à son père la mort de mademoiselle Vanghangel.

Appuyé d'un secours si sûr et si fidèle,
De tous ses déplaisirs mon cœur venoit à bout ;
    Iris me consoloit de tout
    Et rien ne me console d'elle [1].

Non-seulement La Fare était refroidi, mais encore il était parjure. Il s'était rendu coupable envers cette noble femme de la plus grave des offenses ; il lui avait donné une rivale dont l'indignité devenait un outrage de plus. M. Walkenaër veut que ce soit la Champmeslé qui l'ait rendu infidèle ; il pense en avoir trouvé la preuve dans une lettre de La Fontaine à la tragédienne : « Charmez-vous l'ennui, le malheur au jeu, toutes les autres disgrâces de M. de La Fare ? » Le bonhomme est très-disposé à croire que la jeune femme compte autant d'amants que de courtisans : « Tout sera bientôt au roi de France et à mademoiselle de Champmeslé [2] » s'écrie-t-il avec ce candide enthousiasme qui plaît tant aux femmes parce qu'il semble être un cri parti du cœur. Pour ce qui le regarde,

[1] Antoine Rambouillet, *Poésies diverses*, 1825, p. 86, liv. VI — xxxvi.

[2] La Fontaine, *Œuvres complètes* (édit. Walkenaër), *Lettres à divers*, t. VI, p. 595. Lettre à mademoiselle de Champmeslé, 1678.

15.

n'était son âge, il serait en tête des plus sub-
jugués :

> De mes Phillis vous seriez la première,
> Vous auriez eu mon âme tout entière,
> Si de mes vœux j'eusse plus présumé :
> Mais en aimant, qui ne veut être aimé ?
> Par des transports n'espérant pas vous plaire,
> Je me suis dit seulement votre ami,
> De ceux qui sont amants plus qu'à demi;
> Et plût au sort que j'eusse pu mieux faire [1]!

Mais en est-ce assez pour laisser supposer
que La Fare fût l'amant de l'actrice, quand,
surtout, il est question dans la même lettre
de M. de Tonnerre, l'amant en titre de la
Champmeslé, de ce Tonnerre qui avait *déraciné* son rival le plus sérieux [2], homme séduisant et qui avait séduit La Fontaine tout
le premier? Il est vrai que cette trahison de
La Fare, ignorée de madame de Sévigné, au
moment du moins de la rupture de celui-ci

---

[1] La Fontaine, *Œuvres complètes* (édit. Walkenaër),
t. III, p. 493, *Contes, Belphégor.* Dédicace à la Champmeslé.

[2] On connaît le quatrain qui courut alors sur la
trahison de la Champmeslé :

> A la plus tendre amour elle fut destinée,
> Qui prit longtemps *racine* dans son cœur :
> Mais, par un insigne malheur,
> Le *tonnerre* est venu qui l'a *déracinée.*

Les frères Parfaict, *Histoire du Théâtre-François,*
t. XIV, p. 518.

avec madame de La Sablière, se trouve très-
nettement indiquée dans une lettre de Chaulieu à madame de Lassay : « Ne vous souvient-
il plus, dit l'abbé en apostrophant son ami
dans une sorte de songe qu'il forge à plaisir,
d'avoir versé Louison devant la porte de
madame de La Sablière, dans le temps que
l'on vous mettoit à la place de la tourterelle
pour être le symbole de la fidélité [1] ? »

Mais Chaulieu entend-t-il bien parler de la
Champmeslé ? M. Walkenaër ne semble pas
en douter pour son compte ; cependant, avec
un peu de réflexion, il eût pu se sentir au
moins ébranlé dans sa certitude par ce nom
de Louison que donne Chaulieu à la maîtresse
de La Fare. La Champmeslé s'appelait Marie
et non Louise ; Louison n'eût donc été qu'un
surnom de fantaisie pris par elle ou inventé
par quelque amant, caprice bizarre dont la
supposition n'est autorisée d'ailleurs par
quoi que ce soit. Mais, pour n'être point la
Champmeslé, cette Louison n'en subsistait pas
moins, et nous étions intéressé à chercher
qui elle pouvait être : nous y sommes parvenu. Elle se nommait Louise Moreau et était la

[1] Chaulieu, Œuvres (La Haye, 1777), t. II, p. 194.

sœur de Fanchon Moreau, la maîtresse du
grand prieur [1]. Comment La Fare tomba-t-il
amoureux de cette fille qui était laide, courte,
mal faite? Cette liaison se comprendrait à
peine, contractée dans l'une de ces débauches
dont on rougit à jeun, et ne survivant guère
à l'heure qui les a vues naître; mais elle ne
doit pas être postérieure à 1679, et, de l'aveu de
La Fare lui-même, elle durait encore lors du
voyage du Dauphin à Anet, en 1686. Madame
de La Sablière ne pouvait disputer son amant
à une Louison Moreau, elle ne pouvait que se
résigner; mais elle le fit avec une force d'âme,
un silence, une noblesse, une grandeur qui
frappèrent d'admiration et inspirèrent des remords à l'infidèle. Elle s'était retirée aux Incurables, elle finit par guérir « d'un mal que
l'on croit incurable pendant quelque temps,
et dont la guérison réjouit plus que nulle
autre [2]. » Quant à La Fare, loin de se séques-
trer du monde, il s'y précipita de plus en plus;
mais, désormais, c'est à un autre La Fare
que nous aurons affaire; et quel La Fare !

[1] Le père Alexis, *Généalogie de la maison de La Fare.
en Languedoc* (1766), p. 29.

[2] Madame de Sévigné, *Lettres* (édit. Monmerqué),
t. VI, p. 335. Aux Rochers, vendredi 21 juin 1680.

V

C'est à peine si jusqu'alors il a été question
de l'aîné des Vendôme. Celui-ci, qui porta,
tant que vécut le cardinal son père, le titre

de duc de Penthièvre [1], ne suivit pas M. de Beaufort à Candie, et semble avoir été devancé par le chevalier, qu'il était destiné à laisser plus tard loin derrière lui. Il n'avait pourtant pas seize ans lorsqu'il fit ses premières armes en Hollande comme simple garde du corps à la suite de Louis XIV [2]. Il combattit avec son frère sous Turenne, leur protecteur ; et, comme il n'était pas amoureux de madame de Ludres, il ne donna pas lieu au reproche que madame de Sévigné adresse au chevalier de Vendôme ; il demeura à son poste dans cette retraite difficile qui fit honneur au comte de Lorges, et il eut même la cuisse traversée d'un coup de mousquet à la tête de son régiment [3]. Nommé bri-

[1] Le père Anselme, *Histoire généalogique et chronologique de la maison de France*, t. I, p. 200. — Il faut, toutefois, qu'il ait été question un moment d'appeler M. de Vendôme le prince de Martigues ; du moins Loret, dans sa *Muze historique* (liv. V, Lettre xxvi), nous apprend-il, à la date du 4 juillet 1654, que madame de Mercœur venait d'accoucher

> D'un fils bien fait et bien formé,
> Prince de Martigues nommé.

[2] 1672.

[3] La Fare, *Mémoires* (Michaud et Poujoulat), tome XXXII, p. 282. — Bibliothèque de l'Arsenal. Manu-

gadier en 1677, il servit en Flandre sous le maréchal de Créqui, se signala aux siéges de Condé et de Cambrai, et mérita à la pointe de l'épée le brevet de maréchal de camp qu'il obtenait l'année suivante. Mais la paix de Nimègue venait tout à coup rendre pour un temps la tranquillité à l'Europe et la liberté à cette jeunesse ardente qui allait se précipiter dans les dissipations et les plaisirs avec la même fougue qu'elle se ruait sur les champs de bataille.

Dès l'enfance, M. de Vendôme avait le gouvernement de la Provence, que le comte de Grignan gérait à titre de lieutenant général [1]. En 1676, l'envie lui vint d'en prendre possession : c'était un moyen de fuir et le contrôle de la cour et les criailleries de ses créanciers, qui l'importunaient également ; d'ailleurs, à vingt-deux ans, il y a de grands enivrements dans l'exercice du commandement. Mais il fallait que le roi le permît, et

scrits. B.-L. F. in-4°. 14 (bis). p. 43. *Éloge de M. le duc de Vendôme.*

[1] M. de Mercœur, père de M. de Vendôme, en avait été également gouverneur. Quant au comte de Grignan, il commandait en Provence, en l'absence du jeune duc, depuis 1670.

sa réponse fut loin d'être celle qu'on attendait. « Monsieur, lui fut-il dit, quand vous
saurez bien gouverner vos affaires, je vous
donnerai le soin des miennes [1]. » Et madame
de Sévigné et M. de Grignan en furent pour
la peur. Ce dernier, qui, en l'absence du
jeune prince, avait joui de toute la considération, du crédit, des honneurs et des avantages d'un gouverneur de province, ne pouvait que déchoir par l'arrivée de M. de
Vendôme, et cette heure-là, on le pense bien,
était plutôt appréhendée que souhaitée par
la glorieuse madame de Grignan et par son
illustre mère. Quatre années s'écoulèrent,
après lesquelles le roi jugea sans doute qu'il
était indispensable de laisser le duc tâter de
son gouvernement : le prince avait vingt-six
ans, et si Louis XIV eût voulu attendre qu'il
s'amendât et administrât plus sagement ses
affaires particulières, il est à croire qu'il n'eût
jamais posé le pied en Provence. Ce fut dans
le mois d'octobre 1680 que le jeune duc
partit, au grand désespoir de la spirituelle
marquise, qui, du reste, ne le cache point :

---

[1] Madame de Sévigné, *Lettres* (édit. Monmerqué),
t. IV, p. 249. A Paris, mercredi 8 avril 1676.

« Madame de Vins me mande que M. de Vendôme et M. Morant[1] s'en vont en Provence : voilà qui va fixer les résolutions de M. de Grignan, en lui faisant voir la fin d'une carrière où il a couru' si noblement et d'une manière à mériter des récompenses. Dieu le veut peut-être, que savons-nous[2] ? » Même teinte d'amertume dans cet autre fragment : « M. le coadjuteur[3] est parti ; il a fait régler la manière dont M. de Vendôme traitera M. de Grignan ; il faut le savoir une bonne fois ; et quand on obéit au roi, on ne peut être mal content[4]. »

M. de Vendôme emmenait avec lui Chaulieu. Ce dernier, malgré son échec en Pologne, n'avait point renoncé à ses projets, sinon d'ambition, du moins de fortune. Il aspirait à une vie plus large, à un bien-être que son patrimoine était insuffisant à lui fournir. Il sentit tout l'avantage qu'il y avait à s'attacher à un jeune prince libéral, pro-

[1] L'intendant.
[2] Madame de Sévigné, *Lettres* (édit. Monmerqué), t. VII, p. 18. Aux Rochers, mercredi 9 octobre 1680.
[3] Le coadjuteur d'Arles, J.-B. de Grignan.
[4] Madame de Sévigné, *Lettres* (édit. Monmerqué), t. VII, p. 33. A Paris, mercredi 30 octobre 1680.

digue, facile, qui, s'il le voulait, pouvait
beaucoup pour son avenir, et s'efforça de
conquérir ses bonnes grâces. Il y parvint aisément, et M. de Vendôme le mit tout aussitôt à la tête de ses affaires sans s'assurer
auparavant des capacités de l'abbé en matière de comptabilité et d'administration. Au
fait, il l'avait pris infiniment plus pour le charme de son commerce que pour le reste, et, sous
ce rapport, il lui eût été difficile de rencontrer une nature plus souple, une humeur
plus riante, un caractère plus constamment
aimable; nous oublions de dire un convive
plus intrépide, et c'était bien quelque chose
pour M. de Vendôme, qui aimait fort la table.

L'homme propose et Dieu dispose. Le duc
fut pris en chemin par la petite-vérole qui
le retint assez malade, à La Charité-sur-Loire,
pour inquiéter ses amis. En définitive, le mal
fut plus que bénin, et, à en croire Chaulieu,
le prince n'aurait eu qu'à s'en louer :

> Cette peste, malgré sa rage,
> A respecté notre Adonis;
> Tu trouveras même embellis
> Tous les traits de son visage;
> Car la nature bonne et sage
> A mêlé quelques roses à des fagots de lis,
> Et par un si prudent mélange
> A fait, sans le secours de l'art,

D'un VENDOME un peu trop blafard
Un VENDOME plus beau qu'un ange[1].

Au lieu de continuer sa route, M. de Vendôme alla passer l'hiver à Anet, entre Chapelle et Chaulieu. Cette maladie fut le prétexte à bien des vers bons ou mauvais de
nos deux poëtes, du duc de Nevers, si preste
à enfourcher Pégase en toutes rencontres,
et du marquis de Dangeau, qui rimait parfois
pour son compte propre. Ce n'était, quant
au voyage et aux ovations, reculer que pour
mieux sauter. L'année suivante, le jeune duc
reprit son vol vers la Provence, toujours
escorté de Chaulieu. Arrivé à Aix, il fut reçu
en Parlement et eut à écouter des harangues
auxquelles il répondit avec aisance et bonne
grâce. Mais le temps, on se l'imagine, ne se
passe pas si bien à l'assemblée qu'il n'en reste
pour les plaisirs, et quels plaisirs !

« ...Je suis tous les jours en fêtes, écrit
Chaulieu à sa belle-sœur, et des fêtes près
desquelles le repas du marquis de Béthune,
à dix-huit potages, ne seroit qu'un déjeuner.
Ce qu'il y a de remarquable, c'est que de
douze mille poissons qui ont paru ce matin,

¹ Chaulieu, *Œuvres* (La Haye, 1777), t. 1, p. 61.

tout d'une venue, sur une table, je n'en ai
trouvé aucun de ma connaissance, qu'une
moitié de thon frais que je ne saurois mieux
vous représenter que si on avoit scié le contrôleur en deux et qu'on le mît dans un bassin. M. de Vendôme et moi mangeâmes hier
douze cents sardines. J'ai reçu des visites de
toute la province : MM. de Grignan et le premier président [1], le coadjuteur d'Arles et l'intendant.

« J'ai tous les jours trente personnes à mon
lever. Messieurs de l'abbaye de Saint-Victor
sont venus en corps me haranguer ce matin.
Jugez si à l'heure qu'il est je suis amaigri.
J'aurois besoin d'un coup d'espingue dans le
ventre pour me désenfler...

« M. de Vendôme a joué cet après-dîner à
la paume; toutes les dames le sont venues
voir jouer, et, entre autres, la fameuse madame de Pontevès, avec qui j'ai joué au billard, et me suis galamment laissé perdre :
j'ai dit mon repos, ma liberté; mais, en vérité, je n'ai perdu ni l'un ni l'autre. Elle est
en vérité, assez jolie femme : elle est de belle
taille, quoique grassette, fort brune et une

[1] Le premier président du Parlement d'Aix était
M. Marin.

grosse bouche. Elle entend bien ce qu'on veut lui dire, autant qu'il m'a paru à une belle réponse que je lui ai faite tantôt en jouant au billard. Elle m'a demandé si je n'étois point surpris de voir les boules de billard deux fois plus grosses qu'à Paris ? Je lui ai repondu que non, et que, les billards étant gros à proportion que les blouses étoient grandes, cela n'importoit pas beaucoup.

« Nous avons eu de la musique tous les jours chez M. de Grignan, où les dames se sont assemblées. Si nous avions tardé ici plus longtemps, je les aurois été voir ; il y auroit eu moyen de faire connaissance. Le favori du gouverneur, en réputation d'un bel esprit et d'un homme de cour, seroit bientôt ici un dangereux rival. J'ai donné la pomme à Pontevès. Il y en a pourtant une autre divorcée, avec une grande bouche et quarante dents comme de l'ivoire, grande comme vous, qui disputeroit bien le terrain à la Pontevès [1]... »

Ces fêtes, ces galas laborieux, ces prouesses gloutonnes ne cessèrent point durant l'as-

[1] Chaulieu, *Lettres inédites* (1850), p. 85 à 90. Lettre XII, Aix, le 25 octobre.

16.

semblée. Puis M. de Vendôme visita sa province, où il fut reçu partout avec les mêmes
honneurs, et put repartir vers les premiers
jours de décembre pour Paris. Cette lettre de
Chaulieu n'est pas la seule que nous ayons
sur le séjour du duc dans son gouvernement.
Madame de Bouillon avait chargé l'abbé de
lever des recrues pour sa ménagerie, et il
était naturel qu'il lui rendît compte de ses
efforts pour la satisfaire. Il avait offert deux
cents écus d'un crocodile en nourrice auquel
il avait demandé des nouvelles des pyramides et de la santé d'Isis sans en rien tirer,
ce qui n'est pas fort étrange de la part d'un
crocodile de deux mois. Enfin, on prit congé
d'Aix, de son Parlement et de sa noblesse, et
l'on alla passer quatre jours à Martigues. Dieu
sait à quel dessein! « Il y a des flottes de pê-
cheurs qui nous attendent pour mettre dans
nos filets tous les monstres de la mer. On se
bourre ici d'importance ; nous avons trouvé
encore quelques figues ; les truffes, les ortolans
et les sardines sont nos mets ordinaires [1]. »
Il faut se résigner à pareilles redites. Son-
geons qu'au XVIIe siècle les plus sobres se

[1] Chaulieu, Œuvres (La Haye, 1777), t. II, p. 168.
Lettre à madame de Bouillon, Aix, le 31 octobre 1681.

comportaient devant une table autrement
que ne le font les plus vaillants de notre
temps. Louis XIV mangeait d'une façon
effrayante et ne s'en tirait que par des mé-
decines que lui administrait Fagon avec une
fréquence à peine croyable : nous renvoyons
les plus curieux au journal manuscrit de la
santé du roi [1]. Les femmes n'étaient pas plus
retenues que les hommes : madame de Montespan, pour ne parler que d'elle, aimait la
table à l'excès, et unissait à tout le raffine-
ment de la sensualité un appétit qui n'était
pas médiocre [2]. Pour en revenir à madame
de Sévigné et à M. de Grignan, ils s'étaient
trop hâtés de s'alarmer : les champs de bataille attendaient le duc de Vendôme, qui
n'était guère tenté d'aller prendre à Aix ses

[1] Bibliothèque impériale. Manuscrits. Deux vo-
lumes in-folio, contenant des remarques journalières
sur la santé du roi, de 1647 à 1711.

[2] Saint-Simon, *Mémoires* (Chéruel), t. VI, p. 42. —
Dangeau, *Journal* (addition de Saint-Simon), t. XI,
p. 380. — Il n'est pas jusqu'à la fille de cette Julie
d'Angennes, pour laquelle on composa la *Guirlande
poétique*, qui ne fût « grande mangeuse, » comme
l'indiquait une note manuscrite de Maucroix, à la suite
d'une épître adressée à la marquise de Rambouillet.
—*Poésies diverses d'Antoine Rambouillet et de François
Maucroix* (1825), p. 291.

quartiers d'hiver entre deux campagnes ;
toutes ses affections étaient pour son château
d'Anet, qu'il habita le plus qu'il put, au sein
d'une petite cour dont la galanterie n'était
pas le péché.

Anet est, sans contredit, l'un des plus curieux et des plus glorieux monuments de
l'ancienne France, celui dont les débris évo-
quent le plus de souvenirs. Il doit son nom
aux aunes [1] qui couvraient son territoire
humide et verdoyant, et qui ombragent encore le bas pays. La première fois qu'il est
fait mention d'Anet, c'est dans une charte de
1169 ; il appartenait alors à Simon, seigneur
de Bourg. Avant la Révolution, il existait encore quelques vestiges de la demeure de ce
Simon [2]. Vers 1340, Charles le Mauvais,
comte d'Évreux, y fit construire un château
qu'il fortifia. On sait quelle triste part ce roi
de Navarre eut aux mille calamités dont la
France se vit accablée ; Charles V, à la fin
victorieux, songea à punir ce prince félon. Il
s'empara d'Anet, en démolit les tours, et con-
fisqua les terres au profit de l'État [3]. Le châ-

---

[1] Anet, *Alnetum (ab ainis)*.
[2] Lenoir, *Musée des monuments français*, t. IV, p. 44.
[3] 1378.

teau fut respecté, et fut compris dans les
constructions que l'on fit plus tard. M. Lenoir dit que ce bâtiment existait encore en
1805; et c'est alors que M. Hérigayen, propriétaire d'Anet, le jeta bas. Charles VII, par
lettres patentes enregistrées au Parlement, le
18 janvier 1445, distrayait Anet de la couronne,
ainsi que Breval, Monchauvet et Nogent-le-
Roy, en faveur de Pierre de Brézé et de ses
descendants. Le fils de celui-ci avait épousé
Charlotte Sorel, fille naturelle de Charles VII
et de la dame de Beauté. Cette union fut loin
d'être heureuse, elle se termina par une ca-
tastrophe sanglante. Ce drame, l'un des plus
sombres de notre histoire féodale, est raconté
par un chroniqueur du temps avec une
naïveté qui ajoute encore à l'émotion et à
l'épouvante.

« En ce temps, le samedy treiziesme [1] jour
du moys de juing 1476, le seneschal de Nor-
mandie, comte de Maulevrier, fils de feu
messire de Brézé qui fut tué à la rencontre
de Montlhéry ; lequel monseigneur le seneschal, qui s'en estoit allé à la chasse près d'ung
villaige nommé Rouvres-les-Dourdan [2], à luy

---

[1] Le 13 juin était un jeudi.
[2] Le père Anselme *Histoire généalogique et chro-*

appartenant, et avecques luy y avoit mené
madame Charlotte de France ¹, fille naturelle
dudit feu roy Charles et de demoiselle Agnès
Sorel. Advint par male fortune, après que
ladite chasse fut faicte, et qu'ils furent re-
tournez au soupper et au giste audit lieu de
Rouvres, ledit seneschal se retrahit seul en
une chambre pour illec prendre son repos de
la nuict, et pareillement sadite femme se retrahit en une autre chambre. Laquelle muë
de lescherie désordonnée, comme disoit son-
dit mary, tira et mena avecques elle un gentilhomme du pays de Poictou, nommé Pierre
de la Vergne, lequel estoit veneur de la chasse
dudit seneschal, et lequel elle fist coucher
avecques elle; laquelle chose fut dicte audit
seneschal par un sien serviteur et maistre
d'hostel, nommé Pierre l'Apoticaire. Lequel

nologique de la maison de France, t. VIII, p. 271,
272) fait à tort passer ce drame à Romiers. Il prétend en outre que cela eut lieu le 16 juin et non le
13. Rouvres est à quatre kilomètres d'Anet; la ferme
de la Couronne occupait encore, en 1776, la maison
où s'accomplit ce double massacre.

1 Dans une quittance, en date du 18 mai 1462,
pour la somme de 160 livres à elle due, elle prend
effectivement la qualification de *Charlotte de France,
sœur naturelle du roy.* — *Mémorial de la Chambre des
Comptes,* coté M., p. 129.

seneschal incontinent print son espée et vint faire rompre l'huys où estoient lesdits dame et veneur, lequel de la Vergne il trouva en chemise et pourpoint, auquel il bailla de son espée dessus la teste et au travers du corps, tellement qu'il le tua. Et ce faict s'en alla en une chambre ou retraict au joignant de ladicte chambre il trouva sadite femme mucée dessous la couste [1] d'ung lict où estoient couchez ses enfants, laquelle il print et tira par le bras à terre. Et en la tirant a bas, luy bailla de ladicte espée parmy les espaules, et puis elle descenduë à terre, et estant à deux genoulx, lui traversa ladicte espée parmy les mamelles et estomach, dont incontinent elle alla de vie à trespas, et puis l'envoya enterrer en l'abbaye de Coulons et y fist faire son service; et ledit veneur fist enterrer en ung jardin au joignant de l'hostel où il avoit esté occis [2]. »

Brézé était rigoureusement dans son droit

[1] Couste ou couète : lit de plume, matelas.

[2] *Les Chroniques de Jean de Troyes* (Michaud et Poujoulat), t. IV, p. 324. —Jacques de Brézé mourut à Nogent-le-Roi le 14 août 1494, et fut enterré à l'abbaye de Coulombs. Son corps fut depuis transporté dans le chœur de la nouvelle église de cette abbaye avec celui de sa femme, la victime et le meurtrier côte à côte.

en un temps surtout où le plus sûr et le mieux
était de se faire justice soi-même. Par malheur pour lui, c'était un sang royal qu'il avait
versé, et ce même Louis XI, qu'on a accusé d'avoir empoisonné Agnès et avancé
par les chagrins et le soupçon la fin de son
père, fit poursuivre le meurtrier de sa sœur,
qui se vit condamné, par arrêt du 22 septembre 1481, à cent mille écus d'or envers le roi,
et à tenir prison jusqu'au complet acquittement de ladite amende. Brézé était dans l'im-
puissance absolue de payer une pareille somme autrement que par la vente de ses terres :
il offrit au roi de les acheter. Le contrat, signé à Tours, est du 8 octobre 1481. Ces terres,
au reste, ne firent que passer des mains de
Jacques dans celles de Louis de Brézé son
fils. C'est ce dernier qui épousa, en secondes
noces[1], mademoiselle de Saint-Vallier, cette
belle Diane de Poitiers, dont les arts se sont
chargés d'immortaliser le nom et les amours.

Diane est la sainte et la patronne d'Anet,
qu'elle transforma en un séjour de fées. Les
premiers travaux de ce palais enchanté, que

[1] Il avait épousé en premières noces Catherine de
Dreux, dont il n'eut point d'enfants. Son mariage
avec Diane eut lieu en 1512.

la Révolution n'a pas plus respecté que beaucoup d'autres, mais dont de très-belles parties
ont été conservées, eurent lieu en 1552.

> L'amour en ordonna la superbe structure
> Par ses adroites mains avec art enlacés,
> Les chiffres de Diane y sont encor tracés [1].

Cela veut dire, en prose, qu'Anet fut construit sur les dessins de Philibert de Lorme,
qui ne prodigua jamais plus la fantaisie, la
poésie, l'imagination souriante que dans ce
chef-d'œuvre de grâce originale et d'élégance
incomparable. Au nom de Philibert de Lorme
il faut joindre les noms de Jean Goujon et de
Jean Cousin, deux autres gloires de l'art français que le temps n'a fait que grandir. La porte
d'entrée subsiste encore. L'État, dont elle est
la propriété, a veillé à sa restauration avec
un soin louable, et, sauf les naïves surprises
de la sonnerie, elle est, à l'heure qu'il est, à
peu de chose près ce qu'elle était à l'époque
des Vendôme, de madame du Maine et de
M. de Penthièvre. Rien ne peut donner l'idée
de cette conception spirituelle et colorée où
l'on sent comme un souffle oriental. On arrive

---

[1] Voltaire, *Œuvres complètes* (édit. Beuchot), t. X,
p. 305. *La Henriade*, chant IX

à cette porte par un pont de pierre de taille.
Un fossé, au fond duquel fleurissent et pullulent les rosiers sauvages et les pariétaires vivaces, s'étend d'une part jusqu'au bâtiment du Gouvernement, de l'autre jusqu'au mur du jardin. Le monument est un portique soutenu par quatre colonnes d'ordre dorique; le dessous de l'entablement et l'entablement de ces colonnes sont chargés de croissants et des initiales d'Henri II et de Diane. A chaque pas l'œil rencontre leurs chiffres enlacés, et il y a quelque chose de charmant et de touchant dans ces ressouvenirs incrustés dans la pierre et qui accusent chez ces deux amants si pleins l'un de l'autre une préoccupation, une pensée unique. Les croissants, non moins prodigués, contrastaient parfois bizarrement avec les peintures et les ornements auxquels ils étaient accolés. Ainsi, au plafond du parvis de la chapelle, ils escortaient les Vertus théologales; les portes de la tribune et même les deux autels collatéraux étaient couverts des chiffres d'Henri et de sa maîtresse, et de croissants surmontés de la couronne fermée [1].

Le plus bel ornement de cette porte est un

[1] Le Marquant, *Description du château d'Anet* (Chartres, 1776), p. 16, 26.

magnifique bas-relief de Diane, en bronze et
de proportions colossales. La déesse est cou-
chée sur des peaux d'animaux et environnée
de loups, de renards, de biches, de sangliers.
Son bras gauche est appuyé sur deux urnes
qui versent de l'eau, tandis que son bras droit
entoure le cou d'un cerf couronné de fleurs.
Tout cela est d'un travail parfait et d'une grâce
inimitable. Sur le faîte se trouve l'horloge,
dominée elle-même par une scène de chasse
qui était en situation dans ce pays couvert de
bois dont les solitudes retentirent durant tant
de siècles des éclats du cor, des aboiements
des chiens, des cris de détresse de la bête
traquée. Un cerf en bronze, regardant la façade maintenant disparue du château, dres-
sait son corps svelte et tranchait dans le bleu
du ciel par l'élégance de ses formes; il semblait relancé par quatre chiens du même mé-
tal et représentant le reste de la meute. L'artiste eût pu se contenter de l'effet harmonieux
de ce groupe; mais le caractère de l'art à cette
époque est la recherche ingénieuse et parfois
puérile. Des fils d'archal communiquaient de
l'horloge à ces chiens, dont la gueule s'ouvrait et se fermait à chaque demi-heure; le
cerf annonçait l'heure en levant la jambe.

C'est la seule chose qu'on .se soit permis de supprimer [1].

Le château se composait d'un corps de logis principal et de deux bâtiments en retour venant aboutir aux fossés. Une galerie découverte communiquait de l'une à l'autre aile en passant par-dessus la porte de l'horloge. De cette façon, on pouvait se rendre du bâtiment de gauche à la chapelle sans traverser la cour du château. C'était, dit-on, le chemin que pratiquaient le plus souvent MM. de Vendôme, et en dernier lieu le bon duc de Penthièvre, dont la chambre était dans cette aile. La belle façade qui provoquait l'œil aussitôt que l'on avait franchi la porte d'entrée a été transportée au Palais des Beaux-Arts. Pour applaudir à l'idée qui a créé un refuge, une sorte de nécropole aux ruines historiques, il ne faut pas visiter les lieux dépouillés, dont la dévastation proteste contre une violation sacrilége. S'il est quelque chose qu'on ne doive point déplacer, ce sont les ruines. Les ruines, à part le mérite de l'artiste, à part le précieux

[1] Le Marquant, *Description du château d'Anet*, p. 9, 11. — Piganiol de la Force, *Description de Paris* (1694), t. VIII, p. 257.— Hurtaut et Magny, *Dictionn. histor. de la ville de Paris et de ses environs* 1779 . t. I. p 268.

du ciseau, à part la valeur extérieure, ont une valeur morale qui ne se transporte point.

Une prétention assez étrange chez Diane, dont les amours avec Henri II avaient été trop flagrantes pour qu'elle pût espérer de donner le change à ses petits-neveux, encore moins aux contemporains, c'était de poser en veuve désolée et qui conserve le souvenir pieux de celui qui n'est plus. Au-dessus de l'entrée du corridor, elle avait fait graver une inscription latine digne d'avoir été dictée par une Artémise [1]. Elle porta toute sa vie le deuil de ce mari regretté, « au moins un petit deuil en noir et en blanc; mais la coquetterie la plus apprêtée n'y perdit rien, » comme l'observe Brantôme, qui, en remarquant que « son deuil ne l'empêchoit pas de porter la *soie,* ajoute *qu'elle n'étoit pas de ces veuves hypocrites et marmiteuses qui s'enterrent avec le défunt* [2]. » Tout le monde n'eut pas ce même respect pour le pauvre Brézé. « J'ai ouï dire, raconte Le Marquant, à M. du Bellay, ancien évêque de Fréjus, qui

---

[1] Voici cette inscription :

Brezeo hæc statuit pergrata Diana marito,
Ut diuturna sui sint monumenta viri.

[2] Dreux du Radier, *Récréations historiques,* t. II, p. 130 et suiv.

le tenoit de madame la marquise de Valbelle, sa tante, que la statue de Louis de Brézé étoit autrefois placée au milieu de cette arcade (l'arcade qui couronnait le frontispice de l'entrée principale). M. le duc de Vendôme laissa, dit-on, entrevoir que cette figure lui déplaisoit, ce qui suffit à ses pages pour la précipiter sur le pavé, où elle se brisa. » Nous ne devinons pas trop pourquoi elle faisait ombrage à M. de Vendôme, à moins pourtant que la grossièreté de la main-d'œuvre ne jurât par trop avec ce qui l'entourait. Le même écrivain a vu, dans la cour du concierge d'Anet, une tête séparée du tronc, des plus médiocres, et qu'on prétendait être un fragment de cette statue : on ne perdait donc, à ce vandalisme des pages, que la valeur du marbre[1].

Le corps de logis principal a disparu, l'aile de droite a subi le même sort, et, de ce côté, la chapelle intérieure, petit monument d'une coquetterie charmante, avec ses deux pyramides en pierre de taille et sa jolie coupole, est seule demeurée debout. Par une fortune assez étrange, la dévastation a respecté toute la portion gauche du palais, ainsi que la mai-

[1] Le Marquant, *Description du château d'Anet*, p. 17, 18.

son du Gouvernement et la chapelle extérieure, dite de Diane, qui renfermait le tombeau de la duchesse de Valentinois, représentée à genoux sur un prie-Dieu, les mains
jointes devant un livre d'heures, deux gé-
nies derrière elle soutenant l'écusson de ses
armes.

Diane mourut en 1566. Anet passa à Claude,
duc d'Aumale, qui avait épousé l'une de ses
filles. La châtellenie fut érigée en principauté
par Henri III en faveur de Charles de Lorraine, duc d'Aumale [1]. En 1621, elle échut à
la duchesse de Mercœur, qui y adjoignit les
baronnies d'Ivry et de Garenne [2]. Françoise
de Lorraine, sa fille, transporta enfin ce riche
apanage dans la maison de Vendôme, en s'al-
liant à César Monsieur, le fils de Henri IV et de
la belle Gabrielle, et le grand-père de MM. de
Vendôme dont nous écrivons l'histoire.

Le duc de Vendôme aimait Anet par-dessus
tout. Là, au milieu d'un petit cercle d'amis
faits à ses manies et à ses vices, la plupart
d'ailleurs d'une condition à tout accepter, il
se trouvait heureux et voyait s'écouler les
jours dans une indolence, une paresse crou-

[1] 1584.
[2] Par arrêt du Parlement du 22 juin.

pissante. Le chevalier de Vendôme lui tenait
fidèle compagnie. Une union parfaite régnait
entre les deux frères, qui ne se quittaient guère
même pour aller à l'armée. Le duc n'aimait pas
Paris, et cette conformité de sentiments ne contribua pas peu à lui gagner l'affection de Louis
XIV, auquel les souvenirs de la Fronde avaient
inspiré contre sa bonne ville une aversion
que rien ne put déraciner [1]. Les femmes n'a-
bondaient pas à Anet; on sait que M. de Vendôme les recherchait peu. Le marquis de Lassay écrivait à une dame qu'il aimait et dont
il était momentanément séparé : « Mandez-
moi aussi si vous vous présenterez pour aller
à Marly, ou si vous reviendrez à Paris, et, en
cas que vous alliez à Marly, si vous n'aimez pas
mieux que j'aille à Anet où l'on ne vit jamais
de femmes, que de demeurer à Paris où vous ne
seriez pas [2]. » Ce n'est point que M. de Vendôme
n'eût rien de ce qu'il faut pour plaire. Quoique
moins bien que son frère, qui avait la plus jolie
figure, il avait fort bon air, et ses penchants
ont pu seuls l'éloigner des femmes. Il était
d'une taille médiocre, un peu gros peut-être,

1 Saint-Simon, *Mémoires* (Chéruel), t. V, p. 137.
2 Lassay, *Recueil de différentes choses* (Lausanne,
1756), 2ᵐᵉ partie, p. 385.—Lettre à madame d'...

mais vigoureux et alerte; d'ailleurs un visage fort noble, la mine haute, de la grâce naturelle dans le maintien et la parole[1]. Il est vrai que le peu de soin qu'il prit de sa personne, ses goûts dépravés, ses habitudes monstrueuses, des infirmités précoces, déprimèrent trop tôt ses traits, et qu'il fallut à la fin presque du courage pour le regarder en face.

Doux, facile avec ses inférieurs, il avait, dit encore Saint-Simon, avec ses égaux ou ceux qui se croyaient le droit de marcher de pair avec lui, une fierté que Louis XIV, en l'encourageant, poussa à l'extrême; aussi, toute sa vie, ne vécut-il que dans son particulier, entouré de ses courtisans, avec lesquels il n'avait pas à prendre garde. Au demeurant, cette liberté qu'il voulait pour lui même, il la concédait à tous, n'exigeant ni soins, ni complaisance, pas même des égards en échange de son hospitalité. C'était bien là le Mécène qu'il fallait à une nature aussi indépendante que celle de Chapelle. Ce dernier, si difficile à fixer, se trouvait à Anet mieux qu'en aucun lieu du monde, et y faisait des étapes considérables. Dans une pièce de vers intitulée l'*Hi-*

[1] Saint-Simon, *Mémoires* (Chéruel), t. V, p. 132.

ver, qu'il adresse à Chaulieu, alors à Évreux près de la duchesse de Bouillon, il s'étend avec une complaisance infinie sur la douce vie qu'il mène chez M. de Vendôme :

> Tenons-nous donc, toi dans Évreux,
> Où soir et matin tu festines
> Avec la fleur des héroïnes ;
> Moi dans Anet, lieu plein de jeux
> Et de bons vins les plus fameux
> De France et des îles voisines.
> Aussi m'y crois-je tant heureux
> Et comblé des faveurs divines,
> Que pendant tout ce temps affreux,
> Pour en sortir, d'un mois ou deux,
> Ne feront place à mes bottines
> Mes souliers, si tu ne le veux,
> Et qu'âprement tu ne t'obstines,
> Ou que Jussac [1], de bien vivre amoureux,
> A Noël ne m'entraîne à matines [2].

Les plus discrets se contentaient de jouir de cette liberté sans contrôle, et c'était le plus

[1] Gouverneur de M. de Vendôme et ensuite du duc du Maine. « Il avoit, dit Mademoiselle, de l'esprit, savoit la cour, et avec cela des manières particulières ; étoit savant, faisoit joliment des vers et écrivoit bien. » Il fut tué à la bataille de Fleurus, en 1690. — Mademoiselle de Montpensier, *Mémoires* (Michaud et Poujoulat), t. XXVIII, p. 511.

[2] *Œuvres de Chapelle et Bachaumont* (Jannet, 1854), p. 146.

grand nombre. Il y en avait pourtant qui abu-
saient étrangement de la facilité du maître.
Nous citerons, entre autres, un certain Villiers, que l'on appelait communément Vil-
liers-Vendôme, et qui faisait état de tout dis-
cuter et de tout blâmer. A Anet, passe encore;
mais il ne changeait ni de manières ni de
langage à Versailles, où le duc le logeait dans
son appartement. Louis XIV était sa bête noire;
le grand roi ne pouvait rien accommoder à
ses appartements, à ses bâtisses, à ses jardins, à ses fontaines, que tout aussitôt Villiers n'y trouvât à reprendre et ne formulât
son blâme de façon à se faire jeter par les fenêtres. Louis XIV, qui ne l'ignorait pas, se
contentait de hausser les épaules sans autrement se préoccuper de ses extravagants propos. « Il est étrange, disait-il toutefois, que
Villiers ait choisi ma maison pour venir s'y
moquer de tout ce que je fais. » Un jour, il le
rencontre dans les jardins, et s'adressant à
lui : « Eh bien! lui dit-il au sujet d'un nouvel
embellissement, cela n'a donc pas le bonheur
de vous plaire? — Non, répondit Villiers. —
Cependant, reprit le roi, il y a bien des gens
qui n'en sont pas si mécontents. — Cela se
peut, repartit celui-ci, chacun a son avis. —

On ne peut pas plaire à tout le monde, fit le
roi en souriant[1]. »

M. de Vendôme avait un domestique nom-
breux dont le moindre souci, cela se conçoit
de reste, était de faire son devoir. Il surprend
Palaprat rouant de coups son valet; il lui fait
de vifs reproches sur sa dureté. La réponse
de Palaprat est bonne à citer, parce qu'elle
dénote sur quel pied le duc était avec tout son
monde. « Savez-vous bien, monseigneur, riposta le capitoul de Toulouse avec brusque-
rie, que, quoique je n'aie qu'un laquais, je
suis aussi mal servi que vous qui en avez
trente ? » Nanteuil venait de faire le portrait
du prince ; il le pria d'obtenir de Palaprat
quelques vers à mettre au bas de l'estampe.
Celui-ci promit bien, mais ne s'exécuta point.
Las de demander et d'attendre, le peintre eut
recours à M. de Vendôme, qui crut avoir ima-
giné un expédient infaillible pour amener le
poëte à composition. L'on conduit, par ordre
du duc, Palaprat aux cuisines : c'était un jour
de gala ; on lui fait respirer le fumet des sauces ; puis, quand il a bien et longuement pris
un avant-goût de ces délices culinaires, on

_____

1 Voltaire, *Œuvres complètes* (éd. Beuchot), t. XX,
p. 232.

l'enferme dans un cabinet voisin de la salle
à manger. Palaprat se lamente, implore un
sursis : qu'on le laisse dîner, il est homme
d'honneur, on peut se fier à sa parole. Mais
M. de Vendôme est inflexible : le séquestre ne
finira qu'à la livraison des vers qu'attend
Nanteuil. Il n'y avait plus à reculer. Au moment où l'on se mettait à table, le poëte s'é-
criait, à travers la porte, qu'on n'avait qu'à
ouvrir, qu'il était accouché d'un quatrain. Il
est relâché, et récite tout aussitôt un madrigal qui fait froncer le sourcil au prince : Palaprat, en chantant le vainqueur de Barce-
lone, avait trouvé le moyen de faire allusion
à certains côtés de ses mœurs qui, bien que
connus de tous, n'étaient pas bons à rappe-
ler. Mais, s'il avait osé cette énormité, c'est
qu'il savait à fond la longanimité du héros,
qui finit par rire et ordonna ensuite de presser les rangs pour faire place au mauvais
plaisant [1].

C'était le grand prieur et Chaulieu qui
avaient l'administration générale, et ils faisaient aller l'argent du seigneur d'Anet en gens

[1] Laplace, *Pièces intéressantes,* t. II, p. 398 à 402. —
Recueil de chansons historiques (Bibliothèque impériale. Manuscrits), 1702, t. XXXVIII, f. 285.

qui ne regardaient pas à la dépense. L'important était de vivre et de bien vivre; le lendemain préoccupait peu, pourvu que l'on assouvît dans le présent les fantaisies les plus ruineuses. Le déficit était tel, dès 1685, qu'il fallut bien songer à le combler d'une façon ou d'une autre. C'est alors qu'il fut question de vendre l'hôtel de Vendôme, bâti par Henri IV pour César de Vendôme sur une superficie de dix-huit arpents[1]. Le roi se porta acquéreur, il donna deux cent mille écus qui allèrent aux créanciers, et six mille louis de pot-de-vin au duc. Avec cette vente et celle de Penthièvre, on parvint à boucher le plus énorme du trou. L'affaire fut menée par le grand prieur et Chaulieu, qui avaient une procuration[2]. Cette saignée eût dû faire sentir la nécessité de modérer la dépense. Mais, loin de pousser à la réforme, l'entourage trouvait trop bien son compte à tout ce désordre pour presser très-fort le prince de se restreindre.

La Fare était l'un des hôtes les plus habituels et les plus constants d'Anet. Six ans se

[1] Germain Brice, *Nouvelle description de la ville de Paris*, 7e éd., t. 1, p. 251.
[2] Dangeau, *Journal*, t. I, p. 146, 147. Lundi 2 avril 1785.

sont écoulés depuis sa rupture avec madame de La Sablière, et dans un certain courant six ans suffisent pour rendre méconnaissable. Notre marquis, que des dégoûts, la certitude de ne point avancer tant que durerait la faveur de Louvois, mais surtout son amour pour cette charmante femme, avaient déterminé à se défaire d'une charge enviable et enviée, se lassa de cet isolement qui l'annihilait et fit un effort pour rentrer dans la vie active. Il demanda à être attaché au Dauphin; mais il lui fut répliqué par un refus des plus secs : Louis XIV n'admettait pas qu'on quittât le service, et, quand cela arrivait, il ne le pardonnait jamais [1]. La Fare se rabattit sur la charge de capitaine des gardes du duc d'Orléans, pour laquelle il prêta serment entre les mains du roi et prit le bâton, le 27 novembre 1684 [2]. Quelques jours auparavant, toute la famille royale signait à son contrat de mariage : il épousait Louise-Jeanne de Luz, fille unique d'Antoine de Luz de Ventelet, écuyer de la

---

[1] Madame de Sévigné, *Lettres* (édit. Monmerqué), t. IV, p. 218. Lettre à madame de Grignan, mardi 26 mars 1680.

[2] Dangeau, *Journal*, t. I, p. 74. Lundi 27 novembre 1684.

grande écurie ¹. Madame de La Fare avait dix-
sept ans, elle parut à la cour avec avantage,
on trouva qu'elle dansait bien, et elle sembla
jolie ². La nature l'avait faite brune, elle se
métamorphosait en blonde à force de poudre ;
mais venait-il à pleuvoir ou à faire humide,
il fallait tout aussitôt redevenir brune, ce qui
ne laissait pas de la désoler fort. Cette bizarrerie ne pouvait manquer d'être consacrée
par les chansons satiriques du temps :

> La Fare est brune et blonde,
> Selon le temps qu'il fait ³...

Ce n'était pas là, toutefois, une étrangeté
sans précédents ni sans exemples, et madame de La Fare n'est pas la seule que nous
puissions citer. Manon Vanghangel avait le
même faible pour le blond et usait des mêmes

¹ Dangeau, *Journal*, t. I, p. 68. Mercredi 8 novembre 1684.—La Chesnaye-des-Bois, *Dictionnaire de
la Noblesse*, t. VI, p. 248. — Le père Alexis, *Généalogie de la maison de La Fare en Languedoc* (1766), p. 30.
— Tallemant des Réaux, *Historiettes* (Delloye), t. X,
p. 247, 248.

² Dangeau, *Journal*, t. I, p. 75. Jeudi 30 novembre
1684.

³ *Recueil de chansons historiques* (Bibliothèque impériale. Manuscrits, t. VI, f. 61, année 1686.

artifices, comme nous l'apprend La Sablière dans un de ses mille madrigaux :

Souvent la belle Iris, d'une tresse dorée
    Couvre le brun de ses cheveux ;
    Mais de quoi qu'elle soit parée,
    Toujours elle attire les vœux :
    Est-elle brune, est-elle blonde,
    Rien ne l'égale dans le monde.
    Rien n'égale aussi mon amour :
Et sans être inconstant, j'ai la bonne fortune
    D'être amant, en un même jour,
Et d'une belle blonde et d'une belle brune [1].

A toute époque, le blond a été la couleur aristocratique, comme le brun la couleur du peuple : on dit encore, à l'heure qu'il est, une brunette pour désigner une grisette. Depuis Ève qui était blonde, le blond, voire le blond ardent, a été considéré comme le signe caractéristique de la beauté de race. Les matrones romaines, d'après Valère-Maxime, inondaient leur chevelure de poudre d'or. Les femmes eurent, selon le temps, des procédés différents pour se teindre les cheveux, et l'on sera moins surpris des merveilleuses chevelures dont le Titien nous a laissé de si splendides spécimens, quand on saura que les coquettes filles de l'Adriatique devaient ces

[1] Antoine Rambouillet, *Poésies diverses* (1825), p. 83, liv. VI—XXII.

18.

nuances flamboyantes à l'art des parfumeurs et des chimistes [1]. Au xviie siècle, le blond est de plus en plus en faveur. Hors du blond, point de salut, point de beauté.

> Guerchy, plaisante et joviale,
> Écrit à l'altesse royale
> Qu'elle voudroit que son Daufin
> Eût le bonheur d'être blondin,
> Et que si madame Nature
> L'a pourvu de cette teinture,
> Elle aura pour luy la moitié
> Plus de douceur et d'amitié ;
> Que Dieu ne l'a fait naître au monde
> Que pour chérir la couleur blonde,
> Et qu'elle n'aime les doublons
> Que d'autant qu'ils sont beaux et blonds [2].

Loret, dont ce sont les vers, ne parle à tout bout de champ, dans sa gazette rimée, que de blondins et de blondines : les élégants sont des *blondins* [3]. Madame de Bouillon, on le sait, était brune ; mais, elle aussi, ne demandait pas mieux que de cacher les trésors de sa chevelure sous une perruque blonde. Benserade l'appelle : « Beauté charmante et blonde, » ce qui ne s'expliquerait, de la part de ce poëte

[1] *La Célestine,* traduction de Germond de Lavigne (1841), p. 36. — Edouard Fournier, *Le Vieux neuf* (Paris, E. Dentu, 1859), t. II, p. 204, 205.

[2] Loret, *La Muze historique*, liv. Ier, lettre xxie.

[3] Idem, liv. Ier, lettre xxviie; liv. II, lettres iii, xxxi, xlix, l.

qui la voyait intimement, que par ces addi-
tions artificielles qu'adoptait et consacrait la
mode[1].

La Fare avait la quarantaine ; son mariage,
fort probablement, fut plutôt un mariage de
convenance qu'autre chose. Ce ne fut pas, toutefois, une conversion. Il était joueur avant, il
le fut pendant, il le sera après une union qui
ne fut pas éternelle. Louison Moreau, nous
l'avons vu, entra autant que la bassette dans
sa rupture avec madame de la Sablière ; en
épousant mademoiselle de Ventelet, il ne devait pas briser avec l'actrice, dont la laideur
sut triompher de la beauté et des dix-sept ans
de la marquise.

Louis XIV, malgré la vie honteuse de M. de
Vendôme, se montra constamment son protecteur et son ami ; et, si les hauteurs de celui-
ci, des négligences graves, une impudence sur
laquelle il fallut bien ouvrir les yeux, portè-
rent d'irrémissibles atteintes à son crédit réel,
le charme n'en subsista pas moins extérieurement jusqu'à la fin. Il est vrai de dire que
bien des choses, à part cette affection incon-

1 Benscrade, *Œuvres* (Paris, 1698), t. II, p. 289,
Ballet royal de la naissance de Vénus, dansé en 1665.
— Madame de Bouillon y avait un rôle de Néréide.

testable du roi, contribuaient à sa fortune. La faveur, les grâces, les priviléges dont il jouit au-dessus des ducs et pairs, à leur indignation grande, étaient autant de marchepieds en vue d'un autre, et dont en effet on tira bon parti dans la suite. Tout ce qui se fit pour M. du Maine n'était plus une monstruosité sans précédent, c'était une conséquence des avantages accordés à la maison de Vendôme. Louis XIV, quelque absolu qu'il fût, sentait qu'il avait à compter avec l'opinion, et que, s'il n'avait pas de bonnes raisons à lui donner, il lui devait au moins des prétextes. Ainsi la légitimation du fils adultérin qu'eut le dernier des Longueville avec madame de la Ferté (une femme en puissance de mari et qui ne pouvait être citée), traçait la marche à suivre pour les enfants de madame de Montespan. D'autres causes aidèrent encore à l'élévation de M. de Vendôme. Lorsque l'on commença à s'apercevoir qu'il y avait en lui l'étoffe, dans un temps où les grands capitaines se faisaient rares, d'un homme de guerre de premier ordre, le roi, qui ne put jamais revenir de l'antipathie que M. de Conti lui avait inspirée, fut bien aise d'opposer à celui-ci un rival qui le rendît moins nécessaire, et lui confia de préférence le commandement de ses armées.

En 1686, à l'époque où nous sommes arrivés, le duc de Vendôme n'avait que trente-deux ans, et, si l'on pouvait dès lors pressentir sa fortune future, il n'était pas inutile d'en hâter l'instant et de prendre ses sûretés, à tout événement; le roi n'était pas éternel, et ce que fait un règne, trop souvent le règne qui le suit le renverse. Le Dauphin, quoique timide et soumis, sur bien des points différait de manière de voir avec son père. Entre autres sentiments opposés, il avait de l'amitié et de l'estime pour le prince de Conti, avec lequel, du reste, il avait été élevé [1]. Il est vrai qu'il éprouvait pour M. de Vendôme un penchant voisin de la passion et qu'il était politique de ne pas laisser s'attiédir. La Fare a l'air de faire entendre que ce furent les raisons déterminantes de cette fête donnée à Monseigneur et qui fut suivie de tant d'autres apparitions à Anet. Nous le voulons bien, quoique, de son aveu même, l'on se méprît étrangement sur leurs intentions. « Cette fête, dit-il, coûta cent mille livres à M. de Ven-

[1] Madame de Caylus, *Mémoires* (Michaud et Poujoulat), t. XXXII, p. 507, 511. — Dangeau, *Journal* (addition de Saint-Simon), t. XII, p. 341.

dôme, qui n'en avoit pas plus qu'il ne lui en falloit ; et comme M. le grand prieur, l'abbé de Chaulieu et moi avions chacun notre maîtresse à l'Opéra, le public malin dit que nous avions fait dépenser cent mille livres à M. de Vendôme pour nous divertir, nous et nos demoiselles ; mais certainement nous avions de plus grandes vues que cela. Elles se sont évanouies dans la suite, toutes choses ayant bien changé de face, et rien n'étant arrivé de ce que nous nous imaginions alors avec quelque apparence[1]. » La santé du roi avait donné lieu à de sérieuses craintes. Après une opération de la fistule qui avait inquiété pour ses jours, il était retombé malade d'un anthrax, et il s'en était suivi une opération plus dangereuse que la première. C'est à cela que La Fare veut faire allusion. Toutefois, on ne voit pas trop ce qu'eût pu gagner M. de Vendôme à la mort de Louis XIV. Mais, si La Fare parle pour lui, pour Chaulieu et même pour le grand prieur, il a parfaitement raison ; ils ne devaient que bénéficier à un changement de règne.

[1] La Fare, *Mémoires* (Michaud et Poujoulat), t. XXXII, p. 293.

VI

Quelle que fût l'arrière-pensée de M. de
Vendôme et des siens, rien n'avait été négligé

pour recevoir le Dauphin avec magnificence. Ce n'était pas une simple visite, c'était une halte de huit jours qu'il allait faire à Anet, et Monseigneur, pas plus que le roi, n'avait habitué même les princes du sang à être ses hôtes. La partie, convenue et arrêtée depuis longtemps, s'était trouvée reculée par les couches de la Dauphine : « Je ne saurois me divertir sans inquiétude, avait dit Monseigneur, avant que la Dauphine soit heureusement accouchée[1]. » Ces paroles indiqueraient une tendresse et une sollicitude plus grandes que le prince n'en ressentait au fond pour cette sauvage Louise de Bavière, qui devait mourir des suites de ces mêmes couches, peu regrettée de la cour et de la famille royale, en dehors desquelles elle avait constamment vécu. Quoi qu'il en soit, le Dauphin partit le vendredi 6 septembre 1686, à six heures du matin, pour Anet, où il arrivait après avoir comblé en quatre heures une distance de treize lieues. Le trajet avait éveillé l'appétit, et le dîner suivit de près. Deux tables, la première de seize à dix-huit, la seconde de dix-huit à vingt couverts, avaient

---

[1] *Mercure galant*, septembre 1686, p. 277.

été dressées dans le salon du château; le prince s'assit indifféremment à l'une d'elles, et le repas commença. Ces deux tables étaient servies par quatre contrôleurs de la maison du roi en quartier. Le contrôleur général donnait à boire au Dauphin et lui passait les assiettes. Le menu vaut bien la peine d'être consigné ici : trente potages, soixante moyennes entrées, cent trente-deux hors-d'œuvre, cent trente-deux mets chauds, soixante plats d'entremets froids, soixante-douze plats ronds de rôts composés de faisans, de perdreaux gris et rouges, d'oiseaux de rivière, de bécasses, de « robiffes » d'agneaux piqués, de cannetons de Rouen, de pigeons cauchois ou en ortolans, de marcassins, de poulardes fines et de pluviers, au nombre de trois cent trente-quatre pièces, de gibier la plupart. Maintenant, pour le dessert : trente-deux jattes d'oranges, cinquante salades diverses, cent corbeilles de fruits crus, quatre-vingt-quatorze de fruits secs, cent-six compotes et cinq cents soucoupes de fruits glacés[1].

Indépendamment de ces deux tables, huit

[1] *Un Voyage du grand Dauphin au château d'Anet*, septembre 1686, par M. Émile Bellier de la Chavignerie (Chartres, 1855).

autres avaient été dressées, qui ne désemplirent pas durant les huit jours que le Dauphin passa à Anet : la première, tenue par l'abbé de Chaulieu, l'instigateur et l'ordonnateur de la fête ; la seconde, par M. de Bois-Laval, gouverneur du château. Lulli présidait la troisième. « On y voyoit toujours bonne compagnie, dit le gazetier du *Mercure,* tànt à manger qu'à faire la conversation avec M. de Lulli pendant le repas, parce que son entretien n'est pas moins agréable que ses ouvrages[1]. » On sait quel arlequin était Lulli, et tout ce qu'il dépensait de verve, de grimaces et de folie dans la débauche. Les chanteuses et les danseuses de l'Opéra occupaient la quatrième table ; la cinquième était affectée aux musiciens et aux danseurs ; la sixième aux symphonistes, les deux dernières aux brigadiers et aux gardes du corps de Monseigneur, et aux suisses du roi qui l'avaient accompagné. Outre ces tables réglées, il y avait table ouverte, de jour comme de nuit, au service des gens de qualité que la curiosité attirait de Paris, de Versailles et de Rouen, et qui étaient hébergés avec une inconcevable profusion.

En somme, il était moins embarrassant de

[1] *Mercure galant,* septembre 1686. p. 282.

nourrir que de loger tout ce monde. Anet
ne contenait que vingt-deux appartements de
maître : quatre au rez-de-chaussée, dix au
premier étage et huit au second. Les grands
seigneurs de la cour demeurèrent avec Monseigneur au château; le reste de la suite
trouva des gîtes marqués d'avance dans le
village[1]. Le prince avait sa chambre à Anet,
une chambre qui n'était occupée que par
lui, et que M. de Vendôme avait fait orner
et meubler avec une magnificence digne du
personnage auquel elle était exclusivement
consacrée. Le portrait du prince était sur la
cheminée. Les lambris, les portes, les volets
étaient décorés de peintures d'un travail aussi
ingénieux qu'achevé. Une rosace, formée
d'ailes de chauve-souris, occupait le centre
du plafond. Aux quatre angles, l'on voyait
d'abord la Nuit qui commençait à étendre son
voile; l'Amour semblait la provoquer. Puis,
c'était Diane que réveillaient le Génie de la
chasse et les caresses de son lévrier. C'était,
plus loin, Morphée répandant ses classiques
pavots. Mais la Nuit avait assez régné : un
autre Génie, tenant l'étoile du matin, allait
au-devant de l'Aurore, qui souriait à la terre

---

[1] *Mercure galant*, septembre 1686, p. 284.

et l'éblouissait de son éternelle jeunesse. Tout cela, à l'heure qu'il est, n'existe plus, comme tant de trésors du passé, que dans la description décolorée d'un curieux qui put voir encore Anet debout et en visiter les plus petits recoins[1].

Le dîner achevé, on alla courre le cerf avec la meute du grand prieur, et on le força après une chasse de trois heures. A sept heures, M. de Vendôme menait son hôte dans la galerie de Diane, où un théâtre avait été dressé pour la représentation d'une pastorale héroïque. Ce n'avait pas été sans mal que le duc, qui voulait donner au Dauphin la surprise d'une œuvre nouvelle, était parvenu à obtenir un poëme. Il ne manquait pourtant pas de poëtes autour de lui ; mais Chaulieu, probablement, déclina cette tâche, et il était trop ami de La Fare pour en accabler sa paresse[2]. Il n'y avait point à songer à Quinault,

[1] Le Marquant, *Description du château d'Anet*, p. 31, 41, 42.

[2] La Fare n'en a pas moins écrit pour le Régent un opéra, *Penthée,* qui a été joint à ses poésies. On raconte même à cet égard une anecdote plaisante. Au sortir de la représentation, Campra dit au duc d'Orléans : « La musique est très-bien, mais la pièce est misérable. » Le prince, qui ne fut pas dupe de cette

que le peu de succès d'*Armide,* son chef-d'œuvre, avait à tout jamais écarté de la scène. Le
duc s'adressa à Racine, qui, dégoûté du monde
et devenu dévot, avait, de son côté, de trop bonnes raisons de s'abstenir. L'auteur de *Phèdre*
proposa Campistron, son protégé et son élève,
et le fit agréer. Campistron, d'ailleurs, n'en
était pas à ses débuts : il avait déjà donné
Virginie, Arminius, Andronic et *Alcibiade,* avec
un éclat qui ne se comprend plus guère. Mais
c'était une bonne fortune pour le poëte, que
cette complaisance allait introduire dans l'intimité des Vendôme. L'opéra d'*Acis et Galatée*
fut bientôt livré à Lulli, qui, lui aussi, ne se
fit point attendre. Le succès le plus flatteur
récompensa les efforts des deux auteurs. Monseigneur et sa petite cour parurent enchantés.
L'on ne s'en tint pas à cette représentation,
et, notamment le mardi suivant, on redonnait
le même ouvrage devant M. le Dauphin, qui
« le trouva toujours très-joli [1]. »

flatterie, appela La Fare et lui dit : « Parle en particulier à Campra, sois sûr qu'il trouvera les vers excellents et la musique très-mauvaise. Nous devons
en conclure que le tout ne vaut pas le diable. »

[1] Dangeau, *Journal,* t. 1er, p. 383. Mardi 10 septembre 1686. — *Acis et Galatée* est le dernier ouvrage

M. de Vendôme, en commandant un livret
d'opéra à Campistron, ne supposait à cela
d'autres conséquences qu'un bon ou un mauvais poëme, sur lequel on ferait de bonne

représenté et gravé de Lulli, qui mourut six mois
après le voyage d'Anct. Il avait, il est vrai, dans
ses cartons la partition d'un opéra intitulé *Achille et
Polixène*, dont son confesseur exigea inexorable-
ment la destruction. L'un des princes de Vendôme,
nous ne savons lequel, étant allé le voir, reprocha
vivement au musicien sa faiblesse : « Eh ! quoi,
Baptiste, lui dit-il, tu as été jeter au feu ton opéra?
Morbleu! tu es un fou de brûler une aussi belle musique! — Paix, paix, Monseigneur, répondit Lulli
à l'oreille du prince, je sçavois bien ce que je
faisois, j'en avois une seconde copie. » Remarquons, en passant, qu'on a prêté pareille répartie à
La Fontaine, à Voisenon et à Piron. Un mieux trom-
peur s'était déclaré, mais ce ne fut qu'une lueur, et le
pauvre Baptiste comprit qu'il n'en reviendrait pas :
pour le coup la partition fut condamnée et livrée
aux flammes. MM. de Vendôme regrettèrent sincèrement Lulli dont la gaieté, les folies étaient de
mise, au Temple comme à Anet. Il ne tint pas à eux
qu'il ne recouvrât la vie et la santé. Ils avaient pro-
mis deux mille pistoles à l'empirique qui le soignait,
s'il parvenait à le sauver; cette somme fut même
consignée. Mais le mal était sans remède, et l'auteur
d'*Armide* expirait, le 22 mars 1687, dans sa maison
de la rue Sainte-Anne, que le temps a respectée.—
Histoire de l'Académie royale de musique en France,
1757 (par Travenol), 1ʳᵉ partie, p. 55, 56.

ou de méchante musique; et si Campistron
voyait au delà, sans doute ne songeait-il qu'à
la haute protection qu'il allait mériter. Et
pourtant, que de choses devaient arriver et
qui n'eussent pas eu lieu sans cette fête d'Anet
et ce poëme qui introduisait à la cour des
Vendôme le poëte toulousain! Le prince lui
envoya une gratification qu'il ne voulut point
accepter[1]. Mais M. de Vendôme ne pouvait demeurer au-dessous d'un tel désintéressement;

[1] Cent louis, d'autres disent mille écus. Campistron, s'il fallait en croire certains récits, n'avait
nulle envie, dans l'origine, de refuser les dons du
prince, et ne s'y serait résigné qu'après en avoir
été pressé par Champmeslé et Raisin. Ceux-ci lui
eussent fait entendre que le présent était médiocre de la part de M. de Vendôme, et qu'il
devait espérer une récompense plus considérable.
« Campistron trouva ce sacrifice un peu douloureux
et ne se rendit qu'avec bien de la peine à ce conseil; mais, au bout de quelque temps, il se sçut
bon gré de l'avoir suivi... » (*Anecdotes dramatiques*,
1775, t. Ier, p. 11.) L'auteur des *Mémoires sur la vie de
Campistron* repousse bien loin une pareille assertion,
et réplique que l'auteur d'*Acis et Galatée* n'avait pas
besoin du conseil des deux comédiens pour refuser
cette somme. D'Alembert, de son côté, laisse tout
l'honneur de ce refus à l'élévation et à la fierté de
caractère de Campistron, et nous nous rangeons
volontiers de son avis.

il l'attacha à sa personne comme secrétaire de
ses commandements, puis comme secrétaire
général des galères. Après la bataille de Luzzara, il lui faisait conférer par Philippe V
l'ordre de Saint-Jacques-de-l'Épée, avec la
commanderie de Chimènes, et obtenait en
outre du duc de Mantoue pour son protégé le
marquisat de Penango, dans le Montferrat[1].
Voilà un livret bien rétribué, ce nous semble,
et qui, à lui seul, devait rapporter en consi-

[1] Campistron, *Œuvres* (1750), t. 1er, *Mémoires sur la
vie de M. de Campistron,* p. xvii.—Titon du Tillet, *le
Parnasse françois,* p. 585. — Toutefois, il ne jouit pas
avec une pleine sécurité de ces avantages inespérés.
Si le roi d'Espagne lui donna sur le champ de bataille même de Luzzara l'ordre de Saint-Jacques de
l'Épée, il n'entra en possession de la commanderie de
Chimènes qu'après la mort de M. de Vendôme, et par
le crédit de madame des Ursins, à qui il avait adressé
une épître en vers pour la prier de vouloir bien
faire ressouvenir le roi d'Espagne de la promesse
qu'il lui avait faite autrefois (t. III, p. 362, 363.
Épître à son Altesse Madame la princesse des Ursins).
Mêmes ennuis pour son marquisat de Penango
qui se trouva compris dans la partie du Montferrat
cédée au duc de Savoie, par la paix conclue en 1713.
Par bonheur, M. de Savoie, alors reconnu roi de
Sicile, voulut bien confirmer le don du duc de
Mantoue (t. III, p. 367. *Épître à Sa Majesté le roi de
Sicile*).

dération et en avantages pécuniaires plus
que tout le théâtre de Campistron. Il faut
dire que Campistron sut conquérir l'affection
et l'estime de son maître par des qualités qui
ne sont pas trop celles des gens de plume.
Il l'accompagnait à l'armée, ce qui était de
sa charge ; mais, ce qui était moins dans ses
devoirs et ses attributions, il le suivait au feu,
sans se préoccuper de ce qu'il en pouvait ad-
venir. A Steinkerque, le duc, l'apercevant au
plus fort de la mêlée à ses côtés, lui dit :
« Campistron, que faites-vous ici ? —Monseigneur, répond-il, voulez-vous vous en aller[1] ? »

Campistron est un jour attaqué, près de
Parme, par une bande de voleurs qui le lais-
sent presque nu ; il parvient tant bien que mal
au village le plus voisin, où il est recueilli
et secouru par le curé du lieu. Le peu de
temps qu'ils passent ensemble les met à même
de s'apprécier l'un l'autre. Campistron, après
avoir regagné le camp, parle de son hôte avec
enthousiasme : c'est un homme de génie peut-
être, perdu dans une obscure bourgade, et
dont l'esprit souple, alerte, inventif, pourrait

[1] D'Alembert, *Œuvres complètes* (édit. Belin, 1821),
t. II, 2e partie, p. 576.

être plus fructueusement utilisé. Le duc se laisse présenter le sauveur de son secrétaire et ne tarde pas à se l'attacher. Ici cesse l'intervention de Campistron, et notre curé saura bien lui-même, et par une flatterie trop célèbre, conquérir la faveur de M. de Vendôme. Mais, sans Campistron, sans cette représentation d'Anet qui faisait du poëte toulousain un des familiers du prince, il n'en est pas moins vrai que le pauvre curé parmesan vieillissait et mourait ignoré dans son village, où les occasions de se révéler lui eussent fort probablement manqué. Et maintenant il ne faut que citer le nom d'Alberoni pour être effrayé de ce que peuvent les circonstances les plus misérables, non-seulement sur le sort des individus, mais encore dans les destinées des empires.

Le lendemain, on alla courre le loup. Sur huit jours que Monseigneur demeura à Anet, il chassa six fois le loup. Mais chez le Dauphin, c'était une vraie passion que cette chasse. Quelques mois auparavant, le prince avait créé un uniforme pour ceux de sa suite qui l'accompagnaient à la chasse du loup. Le *Mercure,* dans son compte rendu des variations de la mode du mois, donne d'amples détails sur le nouveau costume. « Les uns y

mettent un passe-poil d'un petit galon léger
en double, ou bien un galon tout plat fort
léger, qui est fait d'un cordonnet d'argent
avec deux lames au bord. On l'a nommé
d'abord *galon de paille,* puis *galon du loup*, à
cause qu'on en voyoit sur les habits de ceux
qui alloient à cette sorte de chasse avec Monseigneur le Dauphin. Il est devenu si commun, qu'il a été ordonné à tous ceux qui ont
l'honneur de l'accompagner quand il va
prendre ce divertissement, de mettre ce galon
sur du drap de Hollande vert, de sorte que ce
prince y a déjà été plusieurs fois à la tête de
trente personnes vêtues de ce justaucorps [1]. »
Le nombre des loups que le Dauphin a tués
dans sa vie est effrayant, et la statistique,
qui n'est pas impossible à faire, de ce massacre s'élèverait à un chiffre à peine croyable.
Cette même année 1686, Monseigneur courut
le loup quatre-vingt-seize fois, ce qui est
énorme, si l'on songe qu'il lui fallait souvent
suivre le roi dans ses chasses et si l'on fait
la part des obstacles qui survenaient, tels
que jours de dévotion, jours de maladie, dé-

[1] *Mercure galant,* juin 1686, p. 325, 326.— Dangeau,
Journal, t. Ier, p. 349. 15 uin 1686.

placements, voyages, revues et cent autres empêchements. Un fait démontrera surabondamment cet emportement qui primait les raisons de convenances les plus impérieuses. Monseigneur aimait beaucoup son oncle le duc d'Orléans; Monsieur le recevait fréquemment au Palais-Royal, lui donnait des bals et des divertissements « avec toute sorte d'attention et de complaisance. » Monseigneur n'en allait pas moins courre le loup, le lendemain même de sa mort [1].

Les forêts de Sénart, de Saint-Germain, de Marly, de Villeneuve-Saint-Georges et de Livry étaient les champs clos de cette destruction, qui eut pour résultat salutaire l'anéantissement, à peu de chose près, de l'espèce [2]. Les loups, par leur nombre formidable, étaient la terreur et la désolation des campagnes. M. de Lorraine, en un seul hiver, dans un rayon de deux ou trois lieues de Nancy, tua trois cent quinze loups. « Ces bêtes farouches, raconte le marquis de Beauvau, s'y étoient si fort répandues dans le païs, que ni les paisans ni leur bétail ne pouvoient aller

---

[1] Saint-Simon, *Mémoires* (Chéruel), t. III, p. 167, 228.

[2] Dangeau, *Journal*, t. II, p. 105. 8 février 1688.

à la campagne avec sûreté de leur vie ; y en ayant eu plusieurs, et particulièrement de pauvres femmes, qui en ont été attaquez ; quelques-uns même blessez, et d'autres dévorez, ce qui donna sujet de craindre que la rage ne se fût fourrée parmi ces animaux [1]. » En 1712, ils commirent de tels désordres dans la forêt d'Orléans que le roi y dépêcha son équipage du loup. Il était temps: plus de cent personnes avaient déjà péri victimes de ce fléau déchaîné [2].

Sept loups et une louve furent pris durant le voyage d'Anet. On ne fut pourtant pas exclusif. Le mercredi, il y eut une seconde chasse au cerf. Après s'être fait, comme le premier, traquer pendant trois heures, celui-ci fut acculé dans la rivière. Un grand nombre de dames, accourues des environs, jouissaient du haut de leurs carrosses de ce tableau émouvant, qui n'eût pas été complet sans le spectacle de la curée dont on leur fit la galanterie. A propos de galanteries, le roi envoya quatre grandes corbeilles des plus beaux fruits de son potager à Monseigneur; le Dauphin riposta par cin-

[1] Marquis de Beauvau, *Mémoires* (Cologne, 1699), p. 248.
[2] Dangeau, *Journal,* t. XIV, p. 218. 4 sept. 1712.

quante magnifiques perdreaux[1]. Pour la circonstance, le prince avait donné carte blanche à sa suite, qui fit des prouesses ; ce fut, toutefois, le maréchal de Vivonne qui eut les honneurs de ce carnage[2]. Les soirées étaient remplies le plus habituellement par l'opéra, et, à son défaut, par les violons auxquels on faisait exécuter des airs de ballet, ou par le jeu dans les salons. Le jeudi, l'avant-veille du départ, la nuit venue, les yeux furent tout à coup frappés par une illumination magnifique, au milieu de laquelle s'élevait une pyramide de lumières d'environ soixante pieds de haut, terminée par une fleur de lis qui jetait des feux d'étoile. Monseigneur, enchanté, voulut souper sur la terrasse du parterre pour jouir plus longtemps de ce magique coup d'œil, auquel vinrent se mêler les éblouissements d'un beau feu d'artifice. On se sépara le samedi 14. Monseigneur rejoignit le roi à Maintenon.

[1] Cela s'était déjà pratiqué l'année d'auparavant : « Dimanche 12 août 1685, Versailles. — Le roi envoya force faisandeaux à Monseigneur, et Monseigneur lui renvoya force perdreaux, se faisant part l'un et l'autre de leurs chasses. »—Dangeau, *Journal,* t. Ier, p. 205, 382.

[2] *Mercure galant.* Voyage à Anet ; septembre 1686 ; p. 276 à 291.

Tel est, à peu de chose près, le résumé fort
ample de ce que nous apprennent de ce voyage
célèbre les gazettes d'alors. Mais il y a un sous-
jeu qui échappe au *Mercure* et qu'il fallait bien
chercher ailleurs. Quand il s'agit d'entrer dans
le vif et le secret d'une société, et de la peindre comme elle est et non comme elle appa-
raît à distance et dans son attirail de cérémonie, rien n'est trop infime et trop particulier.
Les méchantes langues accusaient le grand
prieur, Chaulieu et La Fare, d'avoir poussé à
toute cette dépense pour fêter leurs maîtresses
aux frais de M. de Vendôme. La Fare, tout en
prétendant que plus hautes étaient leurs vi-
sées, convient pourtant qu'ils avaient chacun
une demoiselle à l'Opéra ; notez qu'il n'était
marié que depuis deux ans. Il ne pousse pas
l'indiscrétion jusqu'à nous dire, pour sa part,
le nom et la qualité de la nymphe et s'il était
allé la prendre parmi le chant ou dans le
corps de ballet. Les pièces satiriques du temps
eussent pu suppléer à ce silence, nous les
avons interrogées vainement ; un révérend
augustin, sans s'en douter, nous aura mis à
même de pénétrer ce profane mystère. Quant
au grand prieur et à Chaulieu, notre tâche
était assez facile.

La maîtresse de ce dernier était une actrice d'un talent éminent, et dont le nom est resté dans l'histoire de son art. Orpheline dès le berceau, privée, par la suite, d'un oncle qui l'avait élevée, Marthe Le Rochois[1] dut à l'état désespéré où la laissait la perte de ce dernier appui, la carrière brillante qu'elle fournit à l'Académie royale de musique pendant une période de vingt années[2]. La nature l'avait douée d'une voix magnifique. L'art du chant était alors à son enfance; du soir au lendemain, pourvu qu'on eût du goût, l'instinct des mouvements dramatiques, surtout ce qu'on appelait une déclamation noble, l'on devenait une grande cantatrice. Après quelques leçons que lui fit donner Lulli, Marthe débuta à l'Opéra en 1678. Deux ans plus tard elle se plaçait au premier rang dans le rôle d'Aréthuse de *Proserpine*; mais elle ne s'éleva jamais plus haut que dans *Armide*, qu'elle joua en tragédienne. Elle disait d'une façon inimitable ces deux vers du premier acte :

> Je ne triomphe pas du plus vaillant de tous;
> L'indomptable Renaud échappe à mon courroux.

[1] Née à Caen en 1650.
[2] *Mercure de France*, novembre 1728, p. 2501.

Elle était sublime, à la cinquième scène du second acte : lorsqu'un poignard à la main, elle surprenait Renaud endormi, elle glaçait d'effroi la salle entière [1]. Lulli lui dut le succès d'*Armide*. «Quand je me représente Le Rochois, rapporte un dilettante contemporain, cette petite femme qui n'étoit plus jeune, coïffée en cheveux noirs, et armée d'une canne noire avec un ruban couleur de feu, s'agiter sur ce grand théâtre, qu'elle remplissoit presque toute seule, et tirant de temps en temps de sa poitrine des éclats de voix merveilleux, je vous assure que je frissonne encore...[2] » Et remarquez qu'alors mademoiselle Le Rochois reparaissait à l'Opéra, après une absence forcée de cinq ou six ans, et qu'elle n'avait dû retrouver qu'en partie la sonorité et la puissance de son prodigieux instrument.

Elle était loin d'être belle, sa figure extraordinairement brune manquait tout au moins de noblesse hors la scène ; elle était

[1] Titon du Tillet, *le Parnasse françois*, p. 791, 792.

[2] La Vieville de Freneuse, *Comparaison de la musique italienne et de la musique françoise* (Bruxelles, 1705). Seconde lettre, p. 11, 12.

mal faite, et avait des bras maigres qui étaient
bien plus à cacher qu'à produire, et pour lesquels on inventa des manches longues qui
furent appelées *Amadis*, parce que mademoiselle Le Rochois les porta pour la première
fois dans l'opéra de ce nom représenté le
15 janvier 1684. Elle n'avait de bien que deux
grands yeux noirs pleins de feu et de passion
qui, à certains moments, transformaient du
tout au tout son visage et n'aidaient pas médiocrement à l'illusion produite par le charme
de sa voix et la magie de sa déclamation [1].

Malgré cet extérieur peu séduisant, elle ne
demeura pourtant ni sans galants ni sans
amants. Lulli, tout le premier, fut assez amoureux pour être jaloux et le lui prouver à sa
façon, une façon tant soit peu brutale. Quoique la taille de Marthe ne fût en aucun temps
des plus sveltes, il parut un jour à Lulli
qu'elle avait gagné en rotondité et en volume.
Pour l'apaiser, l'actrice s'avisa de lui montrer
un valet de pique sur le dos duquel était
écrite une promesse de mariage signée Lebas,
premier basson de l'orchestre. C'eût été le cas
de s'écrier comme Ninon : « Ah ! le bon bil-

[1] Titon du Tillet, *le Parnasse françois*, p. 791.

let qu'a La Châtre ! » Lulli, pour toute réponse, déchire la carte en mille pièces et
donne un coup de pied dans le ventre de la
pauvre fille, qui en fut quitte pour une fausse
couche [1]. Nous ne saurions, au juste, assigner
de date à cette vivacité : il est à croire que
c'était aux débuts de mademoiselle Le Rochois; elle devint plus exigeante dans ses relations et ne conserva pas par la suite cette
candeur primitive. En 1686, Lulli la traitait
d'une tout autre sorte, il lui adressait même
un couplet de chanson plus que médiocre,
mais des plus passionnés, auquel Chaulieu
répondait par un impromptu où il s'extasiait
sur le miracle d'une pareille conversion [2]; il
est vrai que le musicien en rimait un autre
d'égale force pour Fanchon Moreau, qu'il appelait « adorable Scilla, » le nom du personnage qu'elle remplissait dans *Acis et Galatée* [3].

L'abbé de Chaulieu s'était laissé, plus que
personne, séduire par le talent, la voix en-
chanteresse, le charme vainqueur de l'artiste,

---

[1] *Anecdotes dramatiques* (1775), t. Ier, p. 112.

[2] Chaulieu, *Œuvres* (La Haye, 1777), t. II, p. 94, 95.

[3] *Recueil de chansons historiques.* Bibliothèque impériale. Manuscrits, t. VI, f° 97 (1686); t. XXVI,
f° 27, 28 (1687).

qui se fût contentée, comme il nous l'apprend,
de son amitié, s'il n'eût pas été à cet égard
plus exigeant qu'elle. Mais il n'y a pas à douter sur la nature de leurs relations, quoiqu'une
chanson, faite à propos de ce voyage d'Anet,
nous le représente bien moins comme un
amant que comme un poursuivant incom-
mode et dont on ne veut point[1]. Chaulieu,
dans un madrigal à mademoiselle Le Rochois,
marque d'une façon significative cette transition entre l'espérance et les droits acquis[2]. Il
la désigne habituellement sous le nom de
Théone, l'un des rôles où elle lui avait paru
le plus charmante. Mais, quel que soit le personnage qu'elle fasse, c'est le même enchan-
tement :

Sous le nom de Théone elle sut m'enflammer;
Arcabonne me plut, et j'adore Angélique,
Mais quoique sa beauté, sa grâce soit unique,
    Armide [3] vient de me charmer.
    Sous ce nouveau déguisement

[1] *Recueil de chansons historiques.* Bibliothèque impériale. Manuscrits, t. XXII, f° 423, 124 (1686).

[2] Chaulieu, *Œuvres* (La Haye, 1777), t. II, p. 90.

[3] Théone, Arcabonne, Angélique, Armide, per-
sonnages de *Phaéton, d'Amadis,* de *Roland* et d'*Armide.*

Je trouve à mon Iris une grâce nouvelle.
Fut-il, depuis qu'on aime, un plus heureux amant?
Je goûte tous les jours, dans un amour fidèle,
    Tous les plaisirs du changement [1].

Cette grande passion ne devait pas être éternelle; et nous verrons plus tard Chaulieu accepter d'autres chaînes et vivre sous d'autres lois. Quant à mademoiselle Le Rochois, elle aima après comme elle avait aimé auparavant, ce qui est dans l'ordre; et elle se retira, lorsque vint l'heure de la retraite, avec des économies, une pension de l'Opéra, une autre de M. de Sully, l'un de ses amants, se partageant à sa guise entre sa maison de campagne de Sartrouville-sur-Seine, à trois lieues et demie de Paris, et son petit appartement de la rue Saint-Honoré attenant au Palais-Royal [2].

[1] Chaulieu, Œuvres (La Haye, 1777), t. II, p. 91. A mademoiselle D. R., sur la première représentation de l'opéra d'ARMIDE.

[2] Elle avait quitté le théâtre en 1698. A sa mort, l'Académie royale de musique voulut lui faire un service dans l'église des Petits-Pères de la place des Victoires. C'était compter sans M. de Noailles, qui envoya défense de passer outre. Campra dut descendre de la tribune avec ses musiciens; il leur fit chanter un de Profundis en faux bourdon sur le tombeau de Lulli.—Titon du Tillet, le Parnasse françois, p. 493.— Mademoiselle Le Rochois fut enterrée

Le grand prieur avait pour maîtresse l'une
des deux Moreau, car elles étaient deux sœurs,
Louise et Françoise, vulgairement appelées
Louison et Fanchon. Cette dernière, que le
prince entretenait richement, était la mieux
faite et la plus belle de toutes les actrices de
l'Opéra, s'il faut s'en rapporter aux récits
contemporains[1]. Elle débuta dans le prologue
de *Phaéton*[2] où sa jolie figure, sa taille charmante, aidèrent à son succès autant qu'un talent qui, du reste, ne fut guère qu'au service
des rôles secondaires. Louison, qui s'était
montrée pour la première fois dans le prologue de *Proserpine*[3], était loin d'avoir les
mêmes avantages extérieurs; elle semblait,
en tous cas, destinée plutôt à faire ressortir la
beauté éclatante de sa cadette qu'à entraver
ses amours et à aller sur ses brisées. C'est
pourtant ce qui arriva. Il est vrai que ce fut
par une sorte d'escamotage et de substitution
de personne, qui n'eut rien, dans l'origine du

le 10 octobre dans l'église de Saint-Eustache, qui
était alors la paroisse du Palais-Royal.—*Mercure de
France* de novembre 1728, p. 2503.

[1] *Recueil de chansons historiques.* Bibliothèque impériale. Manuscrits, t. VI, fº 97.

[2] 16 novembre 1680.

[3] 27 avril 1683.

moins, de flatteur pour la favorisée, si elle en eut tous les profits. L'anecdote est piquante, elle fit grand bruit, à cause surtout de l'acteur principal de cette petite comédie d'alcôve; elle est, d'ailleurs, ici pleinement à sa place, et c'est plus de raisons qu'il ne nous en faut pour la raconter.

Monseigneur aimait Paris autant que son père le détestait, et s'y montrait souvent en compagnie de la princesse de Conti, sa sœur de la main gauche, pour laquelle il eut longtemps une affection plus que fraternelle. Il ne manquait pas la représentation d'un nouvel ouvrage à l'Opéra, où il était bien reçu du public. A la première d'*Armide* [1], il se transporta de Choisy à Paris, avec Madame et la duchesse de Bourbon, et sans la Dauphine, selon sa coutume. S'il ne fut pas insensible aux beautés réelles du poëme de Quinault et de la partition de Lulli, il fut frappé infiniment davantage des charmes, de la grâce, de l'élégance de l'une des confidentes d'Armide. Nous avons dit plus haut que le personnage d'Armide avait été créé par mademoiselle Le Rochois, qui se surpassa. Elle

[1] 15 février 1686.

avait grand besoin d'efforts, d'art et de passion pour ne pas se laisser écraser par ses
deux confidentes, les deux plus belles filles
de leur temps, mademoiselle Desmâtins et
Fanchon Moreau. Contrairement au reste de
la salle, qui ne vit qu'elle, le Dauphin, en
vrai profane, s'occupa infiniment moins de la
magicienne que de sa suivante Phénice. Phénice c'était Fanchon [1]. L'impression fut assez
vive sur son épaisse imagination pour le ramener à *Armide* aux deux représentations sui-
vantes [2]. Le prince, poursuivi par cette vision,
sachant bien qu'il n'avait qu'à vouloir pour
contenter ce caprice, s'en reposa sur Dumont, son écuyer, du soin de mener à bien
une négociation qui n'avait rien d'épineux.

[1] Mademoiselle Desmâtins remplissait le rôle de
Sidonie, l'autre confidente. D'abord laveuse d'é-
cuelles à l'auberge du *Plat d'étain* au carré Saint-
Martin, mademoiselle Desmâtins, moitié danseuse,
moitié chanteuse, avait fait ses débuts dans *Persée*, le
17 avril 1680, six mois après ceux de Fanchon Moreau.
—*Histoire du théâtre de l'Académie royale de musique
en France*, 1757 (par Travenol), 2e partie, p. 89.—
Castil-Blaze, *Académie impériale de musique*, 1855,
t. Ier, p. 60, 61, 62.

[2] Dangeau, *Journal*, t. I, p. 296, 303, 311. 15 février, 1er et 17 mars 1686.

Quelques lignes envoyées chez les deux
sœurs expliquaient ce qu'on attendait de
l'une d'elles, et indiquaient le jour et l'heure
ainsi que le lieu du rendez-vous. Cette aventure a été racontée de bien des manières :
Saint-Simon, assez vaguement informé, pour
sa part, a deux versions qui ne s'accordent
que de fort loin ; il mêle au jeu La Raisin, qui
n'y est pour rien, et il semble ignorer, en revanche, le nom de la véritable héroïne[1]. Nous
ne sommes pas bien sûr d'avoir débrouillé le
vrai de l'inexact, mais, différent dans les détails, le fait aboutit à un même dénoûment,
et c'est le principal. Fanchon était absente
lorsqu'on apporta le message ; Louison déca-
chette la lettre et prend pour elle le compliment. Elle est introduite à l'heure dite chez
Monseigneur. Dumont, s'apercevant de la méprise, vole chercher l'autre Moreau. Il était un
peu tard ; le Dauphin, qui n'y regardait pas
de si près, s'il avait reconnu la substitution,
s'en était accommodé, et Dumont ne réussit
qu'à déranger tout le monde. La pauvre Fan-

---

[1] Saint-Simon, *Mémoires* (Chéruel), t. IX, p. 142,
143. — Dangeau, *Journal* (addition de Saint-Simon),
t. IV, p. 364. — Duchesse d'Orléans, *Correspondance
complète* (Brunet, 1855), t. 1er, p. 44.

chon, malgré sa beauté, se vit congédiée avec
dix louis qui lui furent remis pour son dépla-
cement et qu'elle jeta de fureur au nez du
malencontreux Dumont. « Plus ce conte est
étrange, dit Saint-Simon, plus il mérite de
n'être pas oublié, puisqu'il est vrai. »

Monseigneur, on le voit, était un singulier
amoureux, et ses conquêtes achetaient parfois
un peu cher l'honneur de ses bonnes grâces.
S'il était sensuel, il était dévot et n'entendait
pas se damner. Il fait venir un jour La Raisin
à Choisy, et la confine dans un moulin,
avec défense formelle, comme c'était jour
de jeûne, de lui servir aucuns aliments. La
cour partie, la pauvre fille dut se résigner,
sous peine de mourir de faim, à de la salade
et du pain rôti dans l'huile, qu'elle dévora,
faute de mieux. Madame, qui raconte cette
plaisante aventure, en parla au Dauphin et
lui demanda à quoi il avait songé en faisant
jeûner sa maîtresse : « Je voulois bien faire
un péché, répondit-il, mais pas deux [1]. » C'est
là, après tout, moins une naïveté qu'on ne
pense. Ne perdons pas de vue que le dix-

[1] Duchesse d'Orléans, *Correspondance complète* (Brunet, 1855), t. II, p. 52.

septième siècle est un siècle religieux et croyant. Madame de Montespan, qui n'était pas naïve, tout en continuant ses rapports scandaleux avec le roi, jeûnait rigidement les carêmes et poussait le scrupule jusqu'à faire peser son pain. Et madame d'Uzès s'étant avisée de s'en étonner : « Hé quoi! madame, repartit la marquise, faut-il, parce que je fais un mal, faire tous les autres [1]? »

Pour en revenir à Fanchon, il n'avait point tenu à elle qu'elle ne fût infidèle, et le grand prieur l'échappa belle. La Fare, que le peu de beauté de sa maîtresse semblait devoir protéger contre certaines infortunes, fut celui qui paya les frais de la guerre. Il est difficile d'admettre qu'il ignora cette petite aventure. En somme, elle ne l'empêcha point de faire légitimer, après la mort de sa femme, par lettres patentes du 18 mai 1695, Charlotte-Louise Moreau, la fille qu'il avait eue de Louison [2].

Ce voyage n'était pas le premier que Monseigneur faisait à Anet. Nous l'y voyons pas-

[1] Madame de Caylus, *Mémoires* (Michaud et Poujoulat), t. XXXII, p. 483, 484.

[2] Le père Alexis, *Généalogie de la maison de La Fare en Languedoc* (1766), p. 29.

ser cinq jours au mois d'août 1685 [1]. En janvier suivant, le caprice et l'ardeur de la chasse avaient si bien fait perdre de vue l'heure avancée et la distance, qu'on se trouva, quand il fallut songer au retour, infiniment plus près de la demeure de M. de Vendôme que de Versailles. Les chevaux étaient rendus, les cavaliers étaient comme les chevaux ; le Dauphin eut bientôt pris son parti. Le duc était à Anet depuis trois jours ; il parut plaisant au prince de tomber chez lui comme la foudre et de courir les chances d'une réception improvisée [2]. Il savait qu'en définitive il trouverait un souper sortable et un bon lit, et, une fois au moins dans sa vie, il s'était rencontré dans une position pire. Un jour, entraîné à la poursuite d'un loup qui faisait faire du chemin à la meute et aux chasseurs, il s'aperçut qu'il avait laissé son monde derrière lui et n'était accompagné que du seul grand prieur.

[1] Dangeau, *Journal*, t. Ier, p. 204, 205, 206.
[2] Ces sortes de surprises étaient assez du goût du Dauphin. « Monseigneur, écrit Dangeau à la date du 7 juin 1709, après le conseil, alla courre le loup, et la chasse le mena si loin que le soir il se trouva près de Rambouillet, où étoit M. le comte de Toulouse, et il prit le parti d'y aller coucher. Monsei-

La nuit était venue, on ne savait trop où l'on était; il n'y avait plus qu'à chercher un gîte, et le premier serait celui auquel on s'arrête-rait. Le clocher d'une église les sortit de peine, la maison du curé était auprès ; ils heurtèrent à la porte de celui-ci, qui, quoiqu'un peu sur-pris de cette visite inattendue, mit tout ce qu'il avait à leur service. Il restait bien un quartier de mouton ; mais, pour du vin, il n'y en avait point. Le bonhomme offrit d'en aller chercher au village ; mais il ne pou-vait tout faire, il fallait qu'on l'aidât et que quelqu'un consentît en son lieu et place à tourner la broche; ce qui fut convenu. Le poste échut naturellement au grand prieur. Après s'être un peu dégourdi au coin du feu, Monseigneur se souvint des chevaux qui n'avaient pas mangé; il était indispensable de se mettre en quête de quelques fourrages. Il devait s'en trouver au grenier; le grand prieur dit au Dauphin ce qu'avait déjà dit leur hôte, qu'il ne pouvait veiller à la broche et être ailleurs, et que c'était à Monseigneur de prendre soin de leurs montures. L'on par-

gneur le duc de Berry, qui étoit avec Monseigneur à la chasse, y alla coucher aussi. »—Dangeau, Jour-nal, t. XII, p. 471, 472.

21.

venait au grenier par une échelle, et les grandes bottes du Dauphin rendaient l'ascension périlleuse; il préféra troquer d'emploi avec son compagnon d'aventure. Le curé revint avec une provision qu'on partagea en frères, puis on parla de se coucher. Il n'y avait qu'un lit que le curé céda de bonne grâce : il en serait quitte pour aller demander l'hospitalité à l'une de ses ouailles. On se couche, on dort.

Le matin de bonne heure, le cor retentit. La suite du Dauphin avait battu les solitudes les plus reculées de la forêt sans résultat toute la nuit, s'écartant plutôt que se rapprochant du lieu où il avait trouvé un refuge modeste mais sûr. Le grand prieur se mit aussitôt à la fenêtre et ne tarda pas à être aperçu. Monseigneur, de son côté, est vite sur pied et rejoint la troupe fatiguée, inquiète, que sa vue ranime. Il ne fut plus question que de regagner Versailles, ce que l'on fit prestement, sans trop penser à remercier l'hôte obligeant à défaut duquel on couchait à la belle étoile et l'estomac creux. On ne se donna même pas la peine de retirer la porte ; si bien que ce dernier, en voyant sa maison abandonnée, crut tout d'abord qu'il avait eu affaire à des

bandits et ne posa qu'en tremblant le pied
dans son pauvre logis. Toutefois, chaque
chose était à sa place, son petit mobilier avait
été respecté, ce qui le réjouit fort, mais
l'étonna bien davantage. On voulut expliquer
ce miracle par les mœurs mêmes des bohé-
miens qui, pour ne se pas voir impitoyablement refuser toutes les portes, considèrent
comme sacré et inviolable le toit qui les a
abrités : au moins l'interprétation était-elle
plausible, et le bon curé s'en contenta. Une
fois de retour à Versailles, l'on n'eut rien de
plus pressé que de raconter les événements
de la nuit. L'aventure amusa le roi assez pour
lui inspirer l'envie de la pousser plus loin. Le
prêtre fut mandé à la cour, ce qui ne laissa
pas déjà que de l'embarrasser. L'interpella-
tion du roi n'était pas de nature à le mettre
à l'aise : Sa Majesté lui demanda s'il était bien
vrai et comment il se faisait qu'il donnât la
nuit asile à des larrons. Grandes protestations
d'innocence de la part de notre homme qui
n'avait pu soupçonner tout d'abord à quels
gens il avait affaire. Si on les lui présentait,
les reconnaîtrait-il? A cette question il répondit affirmativement. Le roi dit tout bas
qu'on appelât le Dauphin et le grand prieur.

Le grand prieur vint le premier. Aussitôt le curé de s'écrier en l'apercevant : « Sire, en voilà un ! » Et Monseigneur paraissant après : « Sire, voilà l'autre ! » Ce qu'il y avait d'étrange, c'était le respect de toute la cour pour ce dernier brigand. Le pauvre curé, tout simple qu'il était, en fut étourdi, il pressentit la vérité, et la façon dont il venait de s'exprimer à l'égard de ses hôtes ne contribua pas peu à lui faire perdre toute contenance. Le roi eut pitié de lui et, pour le tirer de gêne et payer le petit divertissement qu'il prenait à ses dépens, il lui dit qu'il le faisait son pensionnaire pour cinq cents écus. « Allez, ajouta-t-il, logez toujours dans votre maison de tels larrons, et ressouvenez-vous de moi dans vos prières [1]. »

Les visites, les séjours se répétèrent. Un an après, mois pour mois, Monseigneur va passer à Anet six ou sept jours. Seulement, cette fois, M. de Vendôme ne recevra plus Monseigneur, il sera l'un des invités de Monseigneur. Les deux frères, en effet, sont portés

[1] Bussy-Rabutin, *Histoire amoureuse des Gaules* (Jannet, 1858), t. III, p. 178 à 182. *Le Divorce royal* ou *Guerre civile dans la famille du grand monarque.*

sur la liste de ceux qui accompagnèrent le
Dauphin dans ce voyage. « Vous vous éton-
nez, dit le rédacteur du *Mercure*, de trouver
dans cette liste M. de Vendôme et M. le grand
prieur ; mais comme on n'est plus maître de
sa maison lorsqu'un prince comme Monseigneur y va demeurer, il falloit que, pour y
estre, ces princes fussent nommés comme les
autres [1]. » Ainsi l'avait ordonné Louis XIV,
qui avait appris avec un mécontentement
réel les prodigalités de l'année précédente
et ne voulait point que le Dauphin entrât
pour quelque chose dans le dérangement des
finances de M. de Vendôme. Il envoya ses
officiers à Anet, et toute la dépense qui s'y
fit eut lieu en son nom et à ses frais. Tout se
borna pour le duc à une table unique que tint
constamment l'abbé de Chaulieu ; quant aux
divertissements, ils durent être plus ingénieux que coûteux. C'étaient des idylles, des
comédies et des entrées de ballets ; pour dissimuler la pénurie des moyens, les poëtes familiers et les beaux esprits d'Anet déployaient

[1] *Mercure galant,* septembre 1687, p. 241 à 269. Il
n'est pas question de ce voyage dans Dangeau, ce
qui s'explique par la lacune de tout un mois dans
son *Journal.*

un savoir-faire et des ressources que l'obstacle grandissait. Le roi avait défendu qu'on fît venir plus de trois comédiens, et il fallait que les petites pièces dont on régalait Monseigneur fussent conçues dans ce cadre borné.

On profitait du moment où le Dauphin était à la chasse pour débattre et arranger ces canevas. C'était chez La Fare, bien que Chaulieu présidât ces séances, que s'assemblait le conseil composé de M. le Duc, du prince de Conti, du grand prieur, du marquis de Dangeau, de Campistron, Palaprat, les deux Raisin et le comédien de Villiers [1]. Palaprat dont on joua *le Grondeur* au voyage de 1691, donne les détails les plus intéressants sur ces improvisations qui n'étaient pas faites pour se survivre, mais que l'à-propos, l'entrain des trois artistes rendaient charmantes [2]. Raisin, le mari de la maîtresse du Dauphin, acteur excellent, convive non moins parfait, fêté et caressé dans les meilleures compagnies à la ville comme à la cour,

---

[1] Jacques et Jean-Baptiste Raisin. Jean-Baptiste, le cadet, débuta avec sa femme et de Villiers, le même jour, à l'hôtel de Bourgogne, en avril 1679.

[2] Palaprat, *Œuvres* (Paris, 1712), t. I, p, 177. *Discours sur le Grondeur*.

était l'oracle de ces réunions ; sa compétence était hors de doute, et l'amitié qu'on lui témoignait eût mis tout à fait à l'aise un homme moins disposé à secouer toute contrainte. Il fallait, en effet, qu'il fût bien sûr de son autorité et de son talent pour songer à prouver à des gens de goût que son ami Boursault fût aussi vraiment poëte que Molière. « Je dois ce soir, moi indigne, souper avec MM. de Vendôme, de La Fare, l'abbé de Chaulieu, et quelques autres de ce mérite, ou approchant, à qui j'ai dit que le vôtre ne paraissoit petit qu'à ceux qui ne le connaissoient point. Je leur ai soutenu que Molière dont les ouvrages ont tant de réputation, et si justement, ne faisoit pas mieux des vers que vous, et je me suis offert à les en faire convenir, s'ils vouloient avoir autant d'équité qu'ils ont d'esprit. A vous dire vrai, je crois m'être un peu trop avancé... [1] » On doit encore savoir gré à Raisin de cette restriction. Palaprat et Campistron, les familiers d'Anet, étaient plus que ses amis, ils étaient ses obligés, ou de peu s'en fallait. Le premier avoue qu'il lui fournit, étant à

---

[1] Boursault, *Lettres nouvelles* (1709), t. Ier, p. 262 à 270.

table, le sujet de sa comédie de *l'Important* [1].
Quant à Campistron, il logea chez Raisin, et
vécut plusieurs années dans l'intimité des
deux époux. On raconte à cet égard une
petite anecdote assez curieuse. On venait de
donner une pièce où l'actrice principale était
habillée en homme. La Raisin, persuadée
que le costume de cavalier lui eût été à ravir,
et qui se piquait d'avoir la jambe belle, était
au désespoir de n'avoir pas eu le rôle. Campistron, pour la consoler, écrivit à son intention l'*Amante amant*, comédie en prose
qu'il a constamment et à juste raison désa-
vouée, mais qui fut pour l'actrice et son tra-
vestissement, et sa jambe sans doute, une
occasion d'applaudissements et de succès [2].

[1] Palaprat, *Œuvres* (Paris, 1712), t. II, p. 298, 299.
Discours sur l'Important.

[2] Campistron. *Œuvres* (1750), t. Ier. *Mémoire sur la vie
de M. Campistron*, p. xiii. L'on a insinué que Campistron, alors fort besogneux, puisait volontiers dans
la bourse de l'acteur aux crochets duquel il eût
vécu. « Circonstance injurieuse, objecte l'auteur du
Mémoire. Outre ce qu'il recevoit de sa famille, qui
étoit en état de l'entretenir, il tiroit beaucoup de ses
parts d'auteur, quand on jouoit de ses tragédies. »—
Les frères Parfaict, *Histoire du théâtre françois*, t. XIII,
p. 230.—*Anecdotes dramatiques* (1775), t. Ier, p. 14.

Dangeau a pu indiquer dans son *Journal,* les voyages successifs du Dauphin à Anet ; on nous saurait un mince gré d'entrer dans la nomenclature de ces fêtes, toutes un peu les mêmes, dont la chasse était le principal attrait, et qui se complétaient par des ballets, des comédies et des actions lyriques [1]. Ces allées et venues, on le conçoit, ne devaient que resserrer des liens d'affection qui, de la part du prince, tinrent de l'engouement. M. de Vendôme fut de toutes les parties de Choisy et ensuite de Meudon [2], l'accompagnant à la chasse, et faisant avec M. de Conti et le marquis de Dangeau, sa partie de « culbas [3]. » Le grand prieur le suivait chez Monseigneur, dont il était également bien reçu ; mais il ne fut pas longtemps sans gâter ses affaires auprès du Dauphin comme auprès du roi.

[1] Du mois d'août 1685 à février 1693, Monseigneur fit sept apparitions plus ou moins longues à Anet où le suivait toute la cour ; au point que Louis XIV se trouva parfois dans une presque entière solitude. —Voir Dangeau, t. Ier, II, III, IV.

[2] L'échange de Choisy contre Meudon, appartenant à Barbezieux, fils de madame Louvois, eut lieu en juin 1696.

[3] Dangeau, *Journal*, t. IV, p. 437, 442, 461 ; t. V, p. 16, 113, 253 ; t. VII, p. 26, 52.

C'était un de ces enfants perdus, un de ces
étourdis terribles, partant au repos comme
certaines armes à feu et vous tenant perpé-
tuellement sur le qui-vive. Sceptique et cynique en toute matière, d'une impudence à
ne reculer devant rien, il devait causer plus
d'un embarras à son frère, qui, lui aussi, avec
une audace à toute outrance, des mœurs in-
qualifiables, des vices affreux pratiqués en
plein soleil, avait su conquérir, même avant
les services, une affection et une influence
que les succès rendirent sans limite. Nous n'a-
vons jusqu'ici fait qu'entrevoir cette étrange
figure du grand prieur, à laquelle appartient
pourtant une place considérable dans ce récit. Il est temps de franchir le seuil du Temple
et de prendre sur le fait ce petit troupeau
d'épicuriens (si ce n'est pis), de vauriens charmants mais invétérés, avec cette forte pointe
d'impiété et de pyrrhonisme qui sera le cachet
du siècle prêt à naître.

VII

Les souvenirs que le Temple éveille n'ont
rien de souriant : il est difficile, en effet, que
ce seul mot ne rappelle pas ou l'atroce bou-

cherie qui fut la Saint-Barthélemy de tout un
ordre, ou le long martyre de cette famille
infortunée destinée à payer de sa tête les
fautes et les erreurs de tous. Quel cadre que
ces deux drames, pour une succession de
tableaux bachiques où la folie ne se marie
que trop au sensualisme éhonté de la philosophie païenne ! Ne dirait-on pas de pauvres
Teniers égarés et perdus dans toute une galerie de Zurbaran? Les ombres joyeuses du
grand prieur, de Chaulieu et des autres doivent se trouver médiocrement à l'aise entre
le spectre épique de Jacques de Molay et
les cadavres de Louis XVI et de Marie-Antoi-
nette. En tous cas, la tragédie ne pouvait que
nuire à la comédie anacréontique, le sang
qu'effacer sous sa pourpre sinistre la trace des
libations effrénées. Que reste-t-il du Temple ? Paris, en se renouvelant, en a effacé
jusqu'à la dernière trace ; et ce n'est pas sans
quelque peine que l'historien réussirait à le
reconstruire avec son enceinte, ses vieilles
tours, sa physionomie étrange ; car le Temple
fut, dans la ville, une ville à part, ayant ses
règlements, ses lois, ses priviléges, ses franchises. Sa population, en 1789, ne s'élevait
pas à moins de trois à quatre mille âmes. Elle

était d'essence fort variable et se composait
de gens de tous les états; cependant se divi-
sait-elle en trois sortes d'habitants bien dis-
tinctes. D'abord, les grands dignitaires de
l'Ordre qui y avaient leur demeure et qui,
avec quelques gens de qualité dont les hôtels étaient enclos dans les murailles du
Temple, en formaient l'aristocratie. Ainsi,
madame de Coulanges, revenue des vanités de ce monde, ira s'y confiner un peu bizarrement et au grand chagrin de madame
de Sévigné qui en jettera les hauts cris : « Je
n'ose vous parler de votre déménagement
de la rue du Parc-Royal pour aller demeurer
au Temple, écrit-elle à M. de Coulanges ; j'en
suis affligée pour vous et pour moi ; je hais
le Temple autant que j'aime la déesse qui
veut présentement y être honorée ; je hais
ce quartier qui ne mène qu'à Montfaucon,
j'en hais même jusqu'à la belle vue dont
madame de Coulanges me parle. Je hais cette
fausse campagne, qui fait qu'on n'est plus
sensible aux beautés de la véritable et qu'elle
sera plus à couvert des rigueurs du froid à
Brévannes ¹ qu'à la ruelle de son lit dans ce

¹ Madame de Coulanges avait, à quatre lieues de
Paris, à Brévannes, une petite maison, encore debout

22.

chien de Temple ; enfin, tout cela me déplaît à mourir, et ce qui est beau, c'est que je lui mande toutes ces improbations avec une grossièreté que je sens et dont je ne puis m'empêcher[1].... »

Madame de Sévigné était sévère envers le Temple qu'elle avait plus d'une fois visité du temps de Hugues de Rabutin, l'oncle du trop fameux Bussy et où ce dernier lui avait même donné une fête qui fit époque, « si belle et si extraordinaire, que vous serez assurément bien aise que je vous en fasse la description », dit-il avec cet air avantageux qui ne le quitte guère. Cette description est curieuse pour nous en ce sens qu'elle est une révélation de la vie que l'on menait au Temple, vie qui n'avait rien de fort austère, comme on en pourra juger. « Premièrement figurez-vous, dans le jardin du Temple que vous connoissez, un bois que deux allées croisent à l'endroit où elles se rencontrent ; il y avoit un

à cette heure, et qui, en 1820, appartenait à madame Gouffé de Beauregard, mère d'Armand Gouffé. Il était dans les destinées de cette maison d'abriter des chansonniers.

[1] Madame de Sévigné, *Lettres* (édit. Monmerqué), t. IX, p. 427.—Lettre de madame de Sévigné à M. de Coulanges. Lambesc, le 1er décembre 1690.

assez grand rond d'arbres, aux branches desquels on avoit attaché cent chandeliers de
cristal ; dans un des côtés de ce rond, on
avoit dressé un théâtre magnifique dont la
décoration méritoit bien d'être éclairée
comme elle l'étoit, et l'éclat de mille bougies
que les feuilles des arbres empêchoient de
s'échapper rendoit une lumière si vive en
cet endroit que le soleil ne l'eût pas éclairé
davantage ; aussi par cette même raison, les
environs en étoient si obscurs que les yeux
ne servoient de rien : la nuit étoit la plus
tranquille du monde. D'abord la comédie
commença, qui fut trouvée fort plaisante ;
après ce divertissement, vingt-quatre violons
ayant joué des ritournelles jouèrent des
branles, des courantes et de petites danses.
La compagnie n'étoit pas si grande qu'elle
étoit bien choisie ; les uns dansoient, les
autres voyoient danser, et les autres, de qui
les affaires étoient plus avancées, se prome-
noient avec leurs maîtresses dans les allées
où l'on se touchoit sans se voir. Cela dura
jusqu'au jour, et comme si le ciel eût agi de
concert avec moi, l'aurore parut quand les
bougies cessèrent d'éclairer. Cette fête réussit
si bien qu'on en manda les particularités

partout, et à l'heure qu'il est, on en parle avec admiration [1]. »

Bien que madame de Sévigné en fût le prétexte, ce divertissement de nuit n'était pas pour elle. Bussy avoue qu'il avait en vue cette madame de Monglas qu'il aima tant et dont le souvenir le poursuivit bien des années, malgré tout ce qu'il se croyait en droit de lui reprocher. Madame de Sévigné était une prude fort accommodante, qui ne voulait pas pécher mais qui ne trouvait point trop mauvais qu'on péchât. Avec un homme de la trempe de son cousin, il était à craindre que, l'obscurité aidant, l'on ne se permît bien des libertés ; et l'on s'en passa la fantaisie, s'il faut en croire celui-ci. Mais qu'importe à qui ne prétend qu'à rire et qu'à s'amuser? Elle laissa aller qui voulut dans les massifs et dans les sentiers touffus, et jouit à sa façon et à la clarté des bougies de cette jolie fête où elle avait amené la marquise d'Uxelles, une de ses bonnes amies, qui n'était pas indifférente non plus à Bussy. Pendant ce temps que faisait le grand prieur? Son neveu ne nous dit pas qu'il prît part à ces ébats. C'était un

[1] Bussy-Rabutin, *Histoire amoureuse des Gaules* Jannet), t. Ier, p. 341.

brave gentilhomme, à quelques fragilités
près, peu versé dans les choses de la religion,
moins surtout qu'il ne convenait à un grand
prieur de l'Ordre, et que sa sauvagerie sans
doute, bien plus que ses scrupules, tint
éloigné de cette petite troupe d'évaporés et
de folles. Un seul trait le peindra. Un accès de
colère contre son chapitre détermina la fièvre
qui devait l'emporter. A son lit de mort, on
lui amena un religieux des Petits-Pères qui,
assisté d'un compagnon, lui dit les plus belles
choses sur le passage de cette vie dans l'autre.
« Lorsqu'ils furent sortis d'auprès de lui, raconte Bussy, j'entrai et je lui demandai com-
ment-il se trouvoit de ces gens-là. « Fort bien,
« me répondit-il: ils disent que j'ai l'attrition. »
L'état où il étoit m'empêcha de rire de la
manière dont il me parloit de ces matières-
là. Je compris que ces bons pères lui avoient
dit pour le consoler sur les affaires de l'autre
monde, qu'il n'avoit pas encore la contrition,
mais qu'il avait déjà l'attrition, et ce mot lui
étoit demeuré dans l'esprit sans qu'il en
connût la force ; mais il se doutoit seulement
que c'étoit quelque chose de bon[1]. » Voilà

[1] Bussy-Rabutin, *Mémoires* (Charpentier, 1857),
t. II, p. 7, 8.

déjà un échantillon : tous les grands prieurs ne sont pas taillés sur ce modèle, sans en valoir, il est vrai, beaucoup plus devant le Seigneur.

La deuxième classe d'habitants était composée d'artisans et d'ouvriers en assez grand nombre attirés par la franchise du lieu. Les bijoutiers abondaient, les bijoutiers en pierres fausses : ils fabriquaient des espèces d'émaux connus sous la dénomination de bijoux du Temple. Quant à la troisième catégorie, c'était une population mobile, bigarrée, appartenant à toutes les conditions et venue là pour échapper à des poursuites, qui devaient s'arrêter aux portes du Temple, toutes fois qu'il n'était question que d'affaires purement civiles, à moins encore que n'intervînt une lettre exprès de cachet du roi[1]. L'on comprend que de pareils priviléges abritassent plus d'un abus et tirassent de gêne une foule de gens d'une moralité assez équivoque, dont l'affluence d'ailleurs profitait fort aux officiers du grand prieur. Le chevalier de Vendôme

---

[1] Saint-Victor, *Tableau historique et pittoresque de Paris*, t. II, 2ᵉ partie, p. 1121, 1122. — Hurtaut et Magny, *Description historique de la ville de Paris et de ses environs*, 1779, t. IV, p. 697.

avait un bailli, qui, s'il faut ajouter foi à des libelles du temps, n'avait pas trop à se plaindre de l'état de choses : « Sa charge, ajoutentils, ne lui coûte pas deux cents pistolles de premier achapt, et il n'est point d'année qui ne lui vaille plus de trois mille livres, tant cette retraite a été utile et nécessaire à tous les gens d'affaires, et nombre de marchands qui se sont trouvez dérangez de leur commerce par le malheur des temps [1]. » Bussy semble dire que les revenus du grand prieur allaient à plus de cent mille livres de rente. Ils furent réduits de vingt mille livres sous Hugues de Rabutin[2]. Toutefois, ce chiffre nous paraît excessif, ils ne devaient pas s'élever en totalité à plus de cinquante-cinq à soixante mille livres, desquels il y avait à déduire pour vingt mille livres environ de charges[3]. Mais cela ne laissait point que d'être encore d'un assez beau produit à une époque où l'argent

[1] *Les Partisans démasquez* (Cologne, 1707), 1re partie, p. 31.

[2] Bussy-Rabutin, *Mémoires* (Charpentier, 1857), t. Ier, p. 101.

[3] Dulaure, *Nouvelle description des curiosités de Paris,* 1785, t. Ier, 2e partie, p. 541.—Germain-Brice, *Description de la ville de Paris* (1706), t. Ier, p. 334. — Barillet, *Recherches historiques sur le Temple,* 1809, p. 105.

avait une autre valeur, en admettant même
que quelques autres bénéfices ne vinssent
pas arrondir l'escarcelle du grand prieur.

Le Temple occupait un terrain considérable
enserré de hautes murailles à créneaux forti-
fiés d'espace en espace par des tours, ayant
pour limites approximatives les rues du Temple et de la Corderie, la rue actuelle de Caffa-
relli et les terrains vagues sur lesquels on bâtit
la rue de Vendôme. Le palais du grand prieur,
dont l'issue se trouvait rue du Temple, était de
construction récente alors ; il avait été élevé
vers 1667, par Jacques de Souvré, le fils du
maréchal de Souvré, gouverneur de Louis XIII,
sur les dessins de l'architecte Delile. Jusque-
là les grands prieurs avaient résidé soit dans
les tours, soit dans un hôtel spacieux, com-
muniquant aux tours où s'assemblait le chapitre, soit encore dans l'un des quelques
hôtels de l'enclos. Guillaume de Boisboudran
occupait l'hôtel auquel il laissa son nom,
qu'il construisit sans doute et où nous verrons
l'abbé de Chaulieu s'ébattre d'une façon si
anacréontique. Hugues de Rabutin, s'il livrait
le jardin du grand prieuré à son beau neveu
pour donner le bal à madame de Sévigné [1],

¹ Ce jardin, dont Bussy nous a fait la description,

habitait également une maison particulière,
comme on en peut conjecturer par un acte
de lui, à la date de 1664[1]. Nous avons deux
vues de Marot, représentant, l'une, la façade,
l'autre, le derrière du palais bâti par M. de
Souvré. C'était un corps de logis sans grande
harmonie, précédé d'une cour vaste ornée
d'un péristyle à colonnes couplées dont les
proportions colossales écrasaient la construction principale [2]. Au delà du palais s'é-
tendaient le parterre et le jardin. Le palais
du grand prieur et le jardin occupaient la
superficie du square actuel, qui, quelque
peu plus large, aurait en moins, dans
sa longueur, l'espace sur lequel a été bâti
le nouveau lavoir. Borné d'un côté, comme
aujourd'hui encore, par la rue de la Corderie, le jardin l'était de l'autre par l'hôtel
du chapitre, les tours du Temple qu'il recélait
en partie, le bailliage, et le passage qui y con-
duisait et où se trouvait l'entrée banale; car

se prolongeait jusqu'au mur de l'enclos et dut disparaître, lors des nouvelles constructions.

[1] Barillet, *Recherches historiques sur le Temple*, 1809,
p. 79, 181.

[2] Saint-Victor, *Tableau historique et pittoresque de
Paris*, t. II, p. 623.—Germain Brice, *Description de
la ville de Paris* (1706), t. Ier, p. 334, 335.

23

cette promenade était ouverte au public sous
la surveillance bénigne du suisse de l'église
qui en avait la police, et c'était sous ses abris
que le débiteur réfugié au Temple venait tuer
les heures et rêver à de meilleurs destins.
Quoique bien soigné, le jardin n'avait rien
d'extraordinaire, si l'on n'en excepte un su-
perbe marronnier que l'on considérait comme
un des doyens des marronniers plantés et crus
en France. Le marronnier est une importation
toute moderne : le premier marronnier intro-
duit sur notre sol le fut en 1615[1]. Le palais du
grand prieur, la forteresse, l'église, le cimetière et le bailliage occupaient à eux seuls une
moitié du Temple. Si le temps et les révolu-
tions ont si bien fait table rase de ce côté
qu'il ne subsiste plus une pierre du passé,
l'autre partie ne s'est pas tellement transfor-
mée qu'on ne retrouve encore quelques vestiges de l'ancien enclos. Dans le triangle
formé par la rue du Temple, la rue présente
Dupetit-Thouars et les murailles, et dont la
fontaine de Vendôme   it comme le sommet,
se massait le quartier aristocratique. C'était

---

[1] Palaprat, *Recueil de pièces en vers adressées à
S. A. S. Monseigneur le duc de Vendosme.* p. 63.

là, dans un espace passablement restreint
que s'échelonnaient l'hôtel Poirier, qui fut
appelé par la suite l'hôtel des Bains, les hôtels
de Boisboudran, de Guise, de Boufflers et
deux autres encore d'une importance moindre mais avec jardins comme les premiers.
Tout cela a fait place à des constructions plus
modestes envahies maintenant par une population spéciale de vendeurs qu'on ne trouve
guère que là. Les vides sont devenus des
pleins et ce qui survit des vieux édifices a dû
servir à étayer les nouvelles constructions.
Quant à la cour de la Corderie, elle a conservé
son même aspect, et c'est, à vrai dire, le seul
point de l'ancien Temple qui soit resté debout
dans sa presque intégrité. Le chevalier d'Orléans, le prince de Conti et M. de Crussol qui
administrait pour le duc d'Angoulême enfant,
apportèrent chacun à l'enclos des change-
ments qui durent en modifier sensiblement
la physionomie, et notamment la fameuse
rotonde, bâtie en 1787 dans l'emplacement
de potagers et de jardins d'agrément. Mais,
c'est le Temple de M. de Vendôme, ne l'oublions pas, que nous restituons ici, le Temple
de 1680 à 1720.

Si Hugues de Rabutin avait été un franc

soldat, d'une débauche peu relevée, ne se doutant guère des délicatesses et des sensualités de la vie, Jacques de Souvré était, en revanche, le type du voluptueux raffiné, de l'homme de goût et du viveur érudit, qui mange et sait ce qu'il mange, et que l'on peut consulter sûrement pour les choses de la table. Boileau a consacré sa compétence aussi bien que la notoriété de ses dîners dans une de ses satires. A cette époque Souvré n'était encore que commandeur.

> Mais hier il m'aborde, et me serrant la main,
> Ah ! monsieur, me dit-il, je vous attends demain ;
> N'y manquez pas au moins. J'ai quatorze bouteilles
> D'un vin vieux... Boucingo n'en a point de pareilles [1] :
> Et je gagerois bien que, chez le Commandeur,
> Villandri priseroit sa séve et sa verdeur [2].

Les repas du commandeur avaient une réputation qu'ils méritaient moins par la somptuosité et la magnificence, que par la recherche exquise et la propreté (la propreté dans le sens qu'avait ce mot au xviie siècle). Il existait alors une émulation, une rivalité généreuse qui devait tourner au profit de ce grand art de la table auquel le siècle suivant

[1] Marchand de vin en réputation.
[2] Boileau, *Œuvres complètes* (édit. Saint-Surin), t. Ier p. 117, satire III, 1665.

fit faire de si étonnants progrès. Brossette, d'a-
près Boileau, cite Jacques de Souvré comme
l'un des tenants des Costeaux; le duc de Mortemart et le marquis de Sillery eussent été les
deux autres membres de ce trio anacréontique. Mais Desmaiseaux, mieux renseigné,
leur substitue le marquis de Boisdaufin,
Saint-Évremond et ce comte d'Olonne qui
n'eut toute sa vie que deux affaires, dîner le
matin et souper le soir[1] : et il le tenait de
Saint-Évremond lui-même[2]. Souvré, qu'il fût
ou non des Costeaux, avait une cave modèle,
justement appréciée par les hommes les plus
compétents et les plus experts, par les frères
de Broussin, entre autres, dont le *Voyage* de
Chapelle et Bachaumont a immortalisé les
noms; et, sans doute, sa table ne s'amoindrit
pas lorsqu'il devint grand prieur[3]. Mais il

[1] La Bruyère (édit. Walkenaër, 1845), 2e partie,
CXXII, p. 434.
[2] Desmaiseaux, *Vie de Saint-Évremond*, 1740,
p. 31, 32, 237, 238.—Voir également, à propos de cette
plaisanterie de l'ordre des Costeaux, le *Dictionnaire
étymologique* de Ménage. (Paris, 1694), p. 222, et les
notes sur la troisième satire de Boileau (édit. Saint-
Surin), t. Ier, p. 108, 115, 116.
[3] Il prit possession le 29 janvier 1667, selon la

était déjà vieux, quand ce changement de
position eut lieu, et il ne jouit pas plus de
trois ans de cette haute dignité de l'Ordre[1]. Il
laissait, toutefois, des traditions que le chevalier de Vendôme n'eut garde de ne point
maintenir religieusement. Si ce dernier n'a-
vait fait pis, il n'y aurait eu qu'à louer. Mais
il dépassa, il faut bien l'avouer, et de beaucoup, ces franchises permises d'un épicurisme aimable pour se plonger dans un
libertinage sans frein et sans mesure, qu'il
est aussi malaisé d'excuser que de raconter
trop souvent.

Le rang de grand prieur revenait de droit
au plus ancien bailli capitulaire, et Hugues
de Rabutin n'eut pas d'autre titre à la succession d'Amador de Laporte. Mais nos rois n'é-
taient pas sans exercer une certaine pression
sur les conseils de l'Ordre et obtenaient fréquemment, lors d'une vacance, que cette
dignité échût à leur créature. Ainsi le chevalier de Guise, le favori de Gaston alors
lieutenant général de la Régence, dépossé-

Gazette de France. La Biographie, des frères Michaud
porte le 19 janvier.
[1] Le père Anselme, Histoire généalogique et chronologique de la maison de France, 1733, t. VII, p. 400.

dait-il, grâce à la faveur royale, l'oncle de
Bussy, si celui-ci n'eût pris possession sans
plus attendre, et ne fût allé bravement saluer,
en qualité de grand prieur, le roi et la reine
mère qui durent accepter les faits accomplis[1].
Le grand prieuré, avec le temps devint l'apanage des princes et, le plus souvent, des bâ-
tards de la maison de France. Le grand oncle
du chevalier de Vendôme, Alexandre de Vendôme n'entrait dans l'Ordre qu'avec la condition tacite de succéder à Régnier de Guerchy.
Henri IV voulut être présent à la réception
de ce champion de la religion qui avait six
ans à peine ; toute la cour, le nonce du pape,
les ambassadeurs, le connétable, le chancelier, les présidents du Parlement, les chevaliers de l'ordre du Saint-Esprit y assistèrent.
La cérémonie qui devait avoir lieu dans l'é-
glise des Grands-Augustins eut lieu dans
l'église du grand prieuré, chose d'ailleurs
toute naturelle, sur la demande du commandeur de Villedieu, ambassadeur de l'Ordre.
Jamais pompe pareille n'avait présidé à l'ini-
tiation d'un postulant. Le petit prince était
bien empêché de répondre aux questions sa-

---

[1] Bussy-Rabutin, *Mémoires* (Charpentier, 1857),
t. Iᵉʳ, p. 100, 101.

cramentelles qui lui furent adressées ; ce fut
Henri IV qui se porta sa caution et prit la
parole pour ce second fruit de ses amours
avec la belle Gabrielle. « Je quitte les fonc-
tions de roi pour remplir celles de père, » dit-
il en descendant du trône qui lui avait été
préparé, tout comme s'il eût été question
d'un enfant de la reine Marie de Médicis, laquelle, autre singularité, se trouvait également à la cérémonie [1]. Quatorze ans après,
à la mort du chevalier de Guerchy, Alexandre de Vendôme devenait grand prieur à son
tour.

Son petit neveu n'entra guère moins jeune
dans l'Ordre. Il avait seize ans à peine, quand,
dès 1671, à la sollicitation de Louis XIV, il
obtenait de Clément X, du vivant d'Étampes
de Valençay, une grâce expectative sur le
prieuré de France, malgré l'opposition des
anciens. Le pape intervenait rarement dans
la distribution des bénéfices de l'Ordre ; mais
il lui arrivait parfois d'user de ce droit, ce
qu'il faisait en adressant au grand maître un
bref impératif par lequel il lui enjoignait de
disposer de telle ou telle commanderie, d'un

[1] Barillet, *Recherches historiques sur le Temple,* 1809,
p. 75, 76, 179, 180.

grand prieuré même, en faveur d'un chevalier[1]. Toutefois, le bref de M. de Vendôme
ne fut enregistré à la chancellerie de Malte
qu'à la condition que ce prieur par anticipa-
tion et en espérance dédommagerait le trésor des droits de mortuaire et de vacant[2]. Ces
droits étaient d'un beau revenu pour l'Ordre,
qui était intéressé à prolonger le plus possible la vacance et la faisait souvent durer des
années : il n'était pas rare qu'il s'écoulât un
an ou deux entre le trépas du grand prieur et
l'installation de son remplaçant. Bien que
Valençay soit mort à Malte, en 1678[3], s'il fallait en croire certains historiens, le chevalier
de Vendôme ne fût devenu effectivement
grand prieur qu'en 1693[4] ; c'eût été trop attendre ; en réalité, ce fut en 1681 qu'il prit possession de son prieuré et qu'il dut s'installer
au Temple[5].

[1] Dangeau, *Journal*, t. VIII, p. 499. Mardi, 12 septembre 1702.

[2] Vertot, *Histoire de Malte*, 1727, t. V. p. 263.

[3] Le P. Anselme, *Histoire généalogique et chronologique de la maison de France*, 1733, t. VII, p. 550.

[4] Michaud jeune, *Biographie universelle*, t. XLVIII,
p. 128.

[5] *Gallia Christiana*, 1774, *tomus septimus*, p. 1067.

Il avait vingt-six ans, l'âge où les plus
sages ne le sont guère ; il était entouré d'ailleurs d'amis et de complaisants intéressés à
développer son amour pour le plaisir, et tout
sembla conspirer à faire du jeune prince un
de ces débauchés effrénés qu'aucun obstacle,
comme Don Juan, ne saurait arrêter. Fut-il
tout d'abord aussi profondément corrompu
qu'il le voulut paraître, ou simplement l'un
de ces fanfarons de vice, selon l'expression
même de Louis XIV, que l'époque prochaine
allait voir pulluler? L'impiété et l'immoralité
qu'il afficha pouvaient aussi bien être, en effet,
à l'origine, un rôle joué, une affectation puérile qu'une conviction très-sincère, un penchant irrésistible. Du moins, La Bruyère sem-
ble-t-il l'insinuer dans une apostrophe viru-
lente à un jeune libertin qui ne serait autre
que le chevalier de Vendôme.

« Si vous êtes né vicieux, ô Théagène, je
vous plains ; si vous le devenez par foiblesse
pour ceux qui ont intérêt que vous le soyez,
qui ont juré entre eux de vous corrompre, et
qui se vantent déjà de pouvoir y réussir,

*Equestris Ordinis, sancti Johannis Jerosolymitani, dein
Rhodiensis, et nunc Militensis, majores in Francia priores.*

souffrez que je vous méprise. Mais si vous
êtes sage, tempérant, modeste, civil, géné-
reux, reconnoissant, laborieux, d'un rang
d'ailleurs et d'une naissance à donner des
exemples plutôt qu'à les recevoir, convenez
avec cette sorte de gens de suivre par complaisance leurs déréglements, leurs vices et
leur folie, quand ils auront, par la déférence
qu'ils vous doivent, exercé toutes les vertus
que vous chérissez; ironie forte, mais utile,
très-propre à mettre vos mœurs en sûreté, à
renverser tous leurs projets, et à les jeter
dans le parti de continuer d'être ce qu'ils
sont, et de vous laisser tel que vous êtes[1]. »

La vieillesse dévote de Louis XIV avait métamorphosé toute cette cour, si brillante jadis,
en une cour confite et austère jusqu'à l'âpreté;
mais c'était compter sans une jeunesse em-
portée, avide de jouissances, qui ne voyait
pas, en somme, pourquoi elle se fût absté-
nue, quand la génération précédente avait
pris une si large part des joies de ce monde.
Une pareille compression, disons-le, n'avait
pas été subie par tous avec la même docilité,

---

[1] La Bruyère (Jannet, 1854), t. II, p. 377, *Des
Grands.*

la même résignation. Il était dangereux d'être
libertin, et ne l'osait pas qui l'eût voulu ;
mais, raison de plus pour que ceux qui osaient
affronter l'indignation et le courroux du
vieux roi fussent entourés de ce prestige que
donne l'audace, même au service d'une mauvaise cause. Les plus timides, ceux qui affec-
taient un rigorisme extérieur, ne pouvaient
se défendre d'une secrète admiration pour
ces cerveaux brûlés qui ne craignaient pas
de se perdre. La réaction prête à éclater se
laissait pressentir dans les choses les plus
minimes en apparence. Au moment même
où le pieux monarque croyait avoir ramené
triomphalement son peuple à l'unité de
croyance et obtenu à la religion et à la morale une victoire signalée, les seuls livres
qui se vendaient chez Barbin étaient les
livres d'impiété, les ouvrages antireligieux.
Il y avait donc, sous une réprobation qui
n'était qu'à la surface, une certaine popula-
rité attachée à ce rôle que le grand prieur ne
tarda pas à prendre au sérieux et à jouer au
naturel. En tous cas, cet esprit fort, ce sceptique, ce dissolu ne commence pas autrement
que le reste du monde. A dix-huit ans, il est
amoureux sincère, amoureux candide, amou-

reux furibond et romanesque, et demeure
deux années sous le charme et dans les fers
de madame de Ludres, sans qu'il soit bien
sûr que sa constance ait été payée de retour.
En avançant en âge, et malgré l'expérience,
il sera l'esclave et le jouet de ses maîtresses,
avec lesquelles il ne saura pas rompre et qui
le déconsidéreront, même aux yeux de ses
amis. Chaulieu écrivait à sa belle-sœur, le
lendemain de l'acquittement de M. de Luxembourg à l'Arsenal :

« M. le grand prieur n'a reculé que pour
mieux sauter. Il passa hier la nuit avec la
nymphe, et s'ajusta avec un soin qui me
donna de la compassion, à lui un grand ridicule, et à tout Paris le sujet ample de brocards et de discours. Falloit-il publier qu'il ne
reviendroit de six mois à Paris, et qu'il vouloit
habiter les campagnes, comme un Tartare ?
Pourquoi annoncer des choses qu'on ne peut
soutenir? De bonne foi, j'ai de la pitié. Et qui
auroit des sentiments de vengeance contre ce
bon prince, en vérité, en seroit bien vengé.
Je pardonne les foiblesses, l'homme le plus
sage en est capable ; mais il faut être fou pour
les montrer en public. Tout le monde l'atten-
doit à ce retour, et l'on étoit affûté au pas-

24

sage. Plus de quarante personnes m'ont demandé à l'Opéra s'il l'avoit revue ou s'il la reverroit. Ce n'a pas été sans me conter les manières qu'elle avoit aux Tuileries, pendant qu'il étoit dans les déserts. Elle n'étoit pas si chagrine que lui, et elle s'est promenée, jusqu'à minuit, tous les jours avec ses roquets. Quelle étrange destinée pour cet homme, et quelle est la bizarrerie de l'amour, de ne point joindre des gens qui s'aimeroient de si bonne foi ! Pourquoi donner de l'indifférence pour ce qui vous aime, et de l'amour pour qui ne se soucie point de vous ? Mais ce n'est pas à moi de parler de cela, et, si je me croyois, j'écrirois autant qu'Ovide là-dessus [1]. »

Cette nymphe, aux caprices de laquelle semblait être si complétement le grand prieur, Chaulieu n'avait pas besoin de la nommer, il parlait à sa belle-sœur, fort initiée à tout ce qui se passait chez les Bouillon, et tout autant chez les Vendôme. Nous en sommes donc réduits aux conjectures. Toutefois, est-il probable que cette maîtresse anonyme n'était autre que Fanchon Moreau. Le début de Fanchon à l'Opéra n'eut lieu, il est vrai, que trois

Chaulieu, *Lettres inédites* (1850), p. 152, 153.

ans après, et nous ne savons pas au juste
quand et comment se noua cette liaison.
Peut-être se forma-t-elle par l'entregent de
La Fare, l'amant de Louison, qui, elle aussi,
n'était pas au théâtre lorsque celui-ci la
versait à la porte de madame de la Sablière,
Quoi qu'il en soit, à part des éclipses et même
de sérieux orages, Fanchon devait être et
rester la maîtresse en titre du grand prieur,
vingt ans et plus, non sans faire quelques ac-
crocs au contrat verbal consenti entre eux
deux.

Anet, trop éloigné de Paris, était moins ac-
cessible que le Temple et devait être moins
visité. Le duc de Vendôme, depuis la vente
de son hôtel, descendait au prieuré et se mêlait, lorsqu'il était à Paris, à ces joyeux
convives, à ces buveurs intrépides, à ces épicuriens héroïques, dont il serait difficile de raconter tous les exploits. Madame de Bouillon,
on le sait déjà, franchissait audacieusement
cette terrible enceinte, et, soit chez son neveu,
soit chez l'abbé de Chaulieu, luttait de verve
et de belle humeur avec les plus gais et les plus
spirituels. Ninon, elle aussi, y apportait parfois son enjouement et son originalité. Ces
apparitions se répétaient, toutefois, moins

souvent pour la duchesse qu'elle ne l'eût souhaité. Elle faisait de longues absences hors Paris, absences qui n'étaient pas constamment dans sa volonté, bien que toujours amenées par elle. La destinée des nièces de Mazarin a été de courir le monde en aventurières ou en proscrites, expiant dans l'exil et la disgrâce les erreurs et les emportements de leurs charmantes cervelles. Pour ne parler que de madame de Bouillon, en 1675, sa famille l'enferme momentanément à Montreuil pour faire cesser un scandale par trop flagrant. En 1680, nous la voyons reléégue à Nérac, à la suite de cet interrogatoire à l'Arsenal, d'où elle sort d'une façon si triomphante Six ans après, elle est exilée de nouveau à l'abbaye de Saint-Martin de Pontoise appartenant au cardinal de Bouillon, son beau-frère, pour quelque parole imprudente, relevée par Louvois, l'ennemi juré de la famille[1]. Le prétexte était d'autant plus aisé à trouver au ministre que la duchesse ne mesurait guère ses paroles, et s'exprimait avec la même assurance à Versailles et en présence

---

[1] *Recueil de chansons historiques* (Bibliothèque impériale. Manuscrits), 1686, t. VI, f: 1.

de Louis XIV, que sa liberté effarouchait, dit Saint-Simon, que dans son propre salon avec ses intimes [1]. C'est, du reste, cè que laisse à entendre son frère, le duc de Nevers, dans l'épître qu'il lui adressait alors :

> Quel sera donc votre destin?
> Ma chère sœur, quelle étrange influence !
> Eh quoy, pour aller au devin [2],
> Nérac devient le lieu de votre résidence!
> Présentement on dit qu'un peu trop de licence
> Dans vos brusques discours vous tient à Saint-Martin...

Elle n'y demeura pas éternellement. Mais les aventures succèdent aux aventures, et les absences se répètent avec une singulière fréquence. En sortant de Saint-Martin, Marianne prend son vol pour l'Angleterre. Il s'agissait de rendre visite à madame de Mazarin, dont elle était depuis si longtemps séparée. Cette raison était excellente ; par malheur elle n'était pas l'unique. « Ne trouvez-vous pas, écrivait La Fontaine à M. de Bonrepaux, que l'Angleterre a de l'obligation au mauvais génie qui se mêle de temps en temps des affaires de cette princesse ? Sans lui, ce climat ne

[1] Saint-Simon, *Mémoires* (Chéruel), t. XI, p. 109.
[2] Allusion à la visite chez Le Sage.

24.

l'auroit point vue... [1]. » Et ce mauvais génie,
La Fontaine sait bien qu'il n'est autre que ce
grain de folie qui n'agite que trop cette cer-
velle turbulente ; il ne le lui cache pas à elle-
même, avec cette franchise pleine de bon-
homie qui lui est propre :

> Vous avez cent secrets pour combattre l'orage :
> Que n'en aviez-vous un qui le sût prévenir?

On avait laissé partir madame de Bouillon,
assez enchanté d'en être débarrassé ; on eût
été moins coulant pour un retour. Après un
séjour de plus d'un an en Angleterre, la duchesse fait demander au roi, par M. de Sei-
gnelay, la permission de s'en aller à Venise.
Le roi répondit qu'elle irait partout où elle
voudrait, hormis à la cour et à Paris [2]. Nous
avons cité un passage de l'épître du duc de
Nevers ; la fin est un ressouvenir de ces instants délicieux passés ensemble aux hôtels
de Bouillon et de Nevers, à Navarre, à Fres-
nes et à Anet, en compagnie de Chaulieu et

[1] La Fontaine, *Œuvres complètes* (édit. Walkenaër).
Lettres à divers, t. VI, p. 518. Lettre XXII, 31 août
1687.

[2] Dangeau, *Journal,* t. II, p. 167. 12 septemb. 1688.

du duc de Vendôme, c'est aussi une espérance :

Le bel abbé, l'aimable et le prince blondin,
Ce grand bailli d'Anet, chasseur infatigable,
Courtisan par plaisir, philosophe par goût,
Si tous les quatre encor nous nous trouvons à table,
  Vous avec votre air enfantin,
  Délicieuse Mimallone [1],
C'est alors qu'il faudra qu'à tout on s'abandonne,
  Que votre âme, en pointe de vin,
Tout entière, entre nous, s'ouvre et se déboutonne,
Pour nous montrer ce qu'elle a de divin [2].

L'on n'écrirait guère autrement à une maîtresse. Mais le duc de Nevers, singulier en
tout, ne fut pas un frère moins singulier qu'il
ne fut étrange mari. Cette tendresse trop
expansive d'un écervelé charmant, qu'il ne
fallait pas prendre à la lettre, donna de l'ombrage à M. de Mazarin, qui fit clameur ; et
M. de Nevers, poursuivi judiciairement, eut
à s'expliquer en pleine audience sur des épi-

[1] C'est-à-dire femme qui aime la table, la bonne
chère et le vin. *Mimallones* étaient, chez les anciens,
des femmes du Mont Mimas, en Thrace, qui ser-
vaient le dieu Bacchus.
[2] *Recueil de chansons historiques* (Bibliothèque impériale. Manuscrits), 1686, t. VI, f. 1 à 6.

tres d'une métaphore un peu osée, si tout
n'était pas permis aux poëtes, et qui, aux
yeux de ce mari chagrin jusqu'à la démence,
étaient la preuve irrécusable du commerce le
plus criminel entre le frère et la sœur. « La
postérité aura peine à croire, s'écrie Hor-
tense, si nos affaires vont jusqu'à elle, qu'un
homme de la qualité de mon frère ait été in-
terrogé en justice sur des bagatelles de cette
nature ; qu'elles lui ayent été représentées sérieusement par des juges ; qu'on ait pu faire
un usage si odieux d'un commerce d'esprit
et de sentimens, entre des personnes si pro-
ches ; qu'enfin l'estime et l'amitié pour un
frère d'un mérite aussi connu que le mien, et
qui m'aimoit plus que sa vie, ayent pu servir
de prétexte à la plus injuste et à la plus cruelle
de toutes les diffamations [1]. » Cette accusation est odieuse ; il fallait bien, toutefois, que
Nevers y prêtât un peu, puisqu'un instant
son amitié pour la connétable Colonne fut
l'objet des mêmes suspicions et des mêmes
ombrages. Mais il était à prendre ainsi ; rien
n'eût pu modifier pour un peu et ramener

[1] Saint-Réal, *Œuvres complètes* (Amsterdam, 1730).
Mémoires de la duchesse de Mazarin, t. V, p. 56.

au vrai de la vie, cette nature légère, fantasque, insaisissable, dont les étrangetés et les
aventures trouvent ici leur place toute naturelle et toute légitime.

FIN DU PREMIER VOLUME.

TABLE

partie du secours envoyé à l'empereur.—Il
est nommé guidon des gendarmes du Dauphin.—Il sert sous Condé, à Senef.—Turenne.
—Justesse et profondeur de son coup d'œil.
—Coquetteries de madame de Montespan.
—La Fare se retire prudemment.—La marquise de Rochefort.—Louvois.—La Fare est
pris pour dupe.—Il se défait de sa charge de
sous-lieutenant des gendarmes.—Le marquis
de Sévigné. — Rambouillet de La Sablière.
—Madame Le Taneur.—Exigences de La Sablière.— Remords et séparation. — Mariage
de La Sablière avec mademoiselle Hessein.
—Autres amours.—Une maîtresse bel esprit.
—Billets galants.—Une femme sûre de son
fait.—Les absentes ont tort.—*Iris* triomphe.
—Quelle était Iris.—Mesdemoiselles Vanghangel.—Manon et Charlotte.—Niert épouse
Charlotte.—Liaison de La Sablière avec Manon.— La Folie-Rambouillet. — Ses jardins.
—Ils desservent la table du roi.—Le salon
de La Sablière.—Lauzun, Rochefort, Brancas, de Foix et La Fare.—Amours de ce dernier avec madame de La Sablière.—Répartie
plaisante de la jeune femme.—Opinion du
monde.—Sévigné se fait la caution des deux
amoureux.—Altération et déclin de leur
liaison. — Indignation générale. — Madame
de Coulanges ne veut plus saluer La Fare.
—Madame de La Sablière aux Incurables.—
— La bassette. — Elle est le délire général.
—Le duc de Caderousse et les perles de madame de Bertillac.—Le marquis de Béthune.

FIN DE LA TABLE.

Paris. — Imprimé chez Bonaventure et Ducessois,
quai des Augustins, 55.

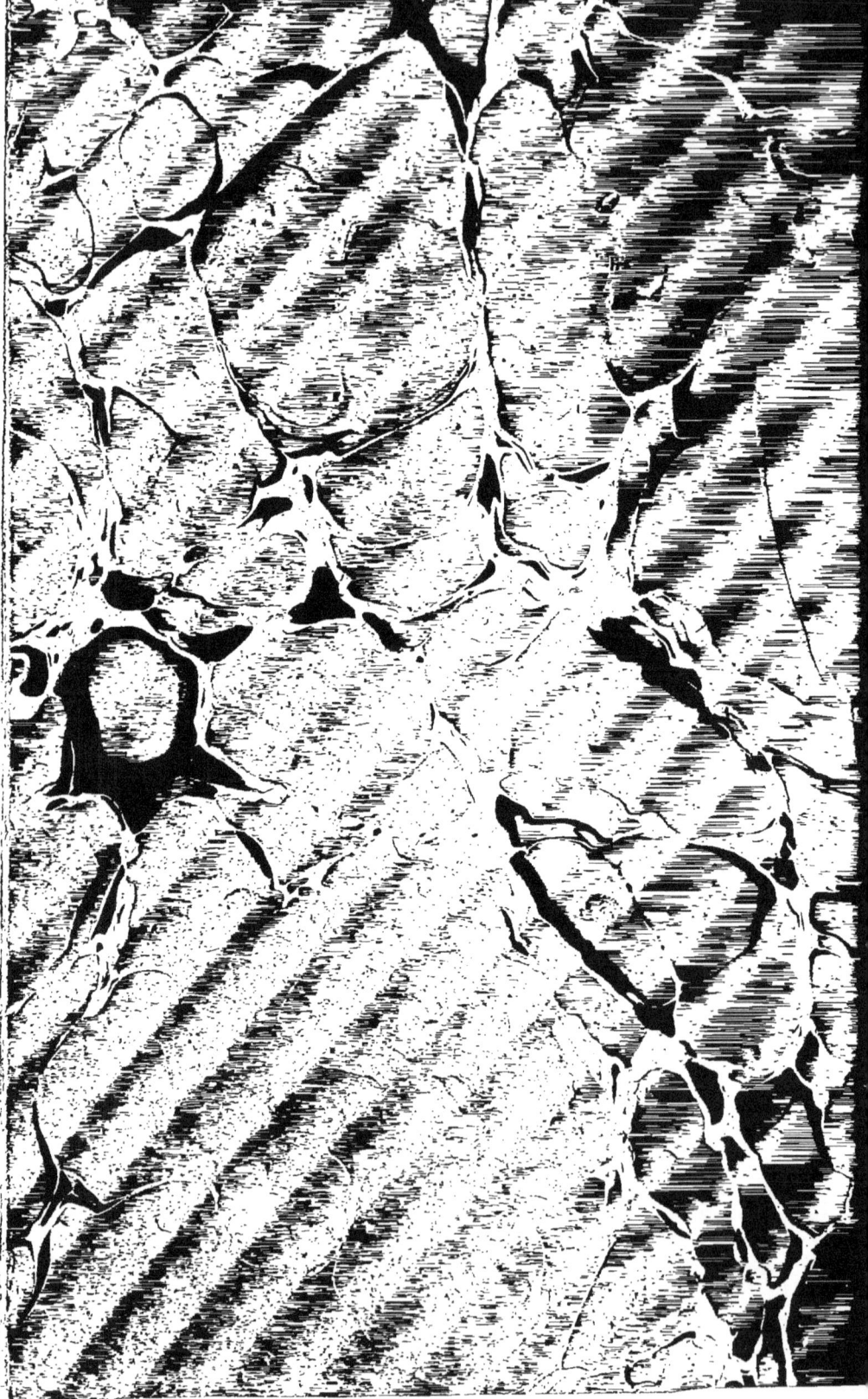

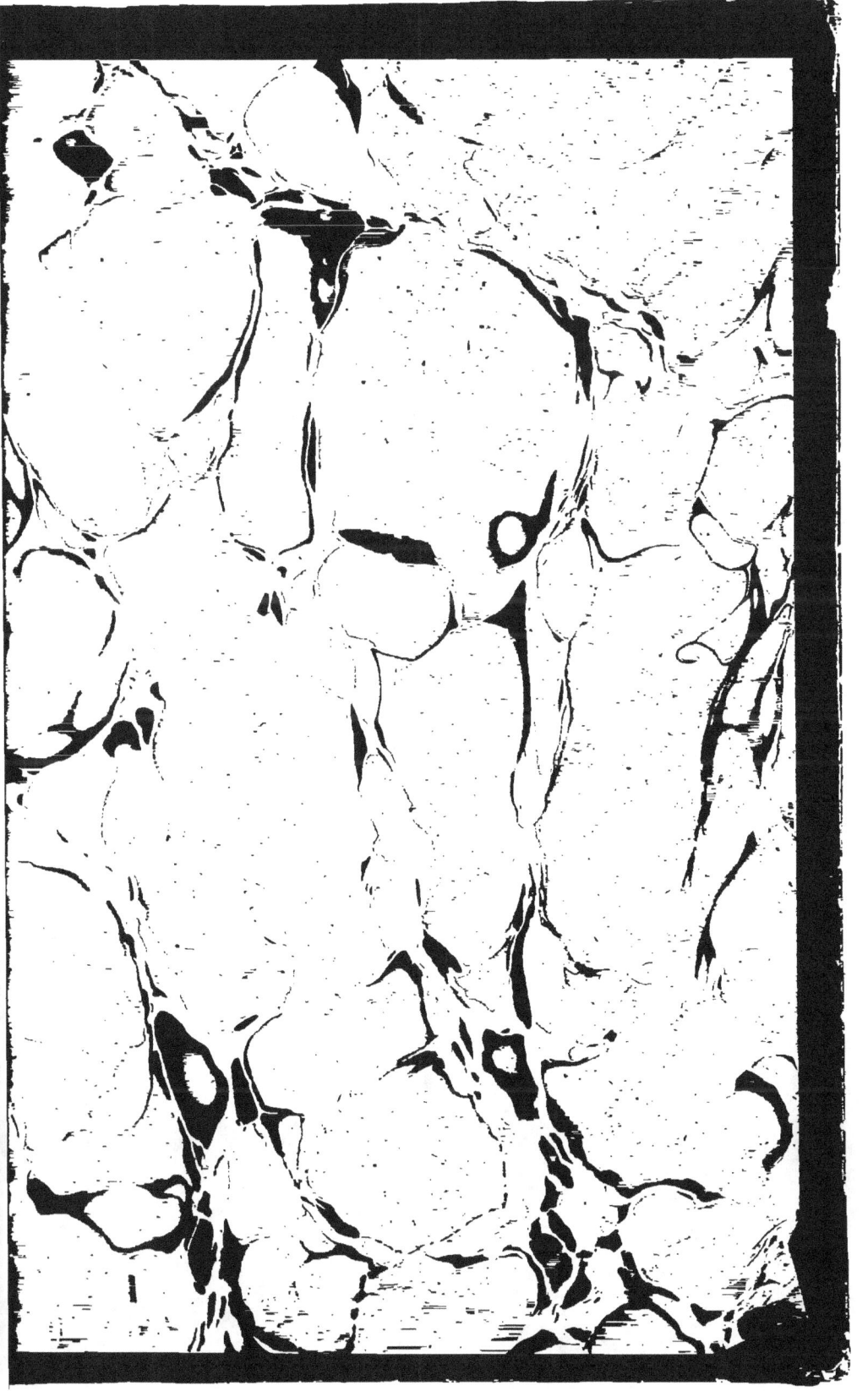

www.ingramcontent.com/pod-product-compliance
Lightning Source LLC
Chambersburg PA
CBHW072350030726
47505CB00014B/1443